Júlio Moreira

Requiem für einen Bösewicht

Roman

Aus dem Portugiesischen
von Thomas Brovot

BECK & GLÜCKLER

Titel der Originalausgabe:
A Barragem

Wir danken
dem Instituto Português do Livro e das Bibliotecas
und der Portugal-Frankfurt S.A.
für die freundliche Unterstützung
bei der Herausgabe des Buches.

Deutsche Erstausgabe

Maximilianstr. 30, D-79100 Freiburg
Gestaltung: Michael Wiesinger, Freiburg
Gesetzt aus der Garamond
Satz: Barbara Herrmann, Freiburg
Druck und Bindung: Clausen & Bosse, Leck
Printed in Germany

ISBN 3-89470-219-2

Und ein starker Engel hob einen Stein auf, groß wie ein Mühlstein, warf ihn ins Meer und sprach: So wird in einem Sturm niedergeworfen die große Stadt Babylon und nicht mehr gefunden werden. Und die Stimme der Sänger und Saitenspieler, Flötenspieler und Posaunenbläser soll nicht mehr in dir gehört werden, und kein Handwerker irgendeines Handwerks soll mehr in dir gefunden werden ...

Die Offenbarung des Johannes
Der Untergang Babylons

Für Ana Viegas

Dank an
Menez
Victor Silva Tavares

DER RITUELLE RAUM

Die Rückkehr

»Hast du heute nacht nicht das Telefon gehört?«

»Doch. Wird sich jemand verwählt haben. Als ich dranging, hat sich keiner gemeldet.«

Ich sagte ihr lieber nicht, daß es schon das dritte Mal war, daß das Telefon gegen vier Uhr morgens klingelte.

Jedesmal, wenn ich den Hörer abnehme, höre ich ein Atmen, ein undeutliches Geräusch im Hintergrund, wie Musik, und Sekunden später ist die Leitung unterbrochen.

Am Abend stelle ich das Telefon griffbereit neben das Bett.

Ich bin sicher, daß es wieder klingeln wird. Man verwählt sich nicht drei Tage hintereinander zur selben Uhrzeit. Aber wer immer da anruft, ich möchte nicht, daß sie aufwacht.

Ich weiß, daß ich nicht werde einschlafen können. Ich versuche zu lesen, doch meine Gedanken schweifen ab, vor meinen Augen nur Satzfetzen ohne Sinn.

Sie schläft, ihr Atem geht ruhig.

Die Zeit will nicht vergehen.

Noch zwei Stunden, falls der 'Zeitplan' eingehalten wird.

Ich stehe auf, ohne einen Laut. Ziehe den Morgenmantel über, lösche das Licht im Zimmer. Im Dunkeln gehe ich durch den Flur ins Wohnzimmer, eine diffuse Helligkeit dringt von draußen herein. Ich stelle das Telefon auf den Schreibtisch. Schalte die Lampe an. Öffne das Fenster. Die Luft ist für die Jahreszeit zu kühl. Ein Duft von Geißblatt steigt aus den Gärten auf.

Die Stadt ist eine einzige, unendliche Weite aus leuchtenden Punkten, ein fernes Rauschen.

Ich schließe das Fenster wieder, hole mir eine Flasche Whisky und ein Glas, zünde eine Zigarette an, setze mich an den Schreibtisch.

Ich warte ohne Ungeduld. Aus der Schublade nehme ich eine kleine Geschichte, die ich seit Monaten fertigschreiben will. Ich fange vorne an zu lesen.

Gleich drei Uhr.

Mit den ersten Sätzen habe ich Schwierigkeiten. Als fehlte ihnen der nötige Zusammenhalt. Ich entschließe mich, die erste Seite, die schon vor Korrekturen strotzt, ins reine zu schreiben.

Ich kann mich nicht von der Zeit lösen. Ich sehe auf die Uhr.

Fünf nach vier.

Ich nehme mir eine weitere Zigarette. Schiebe eine CD ein: *Carmina Burana, first volume, New London Consort.*

Irgendwie schaffen es diese modernen, von fernen Orten und Epochen kündenden Stimmen, mich wieder ins Hier und Jetzt zu versetzen.

Ich weiß genau, daß das Telefon klingeln wird, doch als ich es höre, erschrecke ich, als hätte ich nicht mehr damit gerechnet. Ich erkenne dasselbe Atmen, ein ähnliches Hintergrundgeräusch.

Ich sage kein Wort. Lieber spiele ich das stille Spiel weiter mit.

Mein Atmen und mittelalterliche Klänge sollen die Antwort sein, die irgendwer irgendwo auf diesem Planeten empfängt, genau in dem Moment dieser Begegnung.

Die Verbindung hält länger als gewöhnlich. So lange, daß ich mich entschließe, etwas zu sagen, auf gut Glück eine Verständigungsebene zu suchen.

»Sie müssen nicht antworten. Aber legen Sie nicht auf. Ich werde Ihnen sagen, wer ich bin. Ich nehme an, Sie möchten Kontakt aufnehmen und wollen sicher sein, daß die richtige Person am Apparat ist …«

Wie in den Nächten zuvor bricht die Verbindung ab.

Der Morgen ist noch nicht zu spüren. In der Tiefe der Nacht ist die Stadt erstarrt. Ich rieche den Duft wieder, der von den Gärten aufsteigt.

Das Telefon klingelt erneut. Ich warte nicht, bis jemand spricht. Ich nehme den Faden gleich wieder auf, als hätte es gar keine Unterbrechung gegeben.

Ich sage meinen Namen, die Adresse …

»Jetzt wissen Sie, wer ich bin, und können

sprechen. Ich werde nicht abgehört und nehme auch nichts auf Band auf. Hier im Raum ist niemand sonst.«

Erst heute, in der fünften Nacht, hat der geheimnisvolle Anrufer etwas gesagt.

Ich erkenne die Stimme. Oder glaube sie zu erkennen.

Ich war nie von seinem Tod überzeugt, auch wenn es für sein Verschwinden keine plausible Erklärung gab. Ich dachte immer, das Ganze wäre eine Inszenierung, ein Schauspiel, bis an die Grenze der Unumkehrbarkeit getrieben.

Wenn ich die Möglichkeit, er könnte tot sein, irgendwann als eine Tatsache hinnahm, dann vielleicht weil ich es wünschte, trotz unserer Freundschaft.

»Ich weiß nicht, warum ich auf einmal Lust hatte, mit dir zu reden. Du bist bestimmt überrascht. Das bin ich auch. Trotzdem möchte ich lieber möglichst anonym bleiben ... Zumindest vorläufig. Sieh zu, daß du es einrichten kannst, einen Brief von mir zu erhalten, aber nicht bei dir zu Hause, auch nicht auf deinen Namen. Postlagernd vielleicht. Ich rufe dich morgen an ...«

Mein ganzes heutiges Leben basiert auf der Voraussetzung, daß er tot ist.

Dennoch löst diese Rückkehr bei mir Freude und Bestürzung zugleich aus.

Eben wird es Tag. Ein rosiges Licht zieht die Linie des Horizonts. Ich mache das Fenster wieder auf, lehne mich erneut über die Gärten und die Stadt.

Die Vögel in den Bäumen erwachen.

Die Erinnerung bricht auf, wie ein Deich. Ein Meer von Bildern ergießt sich in den Morgen. In den Schubladen, die ich am wenigsten benutze, suche ich zwischen alten Manuskripten, Briefen, Zeitungsausschnitten, Fotos nach Zeichen unserer früheren Freundschaft.

Ich rufe mir seine Gesichtszüge, seine Gesten ins Bewußtsein zurück, und es ist, als würde der frische Eindruck seiner Stimme den Bildern Leben einhauchen.

Vergessene Gesichter, offenbar alle gleich wichtig, erscheinen nebeneinander. Freunde, allmählich verlorengegangen, lächeln unkenntlich durch die Zeiten.

Und plötzlich, zwischen tief in der Schublade schlummernden Fotos, erzählt eine kleine Sammlung, eine unvollständige Filmrolle, mir die Reportage über einen Nachmittag, einen Ausflug aufs Land.

Zum größten Teil sind es gestellte Fotos: er und seine Freundin, ich und eine Gelegenheitsbekanntschaft, die den Ausflug wohl nicht überlebt hat.

Auf jedem Bild sind drei Personen, die jeweils vierte muß fotografiert haben.

Nur auf einem sind wir alle zusammen. Wir sitzen auf einer Steinmauer, unter einer großen Baumkrone und vor nebligem Grund, einem Kornfeld vielleicht. Möglicherweise hat derjenige, den wir gebeten hatten, uns zu fotografieren, auch nur die Kamera unscharf eingestellt.

Ich ordne die Fotos der Reihe nach. Auf einem bin ich allein mit seiner damaligen Freundin, der Frau, mit der ich seit dem Tag, als er verschwand, zusammenlebe. Vor dem gleichmäßigen Hintergrund des Laubwerks stellen wir eine romantische Szene nach.

Auf der Rückseite, fast unleserlich, ein Kommentar in meiner Schrift: ‹Geheimnisse des Waldes ...›, Ort und Datum.

Wie soll ich ihr sagen, daß er lebt?

Zum letztenmal gesehen hatte ich ihn an dem Tag, als die Regierung eine Kundgebung zur Unterstützung des Diktators organisiert hatte, dessen Regime allmählich ins Wanken geriet.

Wir waren mit einer kleinen Gruppe hingegangen. Unsere Absicht war es, so weit wie möglich an die Tribüne heranzukommen, wo der Alte die Militärparade abnehmen würde. Doch keiner von uns führte das Spiel zu Ende. Nur er hat offenbar Ernst gemacht.

Aus irgendeinem unerfindlichen Grund fiel die Polizei auf einmal über die Menge her.

Die berittene Polizei kannte kein Erbarmen und schlug auf viele Menschen ein. Beamte in Zivil umzingelten alles, die Wagen der Sicherheit versperrten die Straßen. Demonstranten wurden verhaftet. Krankenwagen transportierten die Verprügelten ab.

Nie wieder haben wir von ihm gehört.

An jenem Abend zogen wir durch die Krankenhäuser und versuchten die Namen der Verletzten herauszufinden. Wir gingen jedes vertretbare Risiko ein. Doch wir sollten niemals erfahren, ob er unter den Gefangenen war. Oder unter den Toten, die die Polizei wohl hatte verschwinden lassen.

Ein paar Tage vorher hatten wir bei einem Mittagessen beschlossen, auf die Demonstration zu gehen, in einer Altstadtkneipe, wo die Intellektuellen sich in einer Art geduldetem Untergrund trafen, zwischen Zuhältern, Prostituierten, Matrosen der Handelsschiffe, die im Hafen vor Anker lagen, Agenten der Geheimpolizei.

Jemand hatte einen Tip bekommen, aus »sicherer Quelle«, wie alle Gerüchte, die unsere Informationslücken füllten.

Es war eine überraschende Neuigkeit, die Schluß machte mit dem gewohnten Trott aus Einweihungen öffentlicher Bauten, Finanzskandalen und *ballet rose* der hohen Funktionäre.

Der Diktator war tot!

Er war schon vor langer Zeit gestorben. Sie hatten ihn einbalsamiert, führten ihn immer fern der Menge spazieren, unter präzise inszeniertem Licht, und sendeten im Radio, manchmal auch im Fernsehen, politische Reden, die nichts als Archivmontagen waren.

Trotz zunehmender Hinfälligkeit hing das ganze Regime auch weiterhin von der aufwendig mystifizierten Gestalt des Diktators ab. An dem

Tag, da man seinen Tod bekanntgab, würde das Regime auseinanderfallen. Wie es wenige Jahre später auch geschah.

Der Gedanke an den einbalsamierten Diktator beflügelte unsere Phantasie.

Weit hinter uns lagen die Zeiten von Königsmord und Attentat aus edler Gesinnung.

Abstrakte und unzerstörbare Bilder, immun gegen den Dolch des Mörders, füllten unser Gesichtsfeld aus.

Nach dem Fest, der Vorab-Orgie zum Todesritual, beschlossen wir, auf die Kundgebung zu gehen und das Gerücht zu überprüfen.

Als ich die Schlafzimmertür schließe, ganz vorsichtig, um sie nicht zu wecken, hebt sie den Kopf und blickt mich aus einem schlaftrunkenen Gesicht überrascht an.

»Wohin gehst du so früh?«

Als Antwort gebe ich ihr die liebevollen Zeilen, die ich für sie auf den Nachttisch gelegt hatte, um meine 'Flucht' zu entschuldigen.

Für Sekunden erkenne ich sie kaum wieder. Ich schaue sie an und verliere mich zwischen den Fotografien und dem jetzigen Bild ihres Gesichts im Halbdunkel des Zimmers.

Der Tag danach

Die Rettungswagen rollten unablässig herbei und standen vor den Eingängen der Krankenhäuser Schlange.

Sonntag abend. Nacht der Ausschreitungen, die die Schranken des Alltags niederreißen.

Wir klapperten die Krankenhäuser der Stadt ab. Wir sahen die Listen der Eingelieferten durch.

Wir wußten von Anfang an, daß unsere Nachforschungen vergeblich waren. Für uns war es ein Ritual. Fast eine posthume Ehrung.

Die Rettungswagen, die dort standen und auf ihre Abfertigung warteten, kamen aus den Vororten oder aus dem Landesinneren, aus einem weiten Einzugsbereich der Hauptstadt ohne eigene Infrastruktur.

Die Fahrer unterhielten sich in kleinen Gruppen. Sie waren über Land und quer durch die Stadt gefahren, hatten die Autoschlangen mit ihren schrill heulenden Sirenen und blinkenden Lichtern überholt. Reglose Gestalten hockten in den Fahrzeugen, über die Körper auf den Tragbahren gebeugt.

In den Innenhöfen lief die Menge hin und her, Sanitäter, Polizisten, Menschen, die auf Nachrichten von den Verletzten warteten.

Es gab überhaupt keinen konkreten Grund, weshalb die Polizei ihn sich, verletzt oder nicht, bei der ganzen Knüppelei herausgegriffen haben sollte.

Er war genauso verdächtig oder im Visier wie jeder von uns.

Vielleicht machten wir uns ja nur etwas vor. Vielleicht war er in der Menge untergetaucht. Vielleicht hatte er noch versucht, den untoten Diktator auf seiner Rückfahrt in den Palast zu verfolgen.

Vielleicht suchte er gerade uns auf den Listen der Krankenhäuser ...

Wir beschlossen, nach Hause zu gehen.

Gut möglich, daß er dort auf uns wartete oder etwas später kam.

Es war spät. Der Verkehr ließ langsam nach.

Wir gingen durch menschenleere Straßen zurück.

In den Fenstern der Wohnung brannte kein Licht.

»Er ist noch nicht da«, sagte sie.

Sie schloß auf. Wir gingen schweigend hinauf. Nichts deutete darauf hin, daß er dort gewesen war.

Wir hatten Hunger. In der Küche suchten wir nach Eßbarem.

»Er ist verhaftet worden. Die haben ihn garantiert verhaftet.«

»Wieso denn verhaftet? Und selbst wenn, es gibt überhaupt keinen Grund, ihn dazubehalten. Das weißt du genau! Niemand bleibt hinter Gittern, wenn es keinen Grund dafür gibt.

Die wissen schon, für wen sie sich interessieren.«

»Scheiße!« sagte sie.

Ich machte das Radio an, eine Jazzsendung.

Es gab Brot, eine Dose Würstchen, Wein.

»Ich bin sicher, er kommt zurück. Es gibt überhaupt keinen Grund, ihn festzuhalten«, beharrte ich, um sie zu beruhigen. Und mich zu überzeugen.

Ich kam mir lächerlich vor.

Sie sah mich an, gelassen und aufmerksam.

»Laß mal ...«

Wir tranken Kaffee, schwiegen.

»Es ist fast schon Morgen ...«

»Ich gehe.«

»Geh nicht. Ich habe Angst. Ich habe Angst, daß sie kommen ...«

»Dann gehst du am besten mit mir.«

»Und wenn er zurückkommt?«

»Wir können ihm keine Nachricht dalassen. Aber er würde mich sicher anrufen.«

Sie packte einen kleinen Koffer, Wäsche zum Wechseln, Dinge des täglichen Bedarfs. Vorsichtig gingen wir raus, nachdem wir uns vergewissert hatten, daß niemand Verdächtiges vor der Tür stand.

Die Straße war noch genauso leer.

Wir gingen zu Fuß bis zu mir. Es wurde Tag, als wir ankamen.

»Ich bin hundemüde.«

Ich bestand darauf, daß sie in meinem Bett schlief, und legte mich auf die Liege im Wohnzimmer. Ich drehte mir einen Joint. Weibliche

Blüten, sorgfältig aufbewahrt in einem Porzellantopf. *Songs for distingué lovers*, Billie Holiday, die Platte hatte ich ausgewählt. Ich spürte, wie ich mich entspannte, ganz langsam, während der duftende Rauch den Raum erfüllte.

Ich löschte das Licht. Draußen war es Tag.

Wenig später wachte ich auf.

Und fiel aus meiner Ruhe, den entschwindenden Träumen, hinein in die Erinnerung an die Ereignisse des Vortags.

Ich stellte das Radio an.

Nur wenige Minuten bis zu den Nachrichten.

Es war ein strahlender Tag. Die Luft vibrierte.

Die Nachrichten brachten die Geschehnisse vom Vortag wie einen belanglosen Zwischenfall.

Die Demonstration war ein weiterer Erfolg, ein eindeutiger Beweis des Vertrauens in das »Schicksal der Nation« und die »Person ihres Führers«.

»Wenn die Feinde des Vaterlandes beabsichtigen, die Regierung zu destabilisieren, antwortet das Volk in aller Deutlichkeit mit seiner Unterstützung und spricht dem Staatsoberhaupt sein Vertrauen aus.«

Irgendwann während des langen Berichts erklärte der Sprecher:

»Eine kleine Gruppe von Provokateuren versuchte noch, die Eintracht der Kundgebung zu stören, doch wurden sie unter dem Jubel des

Volkes von Ordnungskräften auf der Stelle überwältigt ...«

Ich nahm ein ausgiebiges Bad.

Räumte das Wohnzimmer auf.

Rief im Büro an, um eine Besprechung abzusagen.

Ging die Zeitungen kaufen.

Nichts Neues. Die Meldungen hatten den immergleichen Tenor, wiederholten die alten Muster.

Selbst das Lesen zwischen den Zeilen verbrauchte sich, ein abgedroschenes Spielchen.

Ich hörte, wie sie aus dem Schlafzimmer kam, ins Bad ging, zurück ins Schlafzimmer.

Als sie kam, sah sie müde aus.

Beim Frühstück erzählte ich ihr von den Meldungen in der Zeitung und im Radio.

»Gehst du nicht arbeiten?« fragte ich.

»Nein, ich rufe einfach an ...«

»Das habe ich auch gemacht!«

Wir lachten.

Und wunderten uns über unser Lachen.

»Gibt es denn nichts, was wir tun können?« fragte sie.

»Ich kann mit dem Anwalt sprechen. Ich fürchte, wenn wir uns an die Polizei wenden, machen wir alles nur schlimmer.«

»Meinst du, daß ich erst mal nach Hause gehen sollte?«

»Ich glaube schon. Ihr habt da doch nichts, was euch belasten könnte, oder?«

»Nicht mehr als jeder andere zivilisierte Mensch!«

»Deine Abwesenheit könnte dich sogar verdächtig machen. Falls das Haus observiert wird.«

»Aber ich werde es nicht schaffen, die Nacht alleine zu verbringen.«

»Ich leiste dir Gesellschaft. Falls er bis dahin nicht zurück ist …«

Ich brachte sie nach Hause. Wir sahen nach, ob irgendeine Nachricht da war, ein Zeichen. Dann gingen wir wieder.

Wir suchten die Freunde auf, an den üblichen Orten. Noch wußte niemand, daß er verschwunden war.

»Aber …«

»Nein. Er war in nichts verwickelt …«

»Bist du dir sicher?«

»Bin ich.«

Es gab keine weiteren Meldungen von Vermißten unter den Freunden.

»Eine saublöde Idee, sich auf diese Scheiße einzulassen …«

Ich setzte sie an der Haustür ab.

»Soll ich uns Abendessen machen?«

»Heute hat das Theater keine Vorstellung …«

»Richtig! Aber sie kann ruhig mitkommen …«

»Ich weiß ja, daß du sie nicht besonders sympathisch findest …«

»Das ist es nicht. Ich weiß nur nie, welche Rolle sie gerade spielt ...«

Glückliche Tage ...

Sie spielte *Glückliche Tage*.

Jeden Abend allein in einem kleinen und trotzdem fast leeren Saal eines Theaters, das von Studenten und Intellektuellen besucht wurde.

Sie schlief noch, als ich kam.

Sie hatte Bemerkungen über die Ereignisse des Vortags aufgeschnappt.

In dem Restaurant, wo sie nach der Vorstellung essen ging, hatte jemand die Nachricht von den Unruhen verbreitet.

Nie hätte sie gedacht, daß wir etwas damit zu tun haben könnten.

»Wie seid ihr nur auf die Idee gekommen, auf diese Demonstration zu gehen?«

Das Abendessen war fast fertig, als wir kamen.

»Ich muß verrückt sein. Ich habe gekauft, was mir gerade in den Sinn kam. Ich habe den ganzen Nachmittag gekocht. Das gibt ein Festmahl!«

»Wo ist der Schampus?«

»Du glaubst wohl, den hätte ich vergessen?«

Als ich in die Küche kam, um den Sekt zu holen, wandte sie sich zum Herd und beugte sich über das Essen, das auf kleiner Flamme köchelte.

Ich merkte, daß sie weinte.

Ich stellte Flasche und Gläser auf den Tisch und kehrte zu meiner Freundin zurück. Sie hatte sich in die Fensteröffnung zurückgezogen und blickte zerstreut auf die Straße mit ihren eintönigen Fassaden.

Der zunehmende Mond, eine schmale Sichel noch, neigte sich über den Horizont aus Dächern.

»Eines Tages werden diese Tage in der Erinnerung vielleicht glückliche Tage sein.«

»Gehst du nicht doch zu sehr in deiner Rolle auf?«

»Im Gegensatz zum wirklichen Leben wissen wir im Theater immer, welche Rolle wir gerade spielen.«

»Auch das Bewußtsein kann dich einschränken ...«

»Das sowieso. Vor allem, wenn es unaussprechliche Wünsche zurückweist.«

»Was willst du damit sagen?«

»Das weißt du nicht?«

»Setzen wir uns?«

Sie hatte sich wieder gefaßt. Ich öffnete die Flasche.

Wir saßen zu dritt um den Tisch, sprachlos, als hätte der Raum sich plötzlich zu einem Parkett mit schweigsamen Zuschauern hin geöffnet, die uns aus einer unvorhersehbaren Zukunft anblickten.

Glückliche Tage

»‹Das eben finde ich so wundervoll, daß kein Tag vergeht ohne irgendein Anwachsen des Wissens.›«

Die Anspielung war deutlich. Die Zeit würde ihr bald recht geben.

In dieser Nacht wachten wir beide zusammen bei einem abwesenden Leichnam.

Dann gingen wir zu Fuß durch die gerade erwachte Stadt, unter dem Schleier eines kaum merklichen Seenebels.

Als wir zu ihrer Wohnung kamen, wollte sie mich nicht hereinlassen:

»Komm nicht mit hoch, das bringt nichts. Und jetzt mach nicht so ein trauriges Gesicht: ‹Wird schon wiederkommen, das eben finde ich so wundervoll, alles kommt wieder ... Taucht eines schönen Tages auf, aus heiterem Himmel.›«

Mir ist, als hörte ich sie einzelne Sätze aus ihrem langen Monolog wiederholen, den sie jeden Abend auf der Bühne sprach. Als sähe ich sie vor mir, erschöpft von der gedehnten Spannung dieses Abends, die Augen violett umschattet, die offenen Haare zum Spiel ihrer Gesten, der ganze Körper in einer angestrengt aggressiven Haltung.

Den Tag verbrachten wir mit einem hysterischen Streit, mein ganzer Körper trug die Spuren ihrer Fingernägel und Zähne davon.

»... aber denk bloß nicht, wir versöhnen uns wieder! Das war meine Abschiedsvorstellung für dich ...«

Am liebsten würde ich zu ihr hingehen und sagen:

»Er ist zurück, er ist wirklich zurück ...«

Ich streiche durch die Stadt.

Setze mich auf eine Caféterrasse, werfe einen zerstreuten Blick in die Zeitungen.

Ich rufe an und sage Verabredungen ab.

Seit jenem Tag treffen wir uns nur selten. Bei Premieren.

All unsere Vertrautheit ist verflogen, als hätte es sie nie gegeben. Aber ich muß jemanden finden, der diese Zeit mit uns gelebt hat. Jemanden, der mir hilft, das Geheimnis seines Verschwindens zu lüften. Und seiner beunruhigenden Rückkehr ...

Ob er es wirklich ist?

Im Grunde kann es nur er sein!

Aber wo sind die Freunde, die ich aus den Augen und aus dem Herzen verloren habe? In alle Winde zerstreut. Abwesend auch dann, wenn sich unsere Wege kreuzen. Als hätte es eine stillschweigende Aussonderung gegeben.

Oder unsererseits einen Reflex des Abtauchens.

Dieses Nichtstun auf Zeit, das ich mir verordne, ist weder Gedenken noch Trauer. Es ist der rituelle Raum für eine Auseinandersetzung. Eine Opferstätte.

Ich versuche, diesen Raum zu erfassen.

Möglich, daß die Frau der Anlaß ist. Aber weiß er überhaupt, daß wir zusammenleben, seit er zu verschwinden 'beschloß'? Daß ich sie, kaum waren achtundvierzig Stunden vergangen, schon mit zu mir nach Hause nahm, wo sie heute noch wohnt?

Oder ist es die Treue zu den Überzeugungen, die unsere Freundschaft einst besiegelten und die nun verflogen sind?

Doch konnten, auch auf diesem heiklen Terrain, meine öffentlich eingenommenen Positionen eine Verurteilung rechtfertigen, selbst wenn man noch so strenge Maßstäbe anlegte?

Es bringt nichts, weiter die Schatten zu befragen.

Der Raum für die Auseinandersetzung ist größer, tiefer.

Und dort empfinde ich mich als Opfergabe.

Ich gehe zu Fuß durch die Straßen.

Überrascht von den Orten, den Leuten, dem eigentlichen Gesicht der Stadt, in der ich lebe.

Als hätte der plötzliche Ruf der Vergangenheit mich in einen Zustand wachen Bewußtseins für die Gegenwart versetzt.

Richtung Hauptpost. Schalter für postlagernde Sendungen.

Ich erkundige mich nach dem Procedere. Ich befolge Anweisungen, die ich in der kommenden Nacht an einen ungewissen Ort auf dem Planeten weitergeben muß, der nahezu unbekannten Stimme gehorchend, die dort wohnt.

Und auf einmal bin ich Auseinandersetzungen und Herumgebummel und die denkwürdigsten hysterischen Anfälle leid und gönne mir wieder einen normalen Tagesablauf.

IM UNTERGRUND

Die Verkündung der Apokalypse

Jahrelang habe ich versucht, die Erinnerung zu zerstören und durch das Bewußtsein zu ersetzen.

Heute bleibt mir nur die Erinnerung.

Ich lebe in einer Welt, die verdammt ist.

Die Orte, an denen ich bin, die Räume, in denen ich mich bewege, werden bald versunken sein.

Die Menschen, die durch die Straßen ziehen, werden sich rasch zerstreuen.

Ich werde allein mit den Außenseitern in der verlassenen Stadt bleiben.

Bis zur Vernichtung.

Mein zweites Leben kommt an sein Ende. Und die Nähe dieses Endes zwingt mich zu der Gegenüberstellung zweier Erinnerungen, zu der Verantwortung für zwei Zeugnisse.

Ich fürchte, die Einsamkeit hat sie beide gefälscht.

Das war die Botschaft, die ich erhielt. Ein mit Computer geschriebener Text ohne jeden Hinweis, der Rückschlüsse auf seine Herkunft zuließe.

‹Der ist verrückt›, dachte ich.

Oder verbarg sich hinter den Zeilen irgendeine Bedeutung, die es zu entschlüsseln galt?

Es ist eine Woche her, daß er zum letztenmal angerufen hat. Jeden Tag bin ich beim Postamt vorbeigegangen.

Ich weiß nicht, was ich tun soll mit diesem Text eines Visionärs der Apokalypse.

Als ich nach Hause kam, war sie nicht da.

Ich setzte mich vors offene Fenster und sah, wie es Abend wurde. Als würde die allmähliche Veränderung des Lichts meine ganze Aufmerksamkeit beanspruchen.

Der Ort, an dem ich bin, wird bald in der Nacht versunken sein, einer Nacht, die unmerklich vorrückt, die aus der Erde aufsteigt wie ein uralter Dunst.

Vergeblich versuche ich, die anonyme Botschaft mit Humor zu nehmen.

Es wird dunkel. Ich werde langsam unruhig.

Von Tag zu Tag nimmt die Unruhe zu, und sosehr ich es auch zu vermeiden suche, ich stekke sie mit meiner Unruhe an. Ich weiß nicht, was sie wohl darüber denkt.

Sie kommt mir immer wachsamer und mißtrauischer vor.

Ich hatte ein Zeichen erhofft, das die mysteriösen nächtlichen Anrufe erklärte, ehe ich ihr alles erzählte. Und ich erhalte ein paar delirierende Zeilen, die mich nur noch mehr verwirren.

Ich habe keine Lust, ihr von den Anrufen zu erzählen oder ihr den Brief zu zeigen. Sie würde sich nur unnötig Sorgen machen, die Spannungen würden zunehmen, das möchte ich vermeiden.

Es ist schon dunkel, als das Telefon klingelt.

Ich fahre zusammen, als wäre das ein ganz ungewöhnliches Ereignis.

Sie ruft aus einem Restaurant an.

»Ich bin hier mit ein paar Freunden, willst du nicht kommen? Ich habe eine Überraschung für dich.«

Als ich hinkam, erkannte ich auf der Stelle die 'Überraschung'. Unwillkürlich brachte ich sie mit den Anrufen und der Botschaft in Verbindung. Die Anwesenheit der Heldin aus *Glückliche Tage* bestätigte schließlich meinen Verdacht, besser gesagt meine Gewißheit, daß er es war. Sicher hatte er seine engsten Freunde angerufen, und sie war gekommen, weil sie dieselben Zweifel plagten, dieselbe Neugier: zu erfahren, ob er der geheimnisvolle Anrufer war, ob sie als einzige diesen Anruf erhalten hatte. Ich sah ihr ins Gesicht. In ihrem Blick lag nicht die Spur einer solchen Frage.

»Das ist ja eine Ewigkeit her ... Welchem Umstand verdanken wir das Wunder dieser Rückkehr?«

Auch die Anspielung auf die Rückkehr entlockte ihr keinerlei sichtbare Reaktion.

Nach dem Essen drängte ich darauf, daß sie noch mit uns nach Hause kamen. Ich mußte mehr herausfinden.

Der Abend zog sich hin.

Ich versuchte mit ihr allein zu sein. Wir gingen auf den Balkon.

»Scheußliches Wetter. Eine solche Temperatur, zu dieser Jahreszeit ...«

»Unsere gemeinsame Erfahrung besteht aus extremen Witterungen!«

»Du kannst mich mal mit deinem Hirngewichse!«

»Kein Hirngewichse. Letzte Nacht habe ich in meinen Schubladen gestöbert. Ich habe einen Haufen Fotos gefunden, auf denen wir alle drauf sind ... Was für ein Zufall, nicht? Daß du heute hier bist, nach so vielen Jahren? Sind es nicht genau diese kleinen Unwahrscheinlichkeiten, aus denen wir uns eine Erinnerung basteln?«

»Nur an eins glaube ich nicht: an den Zufall ...«

»...«

»Was meine Fotos betrifft ...«

»Fishing for compliments?«

»Nein. Schmerzliches Bewußtsein!«

»Wie es aussieht, hast du die Lektion aus *Glückliche Tage* vergessen.«

»Welche bitte schön?«

»‹Daß kein Tag vergeht ohne irgendein Anwachsen des Wissens ...› Vor ein paar Jahren hast du dich nämlich noch perfekt daran erinnert.«

»Und hatte ich nicht recht?«

»In dieser Hinsicht schon. Aber soviel ich weiß, gibt es in der ganzen Philosophie aus deinen *Glücklichen Tagen* eine Reihe von Behauptungen, die erst zu beweisen wären.«

»Zum Beispiel?«

»Daß alles wiederkommt ...«

»Die Zeit ist noch nicht um.«

»Warum sagst du das?«

»Ich muß dir noch eine kleine Geschichte aus dieser Zeit erzählen.«

Ob sie meine Unruhe bemerkt hatte?

Sie lachte.

»Keine Angst ... Vorbei ist vorbei ...«

»Angst wovor? Du weißt, daß ich gerade versuche, diese Zeit einzufangen. Die Unterschiede zu erfassen. Das ist ein Riesensprung ... Ich wühle nicht aus Nostalgie meine Schubladen durch!«

»Ein neues Buch?«

»Vielleicht ...«

Wir verabredeten uns für den nächsten Tag zum Mittagessen.

Es dämmerte schon, als alle gingen. Wir räumten noch das Wohnzimmer auf. Ich drängte sie, schon ins Bett zu gehen, während ich die Aschenbecher leerte und das Geschirr in die Maschine stellte.

»Nein. Das können wir zusammen machen ...«

»Aber du bist müde. Du mußt früh aufstehen ...«

Die Szene auf dem Foto schob sich zwischen uns: die Kraft, die aus diesen vor langer Zeit festgehaltenen Gesten sprach, unterstrich noch die Niedergeschlagenheit, von der ihr Gesicht gezeichnet war.

Ich sah sie mit unendlicher Zärtlichkeit an,

zugleich mit einer Wehmut, die uns in unmöglich zu bestimmende Augenblicke entrückte, so als beobachtete ich uns von irgendwo und irgendwann in der Zukunft.

»... es ist wahnsinnig spät! Warum kommst du nicht ins Bett?«

»Sofort! Im mache mir nur eben ein paar Notizen ...«

Ich breitete die Blätter auf dem Schreibtisch aus, nahm aus der Schublade das Foto, auf dem wir allein sind und den Fotografen anlächeln. Wahrscheinlich ihn ...

Ich legte Papier und Foto wieder zurück.

Die Nähe dieses Endes zwingt mich zu der Gegenüberstellung zweier Erinnerungen, zu der Verantwortung für zwei Zeugnisse.

‹Und sollte die Erde eines Tages meine Brüste bedecken, werde ich meine Brüste nie gesehen haben ...›

Durchs Fenster sehe ich sie kommen.

»Das sieht ja ganz nach einem Rendezvous aus ...«

»Du bist immer noch hübsch genug, daß mich der Gedanke nicht schockiert ... Weißt du, als ich dich sah, kam mir ein Satz aus *Glückliche Tage* in den Sinn.«

»Damals hast du mich also archiviert! Du wirst die Karteikarte aktualisieren müssen ...«

»Und was hast du so gemacht? Abgesehen von dem, was in der Zeitung steht, natürlich ...«

»Was sind wir schon außer dem, was in der Zeitung steht?«

Während wir essen und sie von ihrem Leben und ihren Plänen spricht, wundere ich mich, wie weit Gedächtnis und Sinne auseinanderklaffen.

Ihr Körper ist nach wie vor sehr attraktiv, aber es ist, als hätte ich ihn nie berührt. Als wäre die Erinnerung an die Lust in einem abstrakten Archiv trockener Fakten untergegangen, als bedürfte jeglicher erotische Reflex der Gegenwart von Körper, Stimme und Gesten, genau in diesem Augenblick, ohne jeden Bezug zur Vergangenheit.

»Bist du in Gedanken woanders?« fragt sie.

»Nein. Ich folge dir. Näher, als du vielleicht denkst ...«

»Nun übertreib mal nicht. Du willst doch die Geschichte hören, oder?«

»Ja, natürlich. Und nicht etwa, weil mich deine Erfolge nicht interessierten.«

»Du brauchst dich nicht zu entschuldigen ... Wir sind hier, um an der 'Saga unserer Generation' zu arbeiten ...«

»Soweit kommt's noch!«

»Sein Schicksal treibt dich doch immer noch um. Ich verstehe, daß du mehr Grund dazu hast als irgendwer sonst. Ich habe dir nur sehr wenig zu erzählen. Aber vielleicht interessiert es dich. An dem Abend, als ihr in allen Krankenhäusern nach ihm suchtet, kam er zu mir ins Theater. Ich weiß nicht, was heute aus ihm geworden ist. An dem Abend war er jedenfalls ziemlich lebendig. Ich war auf dem Weg nach Hause und bekam einen Riesenschreck, als ich merkte, daß mir ein Kerl folgte. Erst als ich den Schlüssel in die Haustür stecken wollte, zeigte er sich. Ich war ganz schön erleichtert. Aber er war völlig außer sich. Ich hatte nicht die leiseste Ahnung von eurem Plan mit der Demonstration. Auf einmal dachte ich, daß vielleicht etwas mit ihm passiert war. Oder mit deiner Frau …

‹Ich werde von der Polizei verfolgt. Ich kann nicht nach Hause. Entschuldige, daß ich zu dir gekommen bin. Ich weiß, das ist riskant. Aber die werden bestimmt nicht auf dich kommen.›

‹Wieso verfolgt? Hast du dich auf irgendwas eingelassen?›

‹Ich weiß nicht. Das ist alles ziemlich wirr. Ich weiß nur, daß sie mich verfolgt haben. Ein Typ hat mich angestarrt. Um ein Haar hätte er mich gepackt. Ich muß immer an seine Augen denken. Wir standen nebeneinander. In seinen Augen lag der blanke Haß! Da hatte die Knüppelei gerade angefangen. In dem Durcheinander bin ich entwischt.›

‹Welche Knüppelei? Ich weiß von nichts. Ich war den ganzen Tag im Theater …›

Wie du dir vorstellen kannst, wurde ich bei diesem Gespräch auch ganz panisch. Ich kriegte kaum den Schlüssel ins Türschloß … Er erzählte mir die seltsamsten Geschichten und ging am frühen Morgen wieder. Er wollte für eine Weile verschwinden, sagte er, danach würde er sich melden …«

»Und du hast uns nichts gesagt ...«

»Er hat mich gebeten, nichts zu sagen! Ich mußte ihm fest versprechen, niemandem etwas zu sagen.«

»Niemandem?«

»Wirklich niemandem. Was hätte ich tun sollen?«

»Das ist seltsam ... Wirklich sehr seltsam.«

»Als er zu mir kam, war er in einem erbärmlichen Zustand. Er war geschnappt worden, wie er sagte, als die Polizei gegen eine Gruppe von 'Gegendemonstranten' vorging. Nie habe ich einen Menschen gesehen, der solche Angst hatte. Ich wollte das Licht ausmachen. Er bat mich, durchs Fenster zu spähen und nachzusehen, ob jemand Verdächtiges auf der Straße stand. ‹Profis bleiben nicht wie belemmert auf dem Bürgersteig stehen und glotzen zu den Fenstern hoch!› habe ich zu ihm gesagt. Während er sich duschte, machte ich ihm etwas zu essen. Und dann, er war mittlerweile etwas ruhiger, erzählte er mir, weshalb ihr auf die Kundgebung gegangen seid.«

Wie hätte ich auf die Idee kommen sollen, daß er zur selben Zeit, während wir durch die Krankenhäuser der Stadt zogen, bis wir von seinem Tod oder seiner Verhaftung überzeugt waren, bei meiner Freundin zu Abend aß, meinen Morgenmantel trug und wahrscheinlich auch noch meinen Platz im Bett einnahm?

Seit ich ihn neulich am Telefon erkannt hatte oder erkannt zu haben glaubte, war es mir nicht gelungen, mir sein Bild zu vergegenwärtigen. Auch nicht mit Hilfe der alten Fotos.

Und plötzlich, kaum daß ich von jenem Abend berichten höre, sehe ich ihn mit außerordentlicher Klarheit vor mir.

Ich folge der Erzählung wie einem Film.

Ich sehe, wie er sich in diesen Räumen bewegt, die mir vertraut waren, höre ihn die Sätze sagen, die sie zitiert, wohne der Liebesszene bei.

Über eine Zeitspanne jedoch kann (oder will) sie mir nichts sagen, die wichtigste vielleicht, versucht man die Gründe für seine Flucht zu begreifen: zwischen etwa drei Uhr nachmittags, als wir uns auf der Demonstration getrennt hatten, und ein Uhr nachts, als er am Eingang des Theaters auf sie wartete.

»Ich weiß nicht, ich habe nicht die geringste Ahnung. Er erzählte mir von dem Polizisten, der ihn schnappen wollte, oder von dem er das zumindest glaubte ... Aber was er in der Zwischenzeit gemacht hat, weiß ich nicht, vielleicht hat er sich irgendwo versteckt. Erinnerst du dich noch an diesen Drogendealer?«

»Welchen? Es gibt jede Menge!«

»Ein Freund von euch. Er sagte mir damals, eure Idee, auf die Demonstration zu gehen, hätte irgendwas mit einer Geschichte zu tun, die dieser Dealer euch erzählte ...«

»Ich erinnere mich sehr gut. Ich habe nie wieder an ihn gedacht. Seit Jahren habe ich ihn nicht mehr gesehen. Aber warum fragst du?«

»Mir ist, als hätte er von dem Dealer gesprochen.«

Der mutmaßliche Dealer war tatsächlich ab und zu in der Stadt aufgetaucht. Ein paar Tage lang trieb er sich in unseren Kreisen herum, dann verschwand er wieder.

Er erzählte wundersame Geschichten von Ländern, die es womöglich gar nicht gab. Damals erzählte er uns gerade die Geschichte von dem einbalsamierten Diktator.

»Ich erinnere mich vage an so etwas in der Art. Aber ich sehe keine Verbindung zwischen seiner Flucht und diesem Dealer ...«

»Vielleicht gab es auch gar keine. Er erzählte mir so vieles in dieser Nacht ...«

»Hast du eine Idee, warum er ausgerechnet auf dich gekommen ist? Abgesehen von den Gründen, die man sich leicht ausmalen kann ...«

»Spar dir deine Witze ...«

»Sieh doch mal: In dem Augenblick, in dem er beschließt, tatsächlich und nicht wie irgendein tablettenschluckendes hysterisches Mädchen unterzutauchen, kommt er zu dir und teilt dir eine Reihe von Informationen mit, Fakten, ob wirklich oder eingebildet, die aber als Ganzes das Motiv für seine Entscheidung ergeben ...«

»Will sagen?«

»Bist du sicher, daß er nicht versucht hat, dir eine Botschaft zu übermitteln? Eine Nachricht, die du geheimhalten und zu gegebener Zeit verwenden solltest?«

»Wie in den Initiationsgemeinschaften?«

»Wieso nicht? Die Initiationsgemeinschaften haben ihren Ursprung nicht in der 'Offenbarung'. Sie sind Erweiterungen unserer alltäglichen Verhaltensmuster.«

»Ich werde es mir durch den Kopf gehen lassen. Wer weiß, vielleicht trage ich ja ein Geheimnis in mir, das plötzlich in Form einer Rose oder eines Kreuzes auf die Welt kommt?«

»Ihr seid wirklich lustig ...«

Die Bemerkung kommt von einem jungen Mädchen, das sich an den Tisch setzt.

»Kennst du meine Rivalin schon?«

»Wie bitte? Du duldest eine Rivalin? Das müssen die ersten Auswirkungen des Geheimnisses sein ...«

»O nein! Ich verlange geradezu eine Rivalin. Das gehört zu meinem Initiationsprojekt!«

»Kompliment. Jedenfalls für die getroffene Wahl ...«

»Dann werden Sie mir die Frage erlauben, auf welche Eigenschaften sich Ihre Zustimmung stützt?«

»Zunächst einmal auf die augenfälligsten.«

»Wie kannst du nur etwas an einem Kerl finden, der solche Sachen sagt?«

Die Parabel

Jede Nacht wache ich um vier Uhr auf und schlafe erst in der Morgendämmerung wieder ein.

Das Telefon hat nicht wieder geklingelt.

Bei der Post, wo ich jeden Tag vorbeigehe, ist kein weiterer Brief eingetroffen.

Als einzigen Beweis dafür, daß ich nicht langsam wahnsinnig werde, verfüge ich über einen unverständlichen Text.

Ich lese ihn mir immer wieder durch und versuche einen Sinn aufzuspüren, der mir entgangen ist, eine Fährte, um seine Herkunft zu bestimmen.

Doch jede erneute Lektüre verstärkt nur meine Befürchtung, daß ich in etwas verwickelt bin, das mir völlig fremd ist, das mich irrtümlich getroffen hat oder in der Absicht, meine Sicherheit zu bedrohen.

Mit der Zeit lösen sich die Fakten auf und verlieren an Realität. Dafür nehmen die Zeichen Konturen an.

Wie habe ich die Stimme, einzige Grundlage all meiner Vermutungen, nach so vielen Jahren und trotz der schlechten Telefonverbindung wiedererkennen können?

Unterdessen wird die Stimmung zu Hause immer gereizter.

Ich verstehe die Gründe, weshalb sie sich zurückzieht, immer kühler und reservierter reagiert. Aber es ist zuviel Zeit vergangen, als daß ich ihr jetzt von anonymen Anrufen und einem sinnlosen Text erzählen könnte.

Und trotzdem hat jemand angerufen. Hat jemand diese Botschaft geschickt. Jemand, der mich in diesem Augenblick gut durchs Fenster belauern kann oder, von der anderen Seite des Planeten aus, einen Schlag vorbereiten, der mich aus heiterem Himmel trifft.

Ich will nichts überstürzen, warte lieber ab, bis die Dinge sich klarer abzeichnen. Und versuche unterdessen, unsere Beziehung zu entkrampfen. Ich hole Leute in die Wohnung. Freunde, die ich seit Jahren nicht gesehen habe, oder neuere Bekanntschaften.

Ich nutze die Wiederbegegnungen, um Erinnerungen an Dinge und Personen aufzufrischen, die unterwegs abhanden gekommen sind, in der Hoffnung, eine Spur zu entdecken. Die spärlichen Auskünfte, die ich erhalten habe, klären weder die Gründe für sein Verschwinden noch sein Schicksal.

Der Bericht der Schauspielerin bezieht sich nur auf ein zeitliches Intermezzo, unverbunden zwischen den Ereignissen jenes Nachmittags und dem Geheimnis des folgenden Tages.

Ein gemeinsamer Freund erzählte mir, genau an jenem Tag habe er ihn im Büro aufgesucht, gleich am Morgen, und sich von ihm Geld geliehen.

Er war sichtlich unruhig.

Die Summe wurde fast ein Jahr später zurückbezahlt, per Postanweisung, unter falschem Namen und ohne weitere Angaben.

Dieser Umstand sowie weitere, verstreute Einzelheiten, die ich habe zusammentragen können, liefern am Ende den nahezu schlüssigen Beweis, daß er weder an jenem Tag noch in den darauffolgenden Monaten festgenommen oder getötet wurde.

Außerdem bin ich davon überzeugt, daß er sich mit mir als einzigem seiner alten Freunde in Verbindung gesetzt hat, sollte wirklich er angerufen und die Botschaft geschickt haben, und dieses zweifelhafte Privileg isoliert mich und macht mich zu einer Art heimlichem Komplizen, wozu mich zwar niemand zwingt, was ich aber unbewußt von Tag zu Tag mehr zulasse.

»Ein Typ hat mich angestarrt. Um ein Haar hätte er mich gepackt …«

Ob es dieser Blick war, diese winzige Begegnung, die Flucht und Abtauchen ins Rollen brachte?

Seine ganze Person hatte etwas, das dazu neigte, auszuweichen, sich zu verstecken.

Damals, auf dem Gymnasium. In dem Jahr, als wir uns kennenlernten.

Ich kam aus einem anderen Viertel der Hauptstadt und war fast ein Ausländer.

Er nahm sich meiner an.

Der Beginn einer Freundschaft.

Nach dem Unterricht wollte ich ihn begleiten.

Er reagierte seltsam. Schließlich floh er.

Ich fand heraus, daß er in einem alten, ziemlich heruntergekommenen Haus wohnte und aus einfachen Verhältnissen stammte.

Auf das Gymnasium ging er heimlich.

Ich akzeptierte sein Doppelleben.

Nie habe ich ihn auf das Geheimnis dieser zweifach verschmähten Herkunft angesprochen. Selbst dann nicht, als wir auf der unbestimmten Ebene der 'Intellektuellen' gleichzogen.

Zwei Wochen sind seit dem Eintreffen des Briefs vergangen.

Ein ständiges Gefühl von Bedrohung begleitet mich, das ich keinem mitteilen kann, das niemand verstehen würde.

Im täglichen Umgang mit den Leuten merkt man mir diesen Zustand offenbar nicht so sehr an.

Ich gebe mir Mühe, ihn weitgehend zu unterdrücken.

Doch zu Hause gelingt es mir nicht, mich weiter natürlich zu benehmen.

Manchmal überrasche ich mich bei Verhaltensweisen und Äußerungen, in denen ich mich nicht wiedererkenne.

Ich spüre eine immer größere Spannung in ihren Reaktionen.

Ich merke, daß sie sich furchtbar anstrengt, um eine Krise zu vermeiden.

Schließlich spielen wir unsere Rollen immer weniger überzeugend.

Die wenigen Male, die wir eine etwas spontanere Geste, irgendein Zeichen der Vertraulichkeit wagen oder es sich so ergibt, schlägt alles in Mißverständnisse um.

Ich bin allein im Büro. Es ist nach acht. Ich rufe zu Hause an, erfinde irgendeinen Grund, um nicht zum Abendessen zu kommen.

Ich gehe hinaus, ohne etwas Bestimmtes im Sinn.

Die Brise, die von der Flußmündung heraufweht, schlägt mir ins Gesicht.

Es ist schon dunkel, die Straßen leeren sich. Nur auf den Hauptstraßen fließt der Verkehr noch in unendlichen, zähen Reihen.

Ich fahre in Richtung Altstadt, meide die Strecken mit den größten Staus.

Was ich suche, sind die Orte unseres früheren Beisammenseins. Als hätten diese Orte lesbare Spuren bewahrt von den Personen, die sie aufsuchten, und den Begebenheiten, deren Schauplatz sie waren.

Bei der erstbesten Möglichkeit parke ich.

Das grelle Licht erschwert die Lektüre des Ortes und seiner Besucher.

Die Kneipe, in der wir uns früher immer versammelten, ist völlig verwandelt.

Nicht einmal die räumliche Anordnung ist dieselbe.

Unmöglich, die alten Wände in ihrem staubgedämpften Weiß zu lokalisieren, die Öffnung zur Küche hin, wo die Wirtin emsig hantierte, das im Fettdunst gedunkelte Deckengebälk.

Ich betrete einen glitzernden, schillernden Raum. Die einfachen Kadenzen der Hitparadenmusik scheinen die Gebärden und Bewegungen zu lenken.

Ich nehme mir ein Tablett und folge dem langwierigen Parcours die Theke entlang, versuche dabei, die Bilder der Produkte zu entziffern, die in gekühlten Vitrinen unter vermeintlich wirkungsvoller Beleuchtung ausgestellt sind.

Doch meine Aufmerksamkeit zieht es vor allem zu den Kollegen in der langen Schlange, die darauf warten, sich bedienen zu können, und zu den Gestalten, die im Speiseraum sitzen, allein oder in Gruppen, beschäftigt mit der Routine der Nahrungsaufnahme.

Mehr als eine neue Lebensart scheint es ein neuer Menschenschlag zu sein, der die Male seiner vielgeteilten Herkunft offen zeigt.

Während ich vor einer strahlenden Wand stehe und einen Hamburger kaue, muß ich an die Geschichte denken, die uns der Dealer hier an diesem Ort erzählte und die uns schließlich auf die Kundgebung zur Unterstützung des Diktators brachte.

Jedesmal, wenn er in der Stadt Station machte, ließ er uns Marihuana und Haschisch, manchmal Peyotl oder Acid, kubanische Zigarren oder Lamapullover aus den Anden da, und fast immer war von Diamanten aus dem Kongo die Rede, von Perlen aus Sri Lanka …

Er hatte meist eine Sitar dabei, die uns in die richtige Stimmung für den Trip brachte, wenn wir uns abends bei Freunden trafen.

Er reiste auf Frachtern, die im Hafen anlegten, mit Fernzügen oder auf den normalen Routen der Luftlinien.

Ich erinnere mich auch, daß er einmal in einer klapprigen Luxuskarosse vorgefahren kam, in Begleitung einer aufgedonnerten Frau.

Der einzige echte Profit all seiner fabelhaften Geschäfte, die er andeutete, waren vielleicht die Reisen gewesen und die Geschichten, die er an den Orten, wo er haltmachte, sammelte.

Sein Verschwinden oder andauerndes Fernbleiben – schließlich wäre es kaum überraschend, ihm erneut zu begegnen, in einem zeitgemäßeren Aufzug selbstverständlich – könnte sowohl zufalls- als auch berufsbedingt sein.

Alle seine reich ausgeschmückten 'wahren' Geschichten spielten in Ländern mit imaginären Namen.

Ich weiß nicht mehr, wie er die Stadt genannt hatte, die er an jenem Tag als Schauplatz für seine Fiktion nahm, eine Stadt, verloren in irgendeiner Bergregion in den Anden oder Tibet.

Der Dealer verstand es, seine Geschichten auf die Zuhörer abzustimmen. Er bezog sie mit ein, ließ sie in die Rolle der Personen schlüpfen oder konfrontierte sie mit unbequemen Situationen, fügte Einzelheiten hinzu oder ließ sie fort, um die gewünschte Wirkung zu erzielen, je nach Reaktion des Publikums.

Die Wirkung, die er mit seiner Parabel zu erzielen suchte, war uns klar, uns allen, die wir am diffusen Rand eines Untergrunds lebten, den uns die permanente und allgegenwärtige Bedrohung durch die Staatsgewalt aufzwang.

Doch diese sichere Wirkung wollte er an jenem Tag durch einen besonderen Effekt noch steigern, durch die Huldigung an eine diskrete Dame nämlich, die er zum erstenmal bei uns antraf: eine nüchterne Erscheinung mit einem leichten Akzent, der ihre Herkunft verriet, Beschützerin junger Homosexueller, lediger Mütter, Drogenabhängiger und sogar, wie es hieß, wenngleich dies aus verständlichen Sicherheitsgründen niemand je bestätigte, politisch Verfolgter.

Ihr erwies der Dealer an jenem Tag also die Ehre, sie als Hauptperson für eine Geschichte zu wählen, die in gewisser Weise unser aller Schicksal bestimmen sollte.

Die Geschichte beginnt mit der Ankunft eines Reisenden in der Stadt, wo die Anwesenheit eines Fremden seit jeher Aufmerksamkeit und sogar Überwachung bedeutete.

Schwere Zugänglichkeit, Ressourcenknappheit und eine auf sich konzentrierte Wirtschaft beschränkten die Beziehungen zum Ausland. Wer nicht erwartet wurde oder bestimmte Gründe hatte, machte einen Bogen um die kleine Gemeinde, die einen Teil des Jahres von den Unbilden des Wetters in den Weiten der Berge eingeschlossen wurde.

Der Reisende war aus heiterem Himmel aufgetaucht. Verwundet, zerlumpt, ohne Geld oder Ausweis.

Wer war er? Was hatte er vor?

Fragen und Mutmaßungen machten die Runde. Einige hielten ihn für einen Verbrecher oder Umstürzler, der aus der Strafanstalt ausgebrochen war, für einen Abenteurer, den die Banditen, die sich in den Bergen herumtrieben, verprügelt hatten ...

Er stellte sich als Naturforscher vor, tatsächlich Banditen in die Hände gefallen, die ihn ausgeraubt und verprügelt hatten. Doch niemand wußte so recht, was ein Naturforscher war, noch, was man mit ihm anfangen konnte.

An dieser Stelle der Geschichte führte der Dealer nun die Figur ein, die unserer Freundin auf den Leib geschneidert war, jedenfalls so wie er sie sah.

Eine Frau lebte einst in dem Städtchen, als einziger Nachfahr der ältesten Familie im Umkreis und Eigentümerin großer Besitzungen.

Vater und Brüder waren auf Befehl des Herrn, der die Gemeinde regierte, ermordet worden, als sie noch sehr jung war. Und statt, wie alle erwarteten, den Besitz zu verkaufen und zu fliehen oder einen der Freier zu erhören, die ein Auge auf das Vermögen geworfen hatten, übernahm sie ganz allein die Verwaltung der Ländereien und des Personals. Gleich am Tag nach der Beerdigung ließ sie die Zimmer schließen, in denen die Familie gelebt hatte, und blieb in ihrem Mädchenzimmer, ohne Freunde oder Bekanntschaften.

Die Jahre zogen ins Land, und nicht einmal der Herr der Stadt wagte es, sich an ihr oder ihrem Besitz zu vergreifen, vielleicht wegen des großen Respekts, den ihr Verhalten allen Menschen einflößte.

Diese Frau nun nimmt sich, innerhalb der Logik der Erzählung, des Reisenden an, wie sie es schon so oft getan hatte bei Armen, Kranken oder Menschen, die in Schwierigkeiten waren.

Sie rief einen Heiler, der ihm die Wunden verband, gab ihm saubere Kleidung, wovon es in den Schränken reichlich gab, und brachte ihn in einem verlassenen Stall unter, weit weg, damit es, obwohl er alt und krank war, nicht hieß, sie habe einen Mann eingelassen.

Während der Erzählung merkte ich, wie sich unsere Freundin immer mehr mit der Figur identifizierte. Und als am Schluß die Ereignisse die Wohltäterin vor ein Dilemma stellen, das ihr moralisches Selbstverständnis bedroht, redet der Dealer einfach weiter, läßt sie fallen, als hätte die Dynamik der Fiktion sie überrollt.

Tage später, als wir dasselbe Lokal in Richtung der Avenida verließen, wo die Demonstration stattfinden sollte, blieb ich absichtlich mit ihr ein Stück hinter den anderen zurück, um sie zu fragen, wie sie die Geschichte gefunden habe.

Ich habe meinen Hamburger aufgegessen und beschließe, genau diese Strecke noch einmal zu gehen.

Die alten Straßen sind im großen und ganzen unverändert geblieben, auch wenn ein neues Restaurant, eine Kunstgalerie, die sorgfältigere Pflege der Fassaden oder des Pflasters von der neuen Art künden, die traditionell armen oder von großen sozialen Unterschieden geprägten Viertel zu nutzen.

Ich erkenne einzelne Orte wieder, bringe sie mit Situationen in Verbindung, die ich erlebt habe, als ich sie noch regelmäßig aufsuchte.

An einem Straßenknick, in einem Laden mit Speisen 'zum Mitnehmen', drehen sich aufgespießte Hähnchenkadaver langsam unter bläulichem Licht.

Genau hier an dieser Stelle hatten wir auf dem Weg zur Demonstration kurz haltgemacht.

Der Laden gehörte damals einer religiösen Gruppe.

Im Fenster, wo sich heute die Hähnchen drehen, war eine Kulisse mit einer Landschaft im Hintergrund aufgebaut. Etwas weiter vorn erhob sich ein Hügel aus Pappmaché.

Links unten schickte sich ein kleines Kind an, auf allen vieren den Hang hochzukrabbeln. Auf der Hälfte der Strecke stand ein Jüngling und schaute in die Höhe, wo ein erwachsener Mann die Arme gen Himmel reckte, eine deutliche Anspielung auf die bekannten Christusbilder. Auf der rechten Hangseite vervollständigten die reiferen Jahre und das Alter den Zyklus.

In der Scheibe gespiegelt, nahm ich einen Ausdruck von geradezu gerührter Zustimmung in ihrem Blick wahr.

Wir gingen weiter unseres Weges, und sie selbst kam schließlich auf den Dealer zu sprechen.

»Glaubst du, daß er die Geschichte erfunden hat?«

»Sicher nicht ganz. Die Grundstory wird aus seinem Repertoire stammen.«

»Immerhin hat er es damit fertiggebracht, daß wir auf eine Kundgebung zur Unterstützung des Diktators gehen!«

»Gib zu, daß du entzückt von dem Dealer warst ...«

»Ich?«

»Ja. Von ihm und von der Figur, die er dir gewidmet hat.«

»Welche Figur?«

Ich versuchte sie dazu zu bewegen, die Übereinstimmung zwischen ihr und der Figur anzuerkennen.

Sie sträubte sich.

Während der ganzen Geschichte bricht die Person nicht ein einziges Mal aus ihren festen Verhaltensmustern aus.

Es gäbe demnach überhaupt keinen Grund für dieses Sträuben.

Es sei denn das Dilemma, das der Dealer am Ende in der Schwebe gelassen hatte.

Und eine Meinung zu genau diesem Dilemma wollte ich nun unbedingt von ihr hören.

Noch im selben Jahr, in dem er aufgetaucht war, hatte der Naturforscher eine verheerende Dürre vorhergesagt.

Er überzeugte die Wohltäterin davon, einen kleinen Staudamm aus Erde zu bauen, und tatsächlich rettete die Ernte die Bevölkerung vor dem Hunger und füllte den Geldschrank des Hauses.

Er wohnte weiter in dem alten Viehstall, den sie inzwischen hatte herrichten lassen.

Dort empfing er die Leute, die ihn besuchen kamen. Arme genauso wie Honoratioren.

Für jedes Problem hatte er eine Lösung. Er beschränkte sich nicht darauf, verloren geglaubte Ernten zu retten, er versöhnte auch Todfeinde, regte neue Unternehmungen an und schuf neue Formen des Reichtums.

Natürlich brachte man ihm bald auch Kranke und Gebrechliche mit der Bitte um ein Wunder, was er allerdings stets ablehnte.

Die Honoratioren des Städtchens gerieten in helle Aufregung, als sie sahen, welchen Einfluß der Unbekannte inzwischen gewonnen hatte. War er nicht der Schützling jener Frau, die sich in jungen Jahren der Trauer um Vater und Brüder verschrieben hatte?

Eines Nachts dringen zwei Männer in den Stall ein, um ihn zu töten.

Wie konnte er ihren Überfall voraussehen und sie niederstrecken, als sie gerade ihre Dolche in die Kopfkissen stießen, die er unter die Bettdecke gestopft hatte?

Es wird gemunkelt, daß er schon lange nicht mehr in seinem Bett schlief, daß er bis in die Frühe aufblieb und die Probleme der Gemeinde löste, daß er die Nächte mit der Dame des Hauses verbrachte.

Wir sollten unser Gespräch niemals zu Ende führen.

Als wir zum Kundgebungsplatz kamen, hatte das Spiel jeden Sinn verloren.

Es war unmöglich, an die Tribüne heranzukommen.

Das Bild des Diktators löste sich in der Ferne, in einem Meer von Demonstranten auf. Wir zerstreuten uns wie auf ein stilles Kommando. Bevor wir uns verabschiedeten, fragte ich sie noch:

»Als er zum neuen Herrn der Stadt erkoren wurde und den Mann aufknüpfen ließ, der deinen Vater und deine Brüder ermordet hatte, hast du ihn da noch weiter unterstützt?«

Eine Menschenmenge strömt über die Bürgersteige der Avenida, schwappt in die Bars und Restaurants, läßt auf den Terrassen die Zeit verstreichen und schaut zu, wie der Verkehr über die mittleren Fahrbahnen fließt.

Die Tribüne stand mitten auf der Avenida, an einer Stelle, von wo aus sie nach beiden Seiten in voller Länge zu überblicken war.

Ich erkenne den Ort wieder.

Die Bäume, die rings um die Tribüne standen, sind natürlich gewachsen, auch wenn ich sie so groß vor Augen habe wie heute.

Ich lehne mich an einen Stamm.

Genau hier kam es zu der Prügelei, oder vielleicht ein Stück weiter, wo der Sicherheitsbereich anfing.

Mit der »kleinen Gruppe von Provokateuren«, wie es in den Nachrichten hieß, waren nicht wir gemeint. Vielleicht ist er nur so nah an die Tribüne herangekommen, daß er in das Geschehen, das sich nach unserem Aufbruch abspielte, hineingezogen wurde.

Jahre später, nach dem Sturz des Regimes, sollte sich das Gerücht, das wir als Witz aufgefaßt hatten, bestätigen. Damals mußte ich daran denken, daß die vermeintliche Fiktion des Dealers sich wohl auf Informationen gestützt hatte, die er durch seine Beziehungen zu den Kreisen der Macht sammeln konnte.

Ich glaube, ich habe nie mit jemandem über diesen Verdacht gesprochen. Die Gruppe der Freunde, die sich gewöhnlich in der Kneipe traf und bei diesem Spielchen mitmachte, löste sich nach und nach auf. Alle nahmen sie neue Gewohnheiten an, pflegten neue Bekanntschaften, besuchten andere Orte.

Ich gehe weiter über die Avenida, das Gewimmel lichtet sich. Damals lag die Avenida abends still und leer, nur die Prostituierten und Transvestiten, die man nicht in die Bars und Bordelle ließ, bevölkerten ihn, die Kunden, die aus dem Landesinneren kamen, Zuhälter und auch die Bettler, die die Dividende der Nächstenliebe kassierten, unter den komplizenhaften und aufmerksamen Blicken von Polizisten in den verschiedensten Uniformen, die die Gegend kontrollierten.

Selbst tagsüber spazierte die Bevölkerung geordnet zwischen den Fassaden der Gebäude einher, wo die letzten bürgerlichen Familien auszogen und Firmen und Freischaffende sich niederließen, die über größere finanzielle Mittel verfügten.

Nur an besonderen Tagen belebte sich die Avenida, wie ein gespenstischer, von der Mythenhysterie beherrschter Raum: Militärparaden, Kundgebungen zur Unterstützung der Regierung, falsche Folklore, die man sich aus einem unterdrückten kulturellen Erbe herausgeklaubt hatte.

Doch warum hatten ausgerechnet an diesem Nachmittag, als die Avenida voller Menschen war, eingeteilt in Blöcke von Beamten, Angehörigen der Ordnungskräfte, Bauern, die neugierig auf die Stadt waren und vom Regime kostenlos herbeigekarrt wurden, Großgrundbesitzern mit ihren Leibeigenen, warum hatten die Polizisten gerade da auf die Menge losgeknüppelt? Oder hatte irgendeine organisierte Gruppe von Umstürzlern es geschafft, die Massenbekundung der ‹bedingungslosen Unterstützung› zu verhöhnen?

Die Wallfahrt war zu Ende. Noch einmal hatte ich den Weg jenes Tages zurückgelegt, an dem wir uns das letztemal gesehen hatten, ohne den geringsten Hinweis auf die Umstände seines Verschwindens zu finden.

Ich erinnere mich nicht mehr genau, wann wir zuletzt zusammen waren, doch weder beim Essen, noch als wir uns trennten, bemerkte ich etwas Besonderes in seinem Verhalten.

Der Weg zum Theater, wo er Stunden später Hilfe suchen sollte, ist, selbst wenn man seelenruhig schlendert, in zwanzig Minuten zurückzulegen.

Bestimmt hat er in diesem Zeitraum, freiwillig oder gezwungenermaßen, die Entscheidung getroffen, zu fliehen, seine Frau, die Freunde, den Beruf, sein ganzes fertiges Leben aufzugeben, ohne eine Spur zu hinterlassen, der wir hätten folgen können.

Wenn tatsächlich er der anonyme Anrufer und Absender der Botschaft ist, warum meldet er sich dann nach so vielen Jahren heimlich bei mir?

Ich beschließe, meine Wanderung fortzusetzen und den direktesten Weg durch die Gassen der Stadt zu nehmen.

Auf der Flucht vor den Polizeiknüppeln wird er versucht haben, seinen vielleicht nur eingebildeten Verfolgern dadurch zu entkommen, daß er sich ein paar Stunden lang an irgendeinem Ort, der ihm am sichersten schien, versteckte.

Es sei denn, man hätte ihn festgenommen und verhört und seine Panik – ‹Ein Typ hat mich angestarrt. Ich muß immer an seine Augen denken.› – wäre durch diese kurze und gewaltsame Erfahrung ausgelöst worden.

Doch als er wieder auf freiem Fuß war, was konnte ihn da veranlaßt haben, die Flucht zu ergreifen – außer er hätte tatsächlich bei irgendeiner Bewegung mitgemacht und eine Verantwortung getragen, vor der er sich nicht drücken konnte?

Eine recht unwahrscheinliche Hypothese, zumal wenn man bedenkt, daß solche Aktivitäten in der damaligen Zeit nicht vereinbar waren mit Familie und Beruf. Und selbst wenn, er wäre bestimmt aus dem Exil zurückgekehrt, als das Regime zusammenbrach.

Die Straßen der Altstadt liegen still da, fast menschenleer, abgesehen von ein paar wenigen

Plätzen oder Kreuzungen, wo sich das Nachtleben abspielt, begleitet vom Motorenlärm der vorfahrenden oder davonbrausenden Autos und Motorräder und von einem rhythmischen Leuchten, das eine dichte, als Vorbote eines Sommergewitters auf die Stadt herabgesunkene Wolkendecke reflektiert.

An einem dieser Plätze, überragt von einem hundertjährigen Baum, liegt die Bar, wo sich die junge Szene der bildenden Künstler und mondänen Kolumnisten trifft.

Die große, düstere Halle, eine ehemalige Werkstatt, in der als dekoratives Element noch die fixierten Metallkonstruktionen jener Maschinen stehen, die Anfang des Jahrhunderts als erste die Ruhe der Bewohner des Viertels störten, wird von beweglichen, grellbunten Scheinwerfern ausgeleuchtet. Menschen stehen dichtgedrängt beieinander und erschwert den Zugang zur Theke.

Auf Augenhöhe in die Wände eingelassen, strahlen Dutzende kleiner Bildschirme Videoclips aus, ohne erkennbare Beziehung zwischen den Bildern und den Klängen, die dumpf durch den Raum wabern.

Während ich an der Theke lehne und einen Whisky trinke, vergleiche ich den Anblick dieses Völkchens unwillkürlich mit den Besuchern des Selfservice.

Doch dieser Gedanke verflüchtigt sich. Er wirft mich in die Zeit der Gemeinschaft, den Strudel der Veränderungen, für die ich keinen Ausweg vorhersehen kann, der nicht verhängnisvoll wäre.

Ich gehe denselben Weg in Gegenrichtung, zurück durch die Menge, und finde mich erneut auf dem kleinen Platz wieder, unter dem Baum, dessen Knospen im Rhythmus der Leuchtreklame aufscheinen.

Auf der anderen Seite des Platzes gibt es noch ein altes, um diese Uhrzeit geschlossenes Gasthaus, das wohl einst die Arbeiter aus dem Werk bediente und das die Neuerungen, die sich durch das Viertel fressen, überlebt hat.

Als der Dealer uns damals seine Geschichten erzählte, trafen sich die Bewohner des Viertels dort nach der Arbeit, mit all den Sorgen und Enttäuschungen, die sie einander näherbrachten, und dem Mißtrauen, das sie daran hinderte, sich zu verbünden, und träumten davon, das Gebäude der Macht zu untergraben, das sie unfreiwillig stützten.

In der Stadt aus der Geschichte des Dealers war es das Erwachen eben dieses Bewußtseins gewesen, das allmählich den Taten und dem Vorbild des exilierten Naturforschers folgte.

Zwischen der unumschränkten Macht des Herrn der Stadt, welche die Erinnerung an seine Verbrechen verdüsterte, und der Kraft, die der Naturforscher ausstrahlte, dem es gelang, das Leben um sich herum zu verändern und zu verbessern, fand die zerrissene Gemeinde mit der Zeit zu einem gemeinsamen Willen.

Und eines Tages, als die Ordnungskräfte das Haus umstellen, um ihn festzunehmen, erhebt sich die Bevölkerung, greift mit geradezu religiösem Eifer die ahnungslosen Soldaten an und stürmt den Regierungspalast.

Als der Naturforscher dann selbst die Rolle des Herrn der Stadt übernimmt, ist sein erster Regierungsakt die Beantragung eines öffentlichen Gerichtsverfahrens gegen den Tyrannen.

Die auf den Prozeß folgende Hinrichtung des Tyrannen und seiner Mitstreiter entspricht also dem Willen des Volkes, nicht einem persönlichen Racheakt.

An diesem Punkt beginnt die eigentliche Geschichte.

Der Schluß, auf den alles zustrebt, verlangte die lange Vorrede, in deren Verlauf die Figuren und ihre Welt Gestalt annehmen und die Triebkräfte und Obsessionen, die ihrem Verhalten zugrunde liegen, sich abzeichnen.

Der anonyme Reisende, der eines Tages in die Stadt gekommen ist, wird die Geschicke der Gemeinde, die ihn aufgenommen hat, lenken.

Die Zeiten werden sich ändern, Generationen werden aufeinanderfolgen, die Vergangenheit wird sich auflösen in diffusen Erinnerungen und unnützen Zeugnissen.

Von seinem Verhältnis zur Bevölkerung bleiben nur diese Erinnerungen.

Macht schafft Distanz, Strukturen, die Mechanismen der eigenen Erhaltung.

Und peu à peu, sowie er sich entfernt und auf die Mitte dieses Gespinstes zubewegt, wird er zu einem Symbol, das alle Stufen seines Aufstiegs in sich vereint, bis es eins wird mit seinen eigenen sterblichen Überresten.

So daß sein Tod also verschwiegen wird.

Nur eine kleine Anzahl engster Vertrauter ist in das Palastgeheimnis eingeweiht und übernimmt nun die Inszenierung seiner einstweiligen Ewigkeit. Die Fachleute, die den Leichnam einbalsamiert haben, werden rasch verschwunden sein, damit die Öffentlichkeit ihr Zeugnis niemals zur Kenntnis nimmt.

Der Leichnam, ausgestattet mit den Insignien der Macht, erhält den Mythos und gewährleistet die Kontinuität.

Doch die Geschichte geht weiter.

Die Macht braucht zu ihrer Ausübung keine Mumien mehr. Sie kapselt sich ab in einer Zeit und in einem Raum, die allumfassend sind und abstrakt.

Wo nicht einmal Parabeln sie treffen können.

Der Platz vor dem Theater belebt sich nach der Vorstellung.

Grüppchen kommentieren das Stück und verabreden das weitere Abendprogramm.

Junge Musiker spielen auf, am Boden der Hut für den Obolus.

Im Theater drängen sich die Verehrer wie an einem Premierentag vom Künstlereingang bis an die Garderobentür.

»Welch ein Erfolg …!«

»Kein Wunder. Ich war gestern im Fernsehen. Bist du deshalb hier?«

Ich setze mich in eine Ecke, warte, bis sie die letzten Besucher empfangen hat.

»Bist du allein?«

»Wie du siehst.«

»Welchem Umstand habe ich diesen Besuch zu verdanken?«

»Rekonstruktion historischer Ereignisse zu literarischen Zwecken.«

»Da hättest du erst mal draußen bleiben können. Und bis wohin gedenkst du deine Rekonstruktion zu treiben?«

»Das wird sich zeigen. Es gibt keine exakte Rekonstruktion. Angefangen bei unserer alten Kneipe, die nun eine Stehbude ist, wo ich mit noch größerem Hunger rausgekommen als reingegangen bin.«

»Ist das eine Einladung?«

»Was sonst?«

»Vergiß nicht, daß das nicht in die Rekonstruktion paßt.«

»Nennen wir es ein Intermezzo.«

»Nur leider habe ich eine Verabredung mit Freunden.«

»Dann werde ich mich wohl in Geduld fassen müssen.«

»Vielleicht braucht dich deine Geduld ja nicht zu reuen. Erinnerst du dich noch an meine junge Rivalin?«

»Die du mir zum Nachtisch serviert hast ...?«

»Ich habe sie dir weder beim Mittagessen zum Nachtisch serviert, noch werde ich es beim Abendessen tun. Aber vergiß nicht, daß ich dir Zugeständnisse mache wie keinem sonst. Also benimm dich!«

Im Restaurant bemerkte ich, daß es eine Beziehung zwischen den beiden Frauen gab, daß meine Freundin mich, weiß der Himmel wieso, als Gelegenheitspartner nahm. Der Vorschlag war verlockend. Ich sah auf die Uhr. Fast vier Uhr morgens.

Ich sprang auf, bat um die Rechnung, verabschiedete mich hastig.

»Tschüss Aschenputtel!«

»Soweit kommt's noch ...«

Eine Frage, die zu meinen Nachforschungen gehörte, war unbeantwortet geblieben: Am 'Tag danach', als ich zu ihr kam, mußte er wenige Stunden zuvor gegangen sein ...

Als ich nach Hause kam, war es nach vier. Das Licht im Schlafzimmer brannte.

»Eben hat jemand angerufen. Ich habe schon einen Schreck bekommen. Ich dachte, es wäre irgendwas mit dir ...«

»Wer war es?«

»Hat sich keiner gemeldet. Ein Atmen war zu hören, und Musik. Dann hat der Mensch aufgelegt.«

»Wird sich jemand verwählt haben.«

»Ich weiß nicht. Mir ist so, als hätte ich schon ein paarmal um diese Uhrzeit das Telefon gehört. Weißt du nicht mehr? Ich habe dich doch letztens noch gefragt ... Aber ich bin nie ganz wach geworden.«

Das Alibi

Als ich das letztemal anrief, war sie am Apparat.

Ich war nicht überrascht.

Ich war mir immer sicher, daß Ihr zusammen seid.

Aber ich hätte nie gedacht, daß es mich so mitnehmen würde.

Als Du meine Botschaft bekamst, mußt du gedacht haben, ich sei verrückt, was gar nicht mal so falsch ist.

Doch mit den apokalyptischen Bildern, die Dich auf die Idee bringen könnten, ich hätte Wahnvorstellungen, beschreibe ich lediglich eine reale Situation.

Was mir in Bezug auf meinen geistigen Gesundheitszustand Sorge macht, ist dieses plötzliche Bedürfnis, wieder Kontakt aufzunehmen mit einer Welt, von der ich mich freiwillig abgewandt habe und die ich für immer ad acta gelegt zu haben glaubte.

Ob die Rückkehr in der Zeit zwangsläufig kommt bei dem, dessen Tage gezählt sind? Das letzte Alibi dessen, der beschließt, den eigenen Tod anzunehmen, weil er davon überzeugt ist, ihm seinen Schrecken geraubt zu haben?

Ich erhielt die 'Botschaft' und steckte sie ungeöffnet in die Tasche.

Erst als ich im Halbdunkel einer um diese Uhrzeit fast leeren Bar sitze, entschließe ich mich, sie zu lesen.

Es ist, genau wie die erste, ein Computerausdruck ohne jeden Hinweis auf den Absender.

Doch während ich lese, kommt mir zum erstenmal richtig zu Bewußtsein, daß die mysteriösen nächtlichen Anrufe keine vorübergehende Laune waren, sondern die Ankündigung unvorhersehbarer Ereignisse.

Ich lasse mich tief in das Sofa sinken, zünde eine Zigarette an. Ein Pärchen hat in meiner Nähe Platz genommen, und ich höre ihr Geflüster, ohne die einzelnen Worte zu verstehen.

Zur Ablenkung lasse ich meinen Blick durch die Bar schweifen, in der ich noch nie gewesen bin. Eine ganze lange Epoche zieht an meinem geistigen Auge vorbei, eine Zeit, die ich für immer versunken wähnte, wie die Stadt aus dem anonymen Brief. Noch einmal lese ich mir jeden einzelnen der kurzen Sätze durch, hinter denen ich eine Absicht erahne, die ich jedoch nicht näher zu bestimmen vermag.

Und wenn ich mich entschlösse einzugreifen? Wenn ich den Lauf der Dinge aufhalten wollte?

Doch würde ich das wirklich wollen?

Erneut bin ich mit Dingen und Situationen aus unserem gemeinsamen Leben konfrontiert, die der Strom der Erinnerung an die Oberfläche spült, so als hätte ich mich seit Beginn der anonymen Anrufe intuitiv darauf versteift, einen Sinnzusammenhang herzustellen.

Zum erstenmal bemerke ich, mit einem gar nicht so unbehaglichen Gefühl, wie vollkommen isoliert ich bin.

Trotzdem weiß ich nicht, was mich daran hindert, nach Hause zu gehen und zu sagen:

»Er lebt. Er hat angerufen, hat diese Briefe geschickt ...«

Ich kann es mir nicht anders vorstellen, als daß die Nachricht ein Grund zur aufrichtigsten Freude wäre.

»Was will er damit sagen, in der verlassenen Stadt bleiben bis zur Vernichtung?«

»Was weiß ich. Ich habe versucht, es zu entschlüsseln, aber ich verstehe es nicht ...«

So in etwa würde das Gespräch verlaufen. Ich sehe es genau vor mir: Ort, Gesichter, Gesten. Der Tisch gedeckt, das Abendessen, die Bemerkungen.

Vielleicht würde ich die Fotos holen, die ich in der Nacht hervorkramte, als ich seine Stimme am Telefon erkannt zu haben glaubte.

Wir würden von damals sprechen, von dem Tag seines Verschwindens, den gemeinsamen Freunden.

»Wo er wohl stecken mag?«

»Und was er in den ganzen Jahren getrieben hat?«

»Es geht ihm zweifellos prächtig, er hat sogar einen Computer!«

Ich kann sogar fast unser Lachen hören. Ein Lachen der Freude darüber, ihn am Leben zu wissen, wo auch immer er sein mag.

»Wir müssen ihn finden. Zu gerne würde ich die Geschichten dieses verrückten Kerls hören!«

Die Bar hat sich gefüllt. Ich habe es kaum mitbekommen. Ich weiß nicht, wie spät es ist. Auch der niedrige Pegelstand der Flasche sagt es mir nicht. Ich weiß nur, daß ich keine Lust habe, nach Hause zu gehen.

Ich gehe zum Telefon. Ein weiteres Mal werde ich die Fiktion von Entfernung und Zeit aufrechterhalten.

»Tschuldige, daß ich erst jetzt anrufe. Es hat im Büro unerwartet Probleme gegeben.«

»...«

»Ja, ich muß über Nacht hierbleiben.«

»...«

»Morgen zum Abendessen bin ich zurück, klar ...«

Ich spiele diese Rolle nur widerwillig. Vor allem jetzt, wo ihre ganze Aufmerksamkeit auf mein Verhalten gerichtet ist.

Jedenfalls will ich es nicht so weit kommen lassen, daß ihr Bild von mir Schaden nimmt.

Vor dem Spiegel ist mir bei ebendiesem Bild zum Lachen zumute ...

Immerhin etwas! Ich wasche mir das Gesicht, ganz langsam, mit kaltem Wasser. Allmählich nimmt es wieder akzeptable Züge an. Züge, die mir erlauben, jemanden anzusprechen, ohne daß er in Panik gerät.

Ich zahle meine Rechnung, doch der Blick des Barkeepers reicht als Beweis nicht aus, schließlich ist er es gewohnt, in verwüstetere Gesichter zu sehen.

Die Nachtluft ist eine Wohltat.

Ich steige in meinen Wagen. Als wäre alles geplant gewesen, stelle ich fest, daß die Vorstellung gleich zu Ende ist. Ich fahre zum Theater.

Wenige Augenblicke vor Schluß komme ich hin.

Der Saal ist fast leer.

Ich höre den unverdrossenen Beifall. Dann das Lärmen des Publikums, das den Saal verläßt. Ich warte auf dem Gang. Wenn ich einfach so in die Garderobe träte, könnte mich das in Verlegenheit bringen. Die junge Schauspielerin ist es, die mich herführt. Ich will keinen Mißerfolg riskieren.

»Wollen wir das unterbrochene Gespräch wiederaufnehmen?«

»Ich weiß nicht, ob du das verdient hast. Nur wenn du mir versprichst, nicht wieder mit der Aschenputtelnummer anzufangen … Was ist denn mit dir passiert?«

»Wann? Letztens?«

»Nein, das will ich gar nicht wissen. Jetzt, in diesem Augenblick …«

»Was ist denn so Besonderes an mir?«

»Ich weiß nicht. Du bist ja noch wunderlicher als sonst.«

»Ich mache eine Metamorphose durch …«

»Welch hübschen Schmetterling *mon salaud tu ferais* …«

»Ich sehe, du verehrst nach wie vor den guten alten Brassens … den Sie wahrscheinlich gar nicht kennen …«

Die junge Schauspielerin ist soeben hinzugekommen.

»Wir denken weiterhin nur Schlechtes voneinander ...«

»Wir erwarten vielleicht zuviel voneinander!«

Zu dritt gehen wir hinaus.

Die Schwere des Alkohols verfliegt allmählich.

»Und wenn wir zu mir gingen?«

»Ich habe einen schrecklichen Hunger. Wenn du mir etwas zu essen machst ...«

In der Wohnung hat sich nicht allzuviel verändert, abgesehen von ein paar frisch erworbenen Möbelstücken, neuen Bildern, der Abnutzung der bekannten Gegenstände.

Bevor wir in der Küche verschwinden, legt sie eine Platte auf. Ich erkenne das Stück wieder, in unseren wilden Nächten hatten wir es immer gehört.

Und plötzlich bekomme ich einen Lachanfall.

»Fehlt dir was?«

»Noch nicht! Eines Tages werde ich es dir erklären. Wenn du wüßtest, was da in der Luft liegt, würdest du noch lauter lachen.«

Ich wache an einem unbekannten Ort auf. Das Licht dringt durch ein hohes Fenster herein, der Raum verschwimmt im Halbdunkel.

Ich liege in einem Bett. Nackt, in einem zerwühlten Bett. Jemand schläft neben mir. Eine Gestalt, deren Anwesenheit durch den Duft und das Atmen bestätigt wird.

Ich würde diese Ratlosigkeit am liebsten unendlich in die Länge ziehen, die Hand über das

Laken wandern lassen und den Körper, der außerhalb meines Blickfelds ruht, finden, ohne ihn zu erkennen.

Doch in dem Maße, wie das Licht durch die Netzhaut in meinen Körper flutet, läßt die Erinnerung die Ereignisse des Vorabends in aller Deutlichkeit aufsteigen.

Ich drehe meinen Kopf, ohne ihn vom Kissen zu heben, wie auf der Suche nach einer Bestätigung. Die junge Schauspielerin schläft friedlich.

In dem sanften Licht, das allmählich das Innere des Zimmers freigibt, überdeckt ein seltsames Gefühl von Unbehagen, fast schlechtem Gewissen die Freude über ihre Anwesenheit.

Ich stehe lautlos auf, gehe ins Bad. Ich wasche mich mit kaltem Wasser, versuche vor dem Spiegel, das von Schlaf und Müdigkeit gezeichnete Gesicht in Form zu bringen.

»Scheiße! Schlechter Anfang für eine Romanze. Über die Leiche einer alten Freundin zu gehen. Und dann auch noch ein puritanischer Mord!«

Wir hatten den Abend bei ihr zu Hause begonnen, in Feierlaune: die Musik voll aufgedreht, ein edler *Brut*, die beherrschte Erregtheit einer noch offenen Beziehung, deren Regeln erst festgelegt werden mußten.

Die Auswahl der Revivalhits war aufgeladen mit Erinnerungen an unsere alte Beziehung, doch die Stimmungen, die sie für uns beschworen, schienen auf die Figur der jungen Schauspielerin überzugehen.

Während wir mit Kochen und Tischdecken

beschäftigt waren, kam es mir überhaupt nicht in den Sinn, daß meine Freundin selbst dieses vermeintliche Einvernehmen gar nicht als so echt und harmonisch wahrnahm wie ich.

Erst als wir uns an den Tisch setzten, merkte ich, daß sie verschlossen und angespannt war, auch wenn sie dieselbe Freude vorzuspielen versuchte, die sie zu Beginn an den Tag gelegt hatte.

Ich konnte nicht umhin, diesen Umschwung auf die Warnung zu beziehen, die sie mir ein paar Tage vorher im Theater mit auf den Weg gegeben hatte: »... vergiß nicht, daß ich dir Zugeständnisse mache wie keinem sonst ...«

Ich schenkte eine Runde Sekt ein und stieß auf unser Wiedersehen an. Die romantisch-schwelgenden Melodien, die sie ausgesucht hatte, nahm ich als Aufforderung, die Zeit wiedererstehen zu lassen, da wir sie kennengelernt und nächtelang bis in den Morgen gehört hatten.

Aber es war zu spät.

Die erste euphorisierende Wirkung des Schampus war vorbei, und meine Bemühungen vermochten sie nicht mitzureißen, im Gegenteil, sie deprimierten sie nur noch mehr.

Nach und nach ließ sie sich in einen Zustand völliger Teilnahmslosigkeit gleiten, als wollte sie sich demonstrativ absetzen von der Beziehung, die sie zwischen mir und der anderen erwachen sah.

Sie trank still vor sich hin und hörte die Musik, während die andere und ich uns auf einer Ebene näherkamen, die sie in der Tat ausschloß, bis wir sie am Ende fast vergessen hatten.

Wir merkten nicht einmal, daß sie aus dem Zimmer gegangen war.

Die Platte war zu Ende. Die Geräusche der Stadt drangen wie aus ferner Tiefe in die Stille der Wohnung.

Als wir am wenigsten damit rechneten, ging die Tür auf, und sie stand da: nackt, das Haar zerzaust, ihr Gesicht von Müdigkeit gezeichnet.

Es wollte mir nicht gelingen, diesen Körper und die Erinnerung an ihren Körper in Übereinstimmung zu bringen.

Im nächsten Moment wankte sie durchs Zimmer.

Ich wollte sie stützen. Sie schüttelte mich ab, warf sich ihrer Freundin um den Hals.

Ich ergriff sie, ganz ohne Zwang. Legte sie aufs Sofa. Drückte ihr ein Kissen unter den Kopf und breitete eine Decke über sie, die die junge Schauspielerin aus dem Schlafzimmer geholt hatte.

Sie hatte die Augen geschlossen.

Als wir gingen, schien sie zu schlafen.

Genau diese Situation schmerzt mich wie ein Gewissensbiß, während ich durch die Wohnung spaziere und Indizien für die Persönlichkeit sammle, die diese Räume bewohnt.

Es ist längst Tag: ein grauer, tiefer Himmel, typisch für den Sommeranfang, aufgeladen mit elektrischer Spannung.

Das Schlafzimmerfenster zeigt ein tristes Bild der Stadt, tote Fassaden, weite Flachdächer, überzogen von Luken, Rohrleitungen, Apparaturen.

Die Zeichen, die ich bei meiner Runde durch die Wohnung gesammelt habe, erlauben mir keine klare Lektüre, doch machen sie meinen Abstand zu einer Generation deutlich, die nicht nur die Kultur, sondern fast schon die Natur gewechselt hat.

In den wenigen erkennbaren Gemeinsamkeiten suche ich nach einem Schlüssel, um sie zumindest vorläufig zu begreifen.

Fürs erste reicht jedoch der dunkle und tiefe Gleichklang der Sinne, ein Reservat für das Abenteuer einer Begegnung.

Ich befreie sie von dem Laken, in das sie sich, vielleicht als sie die Wärme meines Körpers vermißte, eingewickelt hat, und lege mich neben sie.

Mit noch verschleierter Miene dreht sie sich zu mir, und unsere Körper schmiegen sich aneinander, als kennten sie sich seit Urzeiten.

Wir sitzen an einer großen Scheibe, die uns von der Straße trennt, und warten auf das Essen.

Ich versuche einen roten Faden zu erkennen, der ihre Gedanken verbindet, eine Achse der Kohärenz. Ich werde von Bild zu Bild geworfen, von Metapher zu Metapher, von Situation zu Situation.

Und trotzdem genieße ich eine lückenlose Stetigkeit, wie ein organisches Fließen, entstanden vielleicht aus den sinnlichen Elementen – Gesten, Mienen, Lippenbewegungen, Lichtblitzen in ihrem Haar –, an denen sie sich festhält.

Für Augenblicke habe ich das Gefühl, jenseits der körperlichen Anziehung auch in Konflikte anderer Art zu geraten.

Durch das scheinbar Zusammenhanglose ihrer Rede kann ich auf andere Weise mit jener Welt in Beziehung treten, die aus ihren Worten entspringt. Und dieser Unterschied reißt mich plötzlich aus der Trägheit, in die ich mich unmerklich habe hinabziehen lassen.

»Weshalb kuckst du mich so komisch an?«

Mit dieser Frage hatte ich als letztes gerechnet. Ich nehme an, mein Gesicht, das sich in diesem vagen Raum zwischen Verwunderung und Angezogensein verliert, kommt ihr sonderbar vor, wenn nicht lachhaft.

»Mach nur so weiter, und du sinkst in meiner Achtung.«

»Magere Achtung …«

»Ich mag keine Typen von gestern. Ich fand dich witzig, weil du dich nicht andauernd für dein Alter entschuldigst.«

»Generationskonflikt?«

»Nein. Ganz im Gegenteil. Ich halte diesen Jugendkult, wie er ständig getrieben wird, für schwachsinnig.«

»Eine recht ausgebufftes Treiben allerdings.«

»Findest du?«

»Hast du etwa Zweifel? Wenn ich Okkultist spielen wollte, würde ich sagen, es gibt eine geheime Verschwörung, um die Welt zu beherrschen, wie es bei den Okkultisten so üblich ist. Und Teil dieses Plans, dieses 'Großen Werks' sind so unterschiedliche Dinge wie Softdrinks, Massensport, Fernsehserien und Generationskonflikte ... Außerdem weißt du ja selbst, was der 'junge Markt' abwirft ... Das reicht allemal, um die Suche nach dem Stein der Weisen zu finanzieren!«

»Ihr müßt aber auch allem ein politisches Mäntelchen umhängen ...«

»Ihr ...?«

»Jawohl! Eure Generation.«

»Da magst du richtig liegen, was die Unterschiede betrifft, aber nicht die Konflikte. Wir hatten tatsächlich die 'Offenbarung' der politischen Realität, wie es hieß. Doch die Politik hat sich entwickelt und am Ende Bürger hervorgebracht, die so betäubt und träge sind wie Masthühner ...«

Ich wurde mir rechtzeitig der Gefahr bewußt, didaktisch zu werden. ‹Aber wie kann man 'undidaktisch' sein, ohne daß man an die Grenze zum Abseits gerät?› dachte ich noch.

Der Himmel ist noch tiefer auf die Stadt herabgesunken. Das Gewitter umschleicht bereits den dunklen Spiegel der Flußmündung. Wir gehen hinunter zu den Docks.

»Mußt du nicht arbeiten?«

»Ich glaube, ich werde nie wieder arbeiten. Und du sollst meine Beschützerin vor dieser Geißel sein.«

Die letzte Schlacht

Um fünf Uhr nachmittags komme ich nach Hause, nachdem ich sie am Theater abgesetzt habe.

Ich stelle mich innerlich um, nehme ein Bad, wappne mich für eine Schlacht ohne Boden, ohne Ziel, ohne Feind.

Ich bereite das ‘Spektakel’ vor, bei dem ich versuchen werde, mehr Zuschauer denn Akteur zu sein.

Ich verstaue die beiden mysteriösen Botschaften in der Schublade, wo ich die Fotos und die alten Texte aufbewahre.

Ich weiß nicht, was ich sagen werde. Ich weiß nicht, was dabei herauskommen wird. Ich weiß nur, daß ich diese absurde Situation beenden muß.

Mir bleibt noch Zeit, im Büro anzurufen, mich unter einer Lawine von Nachrichten, dringenden Mitteilungen, Protesten, geradezu dramatischen Appellen an mein Verantwortungsgefühl begraben zu lassen.

»Schon gut, schon gut! Sie haben ja recht. Aber es gibt Situationen, die lassen sich nicht vermeiden. Es gibt Fälle von höherer Gewalt. Erklären Sie das den Leuten. Ich bin sonst wirklich kein verantwortungsloser Mensch. Aber es gibt auch andere Dinge, da kann ich mich nicht aus der Verantwortung stehlen ...«

»Ist es denn was Schlimmes?«

»Ja, natürlich. Morgen können Sie wieder auf mich zählen. Machen Sie die Termine, die Ihnen am dringendsten scheinen. Aber erzählen Sie niemandem davon. Sagen Sie einfach, ich mußte verreisen. Oder was auch immer ...«

Der Anruf bei der Sekretärin gehört ganz wesentlich zur Vorbereitung des 'Spektakels'. Ich muß frei sein. Äußeren Druck ausschalten. Mir den Raum und die Zeit schaffen, die für eine vielleicht entscheidende Auseinandersetzung vonnöten sind.

Sie kommt gegen acht.

Ich sitze und lese, neben mir ein Glas, im Hintergrund Cool Jazz.

Ich stehe auf, begrüße sie und werde begrüßt, als wäre ich von einer Reise zurückgekehrt. Ich bemerke nichs Ungewöhnliches in ihrer Miene, in ihrer Art zu fragen, wie die Dinge gelaufen sind.

Ich bin versucht, das 'Spektakel' abzublasen, weiter das heimliche Spiel zu spielen, das sich über unsere Beziehung gelegt hat wie ein Schutzmantel.

Ich warte lieber ab, ehe ich irgendeine Entscheidung treffe: lasse sie es sich bequem machen, nehme das Glas, erzähle mein Märchen, als wäre es die wahre Wirklichkeit, und höre mir die Wirklichkeit ihres Alltags an, als wäre es ein Märchen.

Alles läuft glatt, wie am Schnürchen, fast ohne jede Spitze. Wie schon lange nicht mehr.

Die Fenster stehen offen, tief unter uns liegen die Gärten. Im Hintergrund die Stadt, Konstellation von Lichtern, ein stilles Pulsieren.

Wir lehnen uns hinaus in das schwankende Dunkel der Bäume. Reflexe eines fernen Lichts huschen über das Wasser des Bassins, im Laub halb verborgen.

Der Duft von Geißblatt ist wieder da, wie jedes Jahr.

»Bist du müde?« fragt sie mit einer Zärtlichkeit, die unsere unversehens wiedergefundene Natürlichkeit zerstört.

Für die Dauer einer Umarmung spult sich die ganze gemeinsame Vergangenheit in einer schwindelerregenden Sequenz ab, die bis in die Geste hineinreicht, sie nach drinnen zu führen und das Fenster vor einer sich langsam abkühlenden Nacht zu schließen.

Aus diesen Bildern sticht eine Szene hervor, die mich überrascht, weil ich sie nie mit ihr in Verbindung gebracht habe. Und trotzdem, in diesem Augenblick ist mir, als erkennte ich an ihr Mienen und Gesten wieder, die ich schon lange Zeit in meiner Erinnerung aufbewahre, ohne sie je als die ihren betrachtet zu haben.

Sie war einmal – wieso erinnere ich mich erst jetzt? – auf einem Fest bei mir zu Hause, damals, als ich zum erstenmal verheiratet war. Sie muß noch ein junges Mädchen gewesen sein.

Mit dem Fest wollten wir die Geburt meines ersten Sohnes feiern. Eine Art heidnische Taufe.

Früh am Morgen brachte ich ein paar Freunde nach Hause, die keinen Wagen hatten.

Am Ende waren wir allein.

Sie wohnte am Stadtrand bei einer alten Tante.

Ich ging mit ihr hoch, obwohl es eigentlich gar keinen Grund dafür gab.

Sie unternahm nichts, mich daran zu hindern. Sie sagte nur, ich solle keinen Krach machen.

Wir gingen mit den Schuhen in der Hand in ihr Schlafzimmer.

Es war ein langer, schmaler Raum, am Ende ein Fenster, das auf einen Innenhof ging.

Ich erinnere mich noch an eine Liege, ein Regal mit Büchern, einen Arbeitstisch. An die Wand geheftet Zeichnungen und Bilder, sicher von Freunden. Ein Bild beeindruckte mich sehr: ein nebliger Garten mit spiegelndem Wasser und Gestalten, die sich vom Schatten des Pflanzendickichts abhoben.

Für einen Moment ließ sie mich allein im Zimmer, und genau wie heute morgen bei der jungen Schauspielerin nahm ich die Gelegenheit wahr, die Gegenstände zu sichten, die mir erlaubten, etwas über ihre Persönlichkeit zu erfahren.

Als sie zurückkam, lehnte ich am Fensterrahmen und blickte in das Morgenlicht, das langsam die Wände der Nachbarhäuser herabkroch.

Sie bot mir einen schon brennenden Joint an. Wir setzten uns auf die Bettkante. Sie ließ sich streicheln, ließ alles mit sich machen, so als wäre sie überhaupt nicht da.

Ich tastete weiter, ohne Eile, während wir das würzige Kraut einatmeten. Es spielte Musik, wahrscheinlich die Stimme oder die Trompete von Chet Baker.

Ich weiß noch, daß wir nebeneinander lagen, ausgezogen.

Und plötzlich Lachen. Gelächter, das mitten im Zimmer erscholl.

Ich hatte Mühe, die Herkunft feststellen. Auf dem Grund meines von Alkohol und Gras vernebelten Bewußtseins vermischte sich dieses absurde Lachen mit meinem eigenen. Und diese Vermutung oder vorübergehende Rückkehr zu geistiger Klarheit erlaubte mir, ihren hysterischen Anfall zu erleben, ihr mechanisches Lachen, trocken wie ein Röcheln.

Mit den Schuhen in der Hand ging ich zurück durch den Gang, stieg die Treppe hinab.

Als ich auf der Straße stand, war es Tag.

Die Nachbarn traten türeschlagend aus ihren Häusern. Einige wandten sich um und winkten zu den Wohnungsfenstern hoch. Die Ladenbesitzer richteten die Schaufenster her und wischten die vom Tau der Nacht beschlagenen Scheiben.

Die Zeit vergeht unerwartet sanft. Ohne Spannungen oder Doppeldeutigkeiten.

Wir bereiten das Essen, decken den Tisch, als wollten wir etwas feiern, und erst als wir uns im Schein der Lampe gegenübersitzen, erkenne ich sie zum erstenmal nach so vielen Jahren des Zusammenlebens wieder, ohne den Hauch eines Zweifels.

Sie wundert sich über mein Lachen.

»Du bist ja kindisch. Wieso lachst du so?«

»Wenn du wüßtest.«

Ich erzähle ihr die Geschichte unserer damaligen Begegnung.

»Du spinnst ja wohl. Das ist gelogen. Ich habe nie bei einer alten Tante gewohnt. Die paar Male, die ich bei dir war, habe ich schon mit ihm zusammengelebt. Das weißt du genau. Ich verstehe nicht, worauf du mit diesem Unsinn hinauswillst.«

Ich beharre nicht darauf. Ich spüre eine große Mattigkeit. Ich muß an die junge Schauspielerin denken. Ich mustere sie mit einer Klarkeit, die mich erstaunt, so als würde nicht ich den Blick führen nach all der Zeit der Unentschlossenheit, des Wahns fast.

Und plötzlich verspüre ich das Bedürfnis, ihr alles zu erzählen, die Berge aus Überdruß und Zugeständnissen zu verrücken, die uns allmählich erdrückt haben, ohne auch nur den Wunsch nach Trennung in uns wachzurufen.

»Hat gestern nacht das Telefon wieder geklingelt?«

»Nein. Seit letztens ... Warum kommst du jetzt darauf?«

»Hast du eine Idee, wer das gewesen sein könnte?«

»Ich dachte, da hätte sich jemand verwählt ...«

»Nein. Niemand hat sich verwählt. Es hat mehrere Male geklingelt, und immer zur selben

Zeit. Du hast mir doch selber gesagt, du hättest gehört, wie ...«

»Mag sein. Aber sag schon, was ist los? Tu nicht so geheimnisvoll ...«

Ich versuche, alle unfreiwillige Geheimnistuerei zu beenden und der Unterhaltung einen lockeren Ton zu verleihen. Ich komme mir lächerlich vor, ohne jede Strategie, allein mit dem Ziel, mich von dieser Atmosphäre zu befreien.

Sie zeigt sich nicht im geringsten überrascht, als ich ihr sage, wer meiner Meinung nach der anonyme Anrufer ist.

»Und wieso brütest du die ganze Zeit über diesem Geheimnis? Du hast mich schon ganz nervös gemacht. Ich hatte Angst, du verbirgst irgendwas Schlimmes vor mir ... Aber das wäre doch toll, wenn er es ist! Im übrigen würde es mich nicht wundern. Ich war nie von seinem Tod überzeugt ...«

Wie soll ich ihr die Stimmung erklären, die ich selbst bewirkt habe, wenn nicht mal ich sie begreifen kann?

Ich zeige ihr die Briefe, erzähle von meinen Nachforschungen in der Stadt. Wir sehen uns gemeinsam die Fotos an, die Zeichnungen, die Gedichte von ihm, geschrieben in einer noch unreifen Handschrift.

Alle diese Bilder könnte man als unsere gemeinsame Geschichte lesen, mit ihm als gelegentlichem Gefährten.

Zumindest sie deutet eine solche Lesart an, als sähe sie in meinem merkwürdigen Verhalten plötzlich eine Art Unsicherheit.

Ehrlich gesagt unterscheidet sich ihre Reaktion nicht sehr von der, die ich mir gestern nach der Lektüre der Botschaft ausgemalt hatte. Offenbar teilt sie meine bösen Vorahnungen nicht. Sie will viel lieber wissen, wo und wie er die ganzen Jahre gelebt hat.

Ich versuche, ihr Interesse zu ergründen. Ich kann keine einzige Reaktion feststellen, die ich nicht selbst gezeigt hätte.

»Ich bin ja so froh … Nicht nur weil ich weiß, daß es ihm gut geht. Jetzt verstehe ich auch, was mit dir los ist. Ich habe mir wirklich Sorgen gemacht …«

»Dazu hattest du allen Grund. Ich habe mich aufgeführt wie ein Trampeltier. Du hast ja keine Ahnung!«

Wir räumten den Tisch ab, schlossen die Küchentür und ließen den Abwasch Abwasch sein.

»Ich würde ihn zu gerne mal besuchen. Was wohl aus ihm geworden ist? Warum er geflohen ist? Oder ob sie ihn festgenommen und verbannt haben …? Er hätte nach der Revolution doch zurückkommen können!«

Alle Fragen, die mich so beschäftigt haben, lösen sich mit einemmal auf, als hätten sie jeden Sinn verloren. Ihre Stimme ist es, die mich nun gefangennimmt, der Charme ihrer Gesten und ihres Körpers, der im Laufe der Jahre eine andere Qualität bekommen hat, die ich nun wiederentdecke.

Wir ziehen uns Stück für Stück aus, während wir über unendlich viele Dinge reden.

»Ist ja ewig her, daß wir nicht mehr so zusammen waren …«

Die Tristesse und Passivität, die ich gewöhnlich mit ihr in Verbindung bringe, verflüchtigt sich. Ich finde sie wieder in der tiefsten Erinnerung der Sinne, erinnere mich daran, wie wir einander grenzenlos verstanden, im Sprechen, in den kleinsten Nuancen der Stimme, bis die Worte überflüssig wurden.

Die ganze Nacht setzen wir unser liebevolles Zwiegespräch fort. Das Gespräch zweier alter Kameraden, die sich, reich an jahrelang gesammelter Erfahrung, wiedertreffen und nun im Dunkeln die Räume der geteilten Lust ertasten.

»Wirklich blöd, wie wir uns in letzter Zeit verhalten haben, jeder für sich, dem andern den Rücken zugekehrt, auf der Suche nach weiß der Himmel was ...«

»Ich habe dir immer gesagt, Vertrautheit ist das schwierigste, was man sich vornehmen kann.«

»Du immer mit deiner Vertrautheit ... Das hat nichts damit zu tun!«

»Und ob. Wenn man Erfahrungen nicht gemeinsam macht, wird einem der andere lästig, nimmt einem die Offenheit.«

»Das sagst du nur, weil für dich Offenheit Ablenkung bedeutet. Ich brauche meine Offenheit, um mich zu konzentrieren ...«

Im rechten Moment kamen Geständnisse, Schilderungen flüchtiger Situationen, Zufallsabenteuer.

»Aber für mich war das nichts, was ich mir vorgenommen hätte. Es war nur eine Art, mir den Schmerz der Betrogenen zu ersparen. Ja, denk bloß nicht, ich wäre so naiv. Und selbst wenn. Du bist mir etwas zu unbefangen in deinen Geschichten. Wer glaubt, er könnte heimlich ...«

Nach und nach begann sie mit ihren eigenen Geschichten, ging in Einzelheiten, die mich erregten, als würden wir uns im Wettstreit messen. Und diese unerwartete Wende, hervorgerufen vielleicht durch den Wunsch, mich zu attackieren und sich auf eine Stufe zu stellen mit dem Bild, das sie sich von mir gemacht hatte, diese Wende brachte sie dazu, ihre Bekenntnisse noch auszuschmücken und die wenigen Affären, auf die sie sich aus Langeweile eingelassen hatte, zu beispiellosen Momenten der Lust zu verklären.

Ich begreife jetzt, und es wäre zwecklos, ihr das auseinandersetzen zu wollen, daß in dieser scheinbaren Abkehr von allen Vorwürfen nicht der allerkleinste Zuwachs an Vertrautheit lag, daß jeder nur seine Eigenständigkeit vor dem anderen behaupten wollte, seine Fähigkeit, sich selbst zu verwirklichen, und das hinter der Fassade des gemeinsamen Lebens.

Als es Morgen wurde, schlief ich ein. Ich weiß nicht, ob sie auch geschlafen hat. Als ich wenig später wieder aufwachte, machte sie gerade das Frühstück.

Das Radio lief, als ich in die Küche kam, und sie merkte nicht, wie ich hereinkam.

Der Sprecher meldete eine Flugzeugkatastrophe, gewalttätige Demonstrationen der Gefallenen und die nie zuvor erreichten Maße der idealen Frau des Jahres.

Die Küche roch nach Kaffee, nach Toast.

Ich trat lautlos an sie heran.

Sie begrüßte mich, als hätte sie mich erwartet, als wäre ich Teil ihres Körpers.

Eine leuchtende Helle, die durch die Vorhänge drang, kündete vom nahen Sommer.

Sie deckte den Tisch fertig, machte das Radio aus, setzte sich mir gegenüber.

Ich bemerkte eine rituelle Feierlichkeit in ihren Gesten.

»Weißt du, daß ich schwanger war, als wir beschlossen, zusammenzuziehen?«

Nie hatte ich darüber nachgedacht. Vielleicht hatte ich es immer als mein gutes Recht angesehen, nicht zu noch mehr Kindern gezwungen zu werden. Und erst in diesem Augenblick wurde mir meine lange Unaufmerksamkeit bewußt.

Ich glaube, sie verstand meine Verlegenheit, mein Schweigen.

»Ich hatte keine Lust, ein Kind von einem verschwundenen Vater zu bekommen. Danach wurde mir klar, daß unsere Beziehung eine Liebesbeziehung war, keine Familienbeziehung. Weißt du, daß ich mich fühle, als hätte ich letzte Nacht ein weiteres meiner seltenen Abenteuer erlebt?«

Sie stand auf, ohne Hast.

Ich half ihr, die Küche aufzuräumen. Wir duschten und zogen uns an, im selben Rhythmus wie immer.

Dann sprachen wir von den Nachrichten im

Radio, vor allem von den immer häufigeren Demonstrationen der Gefallenen.

Wir gingen gemeinsam hinaus.

Ich brachte sie zum Wagen. Wir küßten uns zärtlich.

Auch wenn es keinem von uns bewußt wurde, trennten wir uns mit einem Gefühl von Abschied.

Die große Reise

Manche Wege kennen kein Zurück.

Es sind Wege ohne Umkehr, wie wir später begreifen werden.

Die Erinnerung, die wir an eine solche Erfahrung bewahren, ist fast immer vage und nur schwer festzumachen.

Sie kann ihren Ursprung in Geschichten haben, die wir in der Kindheit hörten, oder im täglichen Umgang mit den Mythen.

Doch nur selten kommt einem richtig zu Bewußtsein, daß man solche Wege gegangen ist.

Jahrelang wäre es mir nie in den Sinn gekommen, daß ich für immer daran gehindert sein könnte, zurückzukehren. Irgendeine glückliche Fügung würde mir letzten Endes die Gelegenheit zur Umkehr bieten.

Als diese Umkehr jedoch möglich wurde, faktisch möglich, mußte ich mir allmählich eingestehen, daß ich niemals zurückkehren würde, mußte die Existenz eines Hindernisses anerkennen, dessen Natur mir verborgen ist, so als hätte ein Würgeengel mir den Weg versperrt.

Heute weiß ich, daß ich für immer hierbleiben werde. Und als identifizierte ich mich mit dem Engel, erwarte ich geduldig die Stunde der Vernichtung.

Trotzdem habe ich, ohne je eine solche Entscheidung getroffen zu haben, ein Schweigen gebrochen, das ich mir gar nicht auferlegt hatte, als zwänge ein übergroßer innerer Druck mich, die Visionen der heraufziehenden Apokalypse weiterzugeben.

Als ich die Stadt verließ, hätte ich niemals gedacht, daß für mich die große Reise begann, daß ich nun einen Weg einschlagen würde, der kein Zurück mehr kennt.

Am Tag der Demonstration hatten sich die Freunde, die beim Mittagessen dabeigewesen waren, zwar schon zerstreut, kaum daß wir die Avenida betraten, doch ich beschloß trotzdem, mich der Herausforderung zu stellen und so weit wie möglich an die Tribüne des Diktators heranzukommen.

Also mischte ich mich unter die Menge, die, zweifellos von der Polizei kontrolliert, die Tribüne umschloß.

Ich konnte mich nicht einfach vordrängen, das wäre aufgefallen. Doch während die Truppen über den Mittelstreifen defilierten, kam ich schließlich so weit heran, daß ich die Gestalt des Alten aus der Nähe sah.

In der kurzen Zeit, die ich ihn beobachten konnte, machte er keine einzige erkennbare Bewegung. Er blickte stur geradeaus.

Die Personen, die um ihn herumstanden, nahmen mir immer wieder die Sicht.

Ich versuchte, noch ein Stück näher heranzukommen, doch auf einmal versperrte mir jemand den Weg.

Es hätte Zufall sein können, ich wagte aber nicht weiterzugehen. Ich blieb stehen und sah ein paar Minuten lang die Truppen vorbeimarschieren, dann unternahm ich einen neuen Versuch. Die Sperre wurde 'deutlicher'. Ein vierschrötiger Kerl. Klein, mit breitem Oberkörper und vorstehendem Kinn. Als ich ihn anstarrte, blickte er geradeaus und schien mich zu ignorieren.

Da kam es mir so vor, als würden ganz in unserer Nähe, allerdings auf der anderen Seite der Tribüne, die Menschen in Bewegung geraten.

Die Unruhe übertrug sich rasch, Panik brach aus.

In dem Moment griff die Polizei auch schon ein. Die Sondereinsatzkommandos schlugen auf die Menge ein, und die Gefangenenwagen transportierten unterschiedslos Verletzte ab, Verdächtige und andere, die zu flüchten versuchten.

Ich tat gleichgültig, unbeteiligt, spürte aber, wie die Aufmerksamkeit meines Nachbarn auf mich gerichtet war. Als ich versuchte, mich zu entfernen, weil ich dachte, in dem Durcheinander könnte ich den knüppelnden Polizisten vielleicht entkommen, hatte ich seine Hand auf meiner Schulter, und ein harter Gegenstand drückte sich mir in die Rippen.

Ich ließ mich zum nächsten Wagen führen. Statt mich hineinzuwerfen, stieß er mich auf die vordere Sitzbank und legte mir Handschellen an.

In der Zeit zwischen der Festnahme und dem Eintreffen im Hof der Polizei erstickte das Bild des Alten fast meine natürlich aufkommende Panik.

Ich mußte an die Geschichte des Dealers denken, an die Gestalt des Diktators, den seine Leibwächter einbalsamiert hatten, um das Mysterienspiel seiner ewigen, schweigenden Anwesenheit aufzuziehen.

Während mich mein Häscher durch den Hof führte, bemerkte ich, daß beim Eintreffen der Wagen eine Selektion vorgenommen wurde.

Die Verletzten und bestimmt auch die, die unterwegs gestorben waren, wurden auf Bahren zu anderen Wagen gerollt und an ein Ziel gebracht, das wohl niemand sonst erfahren sollte.

Die große Masse der Festgenommenen wurde durch eine hohe, schmale Eisentür in einen Seitenflügel gebracht. Nur eine sehr kleine Anzahl wurde über den Hof zu einem Eingang geführt, der an ein öffentliches Amt erinnerte und noch einigermaßen beruhigend wirkte.

Sie zogen mir Jackett und Gürtel aus, tasteten mich ab, um festzustellen, ob ich irgendwelche Gegenstände oder Dokumente bei mir trug, und schlossen mich in einem kleinen kahlen Zimmer ein, wo es lediglich einen Tisch und zwei Stühle gab.

Erst nach ungefähr einer Stunde kam ein Beamter herein, der so friedlich dreinblickte, als wäre dies eine alltägliche Situation, und wollte meine Personalien aufnehmen.

»Alle Angaben stehen in den Papieren, die Sie mir abgenommen haben ...«

Der aggressive Ton schien ihn nicht zu bekümmern.

»Sie haben recht. Aber das ist reine Routine. Nur zur Überprüfung ...«

Wieder war ich für lange Zeit allein. Irgendwann kam mein Häscher herein, sprach mich mit meinem Namen an, entschuldigte sich dafür, daß er mich hatte warten lassen.

»Wissen Sie, daß uns Ihre Anwesenheit bei der Kundgebung für den Herrn Präsidenten sehr überrascht hat? Uns ist bekannt, daß Sie nicht auf unserer Seite stehen. Sagen wir eher, Sie sind ein Gegner des Regimes ... Natürlich sind die Demonstrationen eine Initiative des Volkes, niemand soll ausgeschlossen werden. Es war auch gar nicht so sehr Ihre Anwesenheit, die uns beunruhigt hat, sondern vielmehr die Tatsache, daß Sie sich der Tribüne nähern wollten ...«

Das Verhör verlief ruhig, geradezu höflich.

Die absurden Argumente, die mir in dem Moment einfielen, um der Festnahme diesen feierlichen Ernst zu nehmen, um sie als ein Mißverständnis abzutun, das sich gewiß ausräumen ließe, sie blieben unerwidert im Raum stehen.

Alle meine Beteuerungen wurden jedoch minuziös protokolliert.

»Sie werden sich noch ein wenig gedulden müssen, Sie wissen ja, die Mühlen der Bürokratie ...«

Wieder begann das Warten. Hunderte Male ging ich in dem Raum auf und ab. Anhand der zurückgelegten Strecke versuchte ich, die Zeit zu berechnen …

Als die Tür erneut aufging, trat der Wärter demonstrativ zurück, um jemanden durchzulassen, der ein höherer Beamter sein mußte. Er trug einen eleganten Anzug, Seidenkrawatte.

Er trat näher, ganz ruhig, ohne ein Wort. Ich stand an den Tisch gelehnt, sah ihn näherkommen, bis er die Distanz, die der Anstand gebot, durchbrach.

Und plötzlich, mit einem schnellen Zoom, verengte sich sein Blick, er packte mich im Nakken, ich spürte, wie ich über den Tisch geworfen wurde, und rollte mich am Boden zusammen. Mir blieb keine Zeit aufzustehen. Er nahm mich an den Schultern, zog mich hoch, drückte mich an die Wand, fixierte erneut meine Augen. Blut rann mir über das Gesicht, aber ich spürte keinen Schmerz.

»Du Scheißintellektueller … Du verschwindest von hier, und zwar sofort! Du hast vierundzwanzig Stunden, um abzuhauen. Wenn du noch mal erwischt wirst, schneid ich dir eigenhändig die Eier ab, kapiert?«

Er schlug mich immer wieder mit dem Kopf gegen die Wand. Er hatte eine unglaubliche Kraft. Und einen Haß im Blick, der über beruflichen Eifer hinausging.

»Du weißt ja nicht, was für ein Glück du hast! Viele, und zwar bessere als dich, haben wir längst fertiggemacht …«

Für kurze Zeit muß ich das Bewußtsein verloren haben.

Als ich die Augen wieder aufschlug, lag ich auf dem Boden. Der Wärter war mit meinem Jackett und den Sachen, die sie mir am Eingang abgenommen hatten, hereingekommen.

Er brachte mich zur Tür, ohne ein Wort, und ließ mich mitten auf der Straße stehen.

Es war schon dunkel. Ich suchte nach der Uhr in meiner Tasche. Kurz nach acht. Ich ging aufs Geratewohl los, nur weg von dort. Mein Durst war unerträglich. Ich betrat das erste Café, das ich fand, und ging auf die Toilette. Ein Bluterguß über der linken Braue, Reste geronnenen Bluts …

Ich setzte mich hin, bestellte einen Kaffee und eine Flasche Wasser.

Mit der Hand griff ich in die Tasche, um mir eine Zigarette zu nehmen. Alles war noch an seinem Platz: Zigaretten, Feuerzeug, Geld, Papiere.

Als ich den ersten Zug nahm, legte mir jemand von hinten die Hand um die Schulter. Ich war wie gelähmt, ohne jeden Reflex.

Der Dealer lächelte, setzte sich mir gegenüber, bestellte einen Kaffee, fragte mich, was ich an diesem unmöglichen Ort machte.

Ich hielt es für ungefährlich, ihm alles zu erzählen.

»Aber was hattet ihr denn auf der Demonstration vor?«

»Nachsehen, ob der Diktator einbalsamiert ist …«

Er lachte aus vollem Halse, auf eine etwas überzogene Art, was die Aufmerksamkeit der

Cafébesucher weckte, von denen unter Garantie viele von der Sicherheitspolizei waren.

»Willst du damit sagen, daß ich für deinen Zustand verantwortlich bin?« Er lachte weiter.

Wir gingen hinaus.

Mir blieben etwas mehr als zwanzig Stunden, um die Stadt zu verlassen. Ich hatte keinen Ort, wohin ich gehen konnte, auch kein Geld, um mich über Wasser zu halten, bis ich eine neue Arbeit fand.

Der Dealer bestand darauf, daß ich ihn begleitete.

Es war nur wenig Verkehr um diese Uhrzeit, außer auf den großen Einfallstraßen. Er wählte die Strecke, als kennte er die Stadt wie seine Westentasche.

Alles an seinem Verhalten war merkwürdig. Ich hatte den Eindruck, daß er von meiner Festnahme schon gewußt hatte.

Unterwegs erzählte ich ihm auch von der Szene mit dem 'höheren Beamten' und daß ich völlig unschlüssig sei, was ich tun sollte.

Wir gingen bis zu einer engen Straße in einem alten Vorort, der von der wuchernden Stadt verschluckt worden war.

Club Intim. Ein graviertes Kupferschild. Eine Holztür unter metallicfarbener Markise.

Er klingelte, jemand äugte durch den Spion. Wir kamen durch einen schlecht beleuchteten Flur und betraten den Barraum. Er war geräumig und leer.

Es war fast halb zehn. Ich rief zu Hause an. Niemand hob ab. Ich setzte mich an die Theke und bestellte einen Whisky. Der Dealer war nicht im Raum.

Unzählige Fragen purzelten durch meinen Kopf: Woher Geld beschaffen, wohin gehen, wie den Aufbruch mit der beruflichen Situation meiner Frau vereinbaren …

Es war ein neues Leben, das man mir aufzwang, das ich mir an irgendeinem unbekannten Ort würde aufbauen müssen.

»Spendierst du mir keinen Whisky?«

Eine vom Gewerbe, blond, Minirock, angenehmer Körper und grobe Ausdrucksweise. Sie nahm neben mir Platz.

»Was ist denn mit dir passiert? Bist du verletzt? Hast du dich geprügelt?«

Nach einer Weile, die mir außerordentlich lang vorkam, erschien der Kellner und richtete mir vom Dealer aus:

»Der Herr bittet Sie, einen Moment zu warten. Es wird nicht lange dauern.«

Ich rief noch einmal zu Hause an, ließ es klingeln.

Ich ertrug das Gerede der Prostituierten kaum.

Es war zehn Uhr, als der Dealer zurückkam, seelenruhig, lächelnd. Er machte dem Barkeeper Zeichen, die Rechnung wegzustecken, und führte mich in ein kleines Zimmer.

»Ich habe dein Problem gelöst. Morgen brechen wir auf. Ich kann dir noch nicht sagen, wohin. Aber ich garantiere dir Arbeit und einen sicheren Ort.«

Ich hatte keine Wahl. Ich war völlig er-

schöpft, unfähig, in der kurzen Zeit eine Lösung zu finden.

Er erklärte mir ausführlich, wo ich ihn am nächsten Tag treffen sollte, an einem einsamen Strand. Ich müßte den Bus bis zu einem Dorf in der Nähe nehmen, einen bestimmten Waldweg finden, der an die Küste führte, bei einem verlassenen Zollhäuschen warten …

Als ich ging, suchte ich nach dem nächsten U-Bahnhof.

Ich lief fast einen Kilometer zu Fuß. Das Geld, das ich bei mir hatte, reichte nicht für ein Taxi. Ich kam zu einer oberirdischen Station. Ich ging den Bahnsteig auf und ab, ununterbrochen, während ich wartete.

Ich hatte einen Blankoscheck auf die Zukunft ausgestellt. Innerhalb weniger Stunden war mein ganzes Leben zerbrochen, hatte sich umgestülpt, ließ mich zurück auf der Schwelle zur Leere.

Ein einziges großes Fragezeichen beherrschte meine Gedanken: Welche Verpflichtungen war ich da eingegangen? Und bis zu welchem Punkt war ich bereit, sie zu erfüllen?

Doch egal welche Verpflichtungen es waren, eine ganze Vergangenheit, ein ganzer Lebensentwurf, den ich immer für untrennbar von meinem eigenen individuellen Dasein gehalten hatte, zerfiel in diesem Raum völliger Ungewißheit.

Wie ist es möglich, daß ein unbedachter Scherz, ein einfaches Spiel das ganze hochentwickelte Gefüge eines Schicksals zerstört?

Doch die Visionen von Tod und Verwandlung waren gar nicht so bedrückend, wie ich erst befürchtet hatte. Oder gezwungenermaßen anerkennen mußte …

Während ich durch die unterirdischen Tunnel der Stadt bis zum Bahnhof in meinem Viertel fuhr, konnte ich nicht umhin, eine seltsame Euphorie zu verspüren, einen absurden Wunsch, auf diese Leere, in die ich mich stürzen würde, zuzugehen.

Gegen elf Uhr, als ich fast zu Hause war, kamt ihr die Straße herunter.

Ihr gingt langsam, nah beieinander. Du hattest ihr den Arm um die Schulter gelegt.

Ich versteckte mich in einem Hauseingang.

Ich sah, wie ihr die Tür aufmachtet. Bevor ihr hineingingt, schautest du nach rechts und links. Kurz darauf ging das Licht im Wohnzimmer an. Ich blieb noch eine Weile dort, unschlüssig und verwirrt.

Irgendwann beschloß ich, doch hochzugehen.

Ich öffnete die Haustür und machte sie wieder zu, ohne ein Geräusch.

Ich stieg die Treppe hinauf, genauso vorsichtig, und blieb auf dem Absatz stehen.

Es war so still im Haus, daß ich eure Stimmen hören konnte, aber ich verstand nicht, was ihr sagtet. Im Hintergrund spielte Musik: Oscar Pe-

terson. Ich erinnere mich genau an die Melodie, noch heute könnte ich sie summen.

Ich ging wieder nach unten. Die Faszination, die von einer Zukunft ohne Inhalt ausging, war stärker.

In dieser Nacht schlief ich bei unserer Freundin aus Glückliche Tage.

Es war weniger Revanche als Zuflucht.

Ich wartete am Ausgang des Theaters und folgte ihr bis nach Hause. Als ich plötzlich vor ihr stand, erschrak sie. Mein Aussehen war wohl auch entsprechend.

Es war klar, daß sie dir irgendwann alles, was passiert ist, erzählen würde.

Sie wusch mein blutbeflecktes Hemd, bügelte die Hose, gab mir zu essen, ließ mich schlafen.

Ich hatte nicht den Mut, sie um Geld zu bitten.

Morgens ging ich gleich zum Büro eines Freundes, der mir die Summe lieh, die ich brauchte, um an den vereinbarten Treffpunkt zu gelangen.

Ich nahm den Bus, fuhr durch die Stadt und die Vororte. Unterwegs registrierte ich alle meine Empfindungen, als führe ich die Strecke zum letztenmal.

Es war ein strahlender Tag. Die Fahrt ging weiter durch Feld und Wald.

Am späten Vormittag stieg ich in einem Städtchen aus und wartete dort auf den Bus, der mich zu dem Dorf bringen würde.

In dem Restaurant, wo ich zu Mittag aß, hing die Litographie eines Porträts des Diktators von vor zehn oder zwanzig Jahren.

Die Fliegen umschwirrten das Bild wie angelockt vom Verwesungsgeruch der Leiche.

Das Dorf hat eine einzige Zufahrt, einen engen, von Wald umschlossenen Weg. Von dem Platz aus, wo der Bus hielt, sieht man die Weite des Ozeans, der um diese Uhrzeit unter einem vagen Nebelschleier liegt.

Das Dorf schien menschenleer. Ich betrat eine Kneipe. Bestimmt der einzige Laden im Ort.

Eine Männerrunde spielte Karten.

Ich bestellte ein Glas, ehe ich nach dem Weg fragte.

Sie blickten mich mißtrauisch an.

Ich vermutete, daß sie auf jemanden warteten, daß sie sich Zeit ließen, um mich zu identifizieren, weiß der Himmel mit welchen Mitteln oder intuitiven Verfahren.

Schließlich zeigten sie mir einen Pfad, der zur Küste führt, in Richtung auf die Stelle, die der Dealer mir als Treffpunkt genannt hatte.

Während ich zum Meer hinabstieg, bezog sich der Himmel.

Als der Nebel in der Brise zerriß, erkannte ich zwischen den Bäumen undeutlich die felsigen Abhänge, die der Weg in einem Bogen umrundet. Und auf der gegenüberliegenden Seite hörte ich ein Wasserrauschen, das aus der Tiefe der Schluch-

ten aufstieg und den imaginierten Lauf eines Flüßchens markierte.

Vor einem kleinen dreieckigen Strand an der Flußmündung ragt, einsam in der Bucht, ein ungeheurer Felsen senkrecht in die Höhe.

Der Weg endet an einem runden Platz aus gestampfter Erde, die Ruine das Zollhäuschens liegt nördlich davon, nicht weit vom Strand entfernt. Der Raum ist in die Steilküste eingegraben, teilweise von einem Gewölbe überdacht. Reste von Ziegelstein und Mörtel lagen überall auf den Steinplatten am Boden.

Der Ort war verlassen. Keine anderen Zeichen menschlichen Lebens weit und breit außer dem Treibgut, das die Wellen an den Strand spülten.

Als es dämmerte, fürchtete ich schon, daß niemand kommen würde.

Zum erstenmal fühlte ich den Schmerz darüber, von den Menschen, den Orten, den Dingen abgeschnitten zu sein, fühlte das Erstickende der Leere von Raum und Zeit.

Die Begegnung im Café, der Abstecher in den Privatclub, das vage Arbeitsangebot schienen mir wie lose Episoden eines Romans, noch ohne erkennbare Auflösung.

Selbst wenn der Dealer zu dem verabredeten Treffen an diesem öden Flecken erschiene, blieb die Art der Zusammenarbeit, die ich ihm anbieten konnte, noch offen.

Es war fast dunkel, als hinter den Klippen ein Boot auftauchte, die Bucht durchquerte und an einem Felsplateau, einer Art Naturkai, anlegte.

Während der Dealer auf mich zukam, schafften zwei Männer die Fracht zur Ruine.

Die Operation ging blitzschnell.

Wir fuhren gleich los, über die inzwischen schwarze See, unter dem funkelnden Firmament. Wir passierten den alleinstehenden Felsen, umschifften die Riffe. Farben und Formen lösten sich rasch in derselben dunklen Masse auf.

Wir fuhren die Küste entlang Richtung Norden. Nach einer Stunde gingen wir in einem kleinen Hafen ganz am Ende einer Bucht von Bord.

Die Besatzung habe ich nicht wiedergesehen. Wir aßen in der Nähe des Docks, in einem Restaurant, wo Seeleute verkehrten.

Der Dealer war richtig euphorisch. Er erging sich in phantastischen Geschichten, so daß ich nichts Konkreteres über mein Schicksal in Erfahrung bringen konnte, als daß wir am nächsten Morgen mit dem Flugzeug aufbrechen würden, von einem örtlichen Flugplatz aus.

Aber auch diese Information konnte ich ihm erst entlocken, als wir das Restaurant schon verlassen hatten und an den Kais entlangliefen.

»...nur wohin kann ich dir nicht sagen. Ich erfahre es selbst erst morgen früh am Flughafen ...«

Ich kam gar nicht dazu, das Gespräch fortzuführen. Als wollte er der Sache aus dem Weg gehen, betrat er die erste Bar, an der wir vorbeikamen.

Der Türsteher begrüßte ihn sehr freundlich.

Ein Kellner führte uns an einen Tisch vor der Bühne.

Eine Kapelle mit blinden Musikern spielte lau-

ter Stücke, die sich den matten und melancholischen Gesichtszügen anpaßten.

Der Dealer bestellte Champagner. Zwei Mädchen, kaum älter als fünfzehn, setzten sich zu uns.

Das Varietéprogramm begann gerade.

Der Vorhang öffnete sich. Eine dicke, mächtige Frau um die sechzig trat als Witwe gekleidet auf die Bühne. Sie klammerte sich an das Foto des Verstorbenen und weinte. Die Musik war feierlich. In der Mitte der Bühne lag ein flacher Grabstein, am Kopfende ragte ein Kreuz auf.

»Mein Liebster«, schluchzte sie und küßte das Bild, »du fehlst mir ja so sehr ...«

Die Musik bekam einen schmachtenden Ton.

Die Alte schwenkte ihren Hintern, schüttelte ihre riesigen Brüste, während sie sich an dem Foto rieb. Dann legte sie es liebevoll auf die Grabplatte und riß sich mit verzweifelter Geste die Bluse vom Leib.

Der Rhythmus der Musik legt zu, der Striptease geht weiter.

Die Kleidungsstücke, die sie auszieht und blind von sich wirft, landen rings um die Grabplatte oder auf den Tischen der ersten Reihe.

Das schlaffe, helle Fleisch liegt bloß, angestrahlt von den Scheinwerfern. Die Alte wälzt sich nackt auf der Platte, klammert sich an das Kreuz, reißt es plötzlich heraus und hält einen riesigen Gummiphallus in Händen.

Der Saal schüttet sich aus vor Lachen und Gejohle, während sie ihn in ihren Körper einführt und, mit den Händen den Querbalken des Kreuzes umfassend, masturbiert.

Die Mädchen lachen, rot vor Erregung und vom Schampus.

Mit einer von ihnen habe ich die Nacht verbracht.

Ich war Zeuge meiner eigenen Erregung und meiner eigenen Lust. Ich agierte, als wäre ich mir selber fremd. Ein Wesen ohne Vorleben noch Bestimmung. Ein abstrakter Kern von Wünschen und Reflexen, ohne etwas zu beabsichtigen oder zu unterdrücken.

Das Telefon weckte mich. Es war sechs Uhr morgens. Ich muß eine oder zwei Stunden geschlafen haben. Ich rasierte mich mit dem Elektrorasierer, den ich im Bad fand.

Bevor ich mich duschte, ging ich zurück ins Zimmer. Das Mädchen schlief wie ein Stein, den Mund halb offen. Sie wachte kaum richtig auf, als ich sie noch einmal nahm, mit einer Heftigkeit, die ich nicht von mir erwartet hätte.

Ein Taxi brachte uns zum Flugplatz am Rande der Ortschaft. Eine einzige Piste, ausgelegt für kleine Maschinen.

Wir passierten den sogenannten 'Kontrollposten'. Die meteorologischen Daten waren nicht eindeutig und bezogen sich auf die Wetterlage vom Vortag.

Der Nebel, der vom Meer aufgestiegen war, hatte sich an der Küste entlang verdichtet. Der Himmel war bewölkt. Man rechnete mit einer Kaltluftfront, aber erst für den späten Nachmittag.

Die Flugbedingungen schienen dennoch akzeptabel um diese Morgenstunde.

Ein einmotoriger Zweisitzer, ein Hochdecker, stand startbereit auf der Rollbahn.

Ich versuchte gar nicht erst, das Reiseziel zu erfahren. Es lohnte die Mühe nicht. Außerdem war es längst egal geworden, was auch immer zu erfahren.

Es war mein erstes Flugerlebnis. Die ganze Piste lang fühlte ich mich berauscht von der Beschleunigung, dann von dem leichten Schwindel beim Abheben, vom Aufsteigen in den Raum, vom Abrücken der Elemente, aus denen die Landschaft sich zusammensetzte.

Bald überflogen wir eine niedrige Wolkendecke, die die Küstenlinie säumte. Zum Land hin war der Himmel klar, erst bei den Bergen zogen in großer Höhe die weißen Streifen der Zirruswolken.

Wir flogen tief, folgten dem allmählich ansteigenden Terrain. Ich konnte die Wege erkennen, die Häuser, die Dörfer tief in den Wäldern, die bebauten Felder, die weidenden Tiere auf den Wiesen, die Autos und Menschen, die auf den Straßen unterwegs waren. Manchmal überquerten wir die sich windenden Bänder der Landstraßen oder folgten eine Weile ihrem Lauf.

Nach und nach verlor die Landschaft ihre Kontur.

Wir stiegen weiter auf, um die einsame und verschneite Weite der Berge zu überqueren. Wir ließen eine letzte, von einem Fluß durchschnittene Stadt hinter uns und flogen gleich darauf über einen Stausee mit dichtbewaldetem Ufer.

Dann wurde die Landschaft rauher und trokkener. Große Felsen trugen das Gebirge, das plötzlich vor uns aufragte und den Horizont versperrte.

Als wir auf die senkrechte Wand zuflogen, bildete sich eine dichte Wolke vor uns oder wurde von der anderen Seite der Berge herübergeweht und hüllte die Kammlinie ein. Bevor wir in die Suppe eintauchten, sah ich noch, wie plötzlich eine Nebelflut über den Felshang auf die noch vom Morgenlicht getönte Erde herabstürzte.

Die ganze Strecke hatten wir geschwiegen. Fast hatte ich den Dealer schon vergessen, als wären er und die Maschine eins.

Angesichts der düsteren Wolkenmassen, die sich vor die Felswand schoben, sah ich zu ihm hinüber und versuchte an seinem Blick abzulesen, wie er reagieren würde.

»Hattest du damit gerechnet?« fragte ich.

»Nein. Aber wir müssen heute über die Berge.«

Ein paar Minuten lang konnte ich hinter uns noch die kräftigen Farben der sonnenbeschienenen Erde erkennen. Doch auf einmal wurde die ganze Maschine von den im Innern der Wolken zirkulierenden Strömungen geschüttelt, und die Welt schlug über dem Cockpit zusammen.

»Wir müssen höher gehen«, sagte er und versuchte, per Funk mit dem nächsten Flughafen Kontakt aufzunehmen. Er erhielt nicht sofort Antwort.

»Schlechte Verbindung ...«

Die Zeit begann in einem neuen Takt zu pulsieren, kaum daß die Sicht auf die Außenwelt verlorengegangen war.

Von Anfang an richtete sich die Aufmerksamkeit auf eine Erwartung, die aus der Gefahr erwuchs.

Erneut griff er zu den Kopfhörern. Mir war klar, daß ich gar nicht erst zu fragen brauchte, zu sprechen oder zu erwarten, daß er mich hörte.

»Sie empfehlen, nach Süden abzudrehen. Aber wir versuchen rüberzukommen. Wenn wir einen Umweg machen, müssen wir zwischenlanden. Dann verlieren wir einen Tag.«

Und nach einer Pause, mit einem etwas gequälten Lachen:

»Und vielleicht geht auch noch was anderes verloren.«

Keine Ahnung, worauf er damit anspielte.

Ab und zu wurde die Maschine unerwartet heftig geschüttelt. Ich spürte, wie der ganze Rumpf vibrierte.

Irgendwann ließ ein kleiner blauer Fleck im dichten Wolkengebilde, wie ein senkrechter Schacht, für kurze Zeit den Himmel herein.

Unter uns versank das Land in steilen Schluchten, von den eisbedeckten Gipfeln bis hinab in ein enges Tal, durch das sich ein Flüßchen wand.

Doch die kurze Berührung mit der Welt verlor sich wieder unter der schwammigen Materie, die uns im Innern der Kabine isolierte.

Bilder von der Außenwelt kehrten durch die Erinnerung zurück: das schlafende Mädchen in dem Pensionszimmer, der alleinstehende Felsen an dem von der Steilküste umschlossenen Strand, die Alte, die mit dem Phalluskreuz masturbierte, der Blick des Polizisten in dem kahlen Raum. Frische Bilder, jünger als der Bruch.

Die Vergangenheit schien gelöscht. Wenn ich versuchte, mich an ein Gesicht, ein Ereignis, eine Situation zu erinnern, blieb es letztlich bei einem nüchternen, kalten Gedanken.

Die Turbulenzen schienen alle Augenblicke schlimmer zu werden.

Als wir einen weiteren senkrechten Schacht durchflogen, kamen mir die Gebirgskämme gefährlich nah vor. Die Kanten der Felsmassive waren unter ihrer Eisschicht zu erkennen und entlang den Spalten im Hang die spärlichen Bäume, die dort wuchsen.

Der Dealer war nervös. Er drehte sich um und schaute nach hinten. Auch ich schaute mich um, aber ich sah nur denselben gleichförmigen Stoff, der uns rings umschloß.

»Wir müssen Kurs Richtung Süden nehmen«, sagte er, als wäre er meiner eigenen Unruhe gefolgt. »Ich habe Angst, noch höher zu gehen, wegen dem Eis.«

Durch die leichte Neigung der Flügel bemerkte ich, daß wir im Innern der Wolken offenbar eine Kurve beschrieben.

»Was ist das Problem mit dem Eis?«

»Es kann das Leitwerk blockieren.«

»Was sagt der Funk?«

»Ich habe keine Verbindung mehr.«

Ich fragte nicht weiter. Es war, als hätte der

Mangel an Bildern mich in den leeren Strom des Bewußtseins gestoßen.

Selbst der Sinn für die Gefahr schwand dahin, so daß ich mich in einen Zustand von Schläfrigkeit sinken ließ.

Ich schildere die Reise so ausführlich, weil sie den Übergang markiert zwischen zwei Daseinsformen, die vielleicht nie zu einer Einheit finden werden. Oder weil die anhaltende Nähe des Todes ein Sinnbild dieses Übergangs war, wie bei einem Initiationsritus.

Plötzlich wurde mir bewußt, daß das Licht wie ein Zeichen der Rettung aus dem dichten Gewölk hervorbrach. Kurz darauf zeichnete sich die Küstenlinie ab, ein goldener Strich unter dem Sonnenlicht.

Der Dealer verfolgte den Übergang vom Nebelmassiv hinab zur strahlenden Küste mit äußerster Sorge.

Ich begriff, daß uns eine neue Gefahr drohte. In der wärmeren Luft lösten sich Eisbrocken von den Tragflächen und vom Rumpf und schlugen gegen die Ruder.

Wir landeten in heftigem Gewitter und strömendem Regen auf dem kleinen Flugplatz einer Küstenstadt.

Es war zwei Uhr. Die fast sechs Stunden Flug schienen mir ein winziger Augenblick und eine

Ewigkeit zugleich. Als gehörte die Zeit, deren Pulsieren ich in dem bilderfreien Raum gespürt hatte, zu einer anderen Ordnung der Dinge.

»Obendrein hatten wir fast keinen Treibstoff mehr!« sagte der Dealer.

Während wir im Restaurant des Flughafens zu Mittag aßen, wurde das Flugzeug gecheckt und aufgetankt.

Es war jedoch unmöglich, am selben Tag weiterzufliegen. Eine Schlechtwetterfront nach der anderen fegte über das Gebirgsmassiv.

Für den nächsten Morgen rechnete man mit einer Wetterbesserung. Der Start wurde für sieben Uhr angesetzt.

Ich nutzte den Nachmittag, um mir eine Garnitur Wäsche zu kaufen und das Notwendigste für meine Körperpflege.

Beim Abendessen schließlich präsentierte der Dealer mir die Bestimmungen des Vertrages, den ich blanko unterschrieben hatte.

Ich akzeptierte sie mit großer Gelassenheit, wie jemand, der einen Urteilsspruch vernimmt, mit dem er schon gerechnet hat.

Er war erschöpft. Gleich nach dem Essen legte er sich hin.

Ich ging in der Stadt spazieren.

Ein Fluß mit befestigten Ufern fließt durch den alten Stadtkern, ehe er sich im Küstensand zu einem Netz von Armen verzweigt. In der Ferne war die Brandung zu hören.

Zum Land hin erheben sich die ersten Vorgebirge.

Ein salziger Wind pfiff durch die leeren Straßen.

Auf dem Rückweg zum Hotel betrat ich eine der wenigen Bars, die um diese Uhrzeit geöffnet hatten. Ein dunkler und gemütlicher Raum.

Nur ein Grüppchen saß in einer Ecke und unterhielt sich leise.

Die Kellnerin kam und nahm meine Bestellung auf.

Zum erstenmal seit der Demonstration verspürte ich eine Gelegenheit, innezuhalten, Abstand zu gewinnen zu den Ereignissen.

In dieser kurzen Zeitspanne, während ich ohnehin schon gefühlsleer war, hatten sich ungewöhnliche Situationen und zwiespältige Verhaltensweisen angehäuft und bedrohten meine Identität.

Doch die Hoffnung auf die ersehnte Erholungspause verflog beim Lächeln der Bardame.

Nachdem die Bedienung mir meinen Drink gebracht hatte, stand sie von ihrem Tisch auf und nahm sich meiner an.

»Sie sind erst seit kurzem in der Stadt?«

»Ich bin heute angekommen, morgen früh geht es weiter.«

»Geschäfte?«

»Der liebe Wettergott ...«

Das Gespräch ähnelte allzusehr einem Verhör. Ich versuchte, ihm eine andere Wendung geben.

Sie war eine schöne Frau, etwa vierzig Jahre alt. Sie wußte sich in Szene zu setzen durch ihre

Art, sich zu kleiden, ihre Umgangsformen, ihre Sprache.

»Was tun Sie hier in dieser Einöde?«

»Ich war die großen Städte leid. Ich mag diese Einöde, wie Sie es nennen. Und eines Tages kommt, wer hätte das gedacht?, ein Reisender, der mich für mein Alleinsein entschädigt ...«

Aus dem Verhör war eine Verführung geworden.

Das Gespräch zog sich hin. Ich ließ es zu.

Sie war in das übliche Gerede von Freundschaft und Vertraulichkeit verfallen, das einsame Reisende so betört.

»Warum gehen wir nicht zu mir?« schlug sie vor, als ihr der Moment günstig schien.

Ich fühlte mich bedrängt.

Ich sah ihr direkt in die Augen. Sie hielt genau die richtige Zeit lang stand. Dann nahm sie mit einem Lächeln die Spannung, die sie unwillkürlich in diesen Blick gelegt hatte.

»Ich werde unsere kurze Begegnung niemals vergessen ...«

Ich zahlte und ging.

Ein Regenschauer, vom Seewind gepeitscht, fegte durch das Städtchen. Wer wurde hier wohl beobachtet? Ich oder der Dealer?

Wir flogen pünktlich los, bei fast klarem Himmel.

Der Wind jagte Fetzen tiefer Wolken über eine Landschaft, die im Blitzen der Wassertropfen funkelte.

Die Maschine vibrierte, sackte ab, gewann wieder an Höhe.

Im Gegensatz zum Vortag war der leise Kitzel erhebend.

Am späten Vormittag waren wir am Ziel.

Wochenende

Ich war verblüfft über den Umfang der 'Botschaft'.

Während ich zum Wagen ging, blätterte ich darin herum und stieß auf zwei oder drei überraschende Sätze.

Offenbar war es die Schilderung einer Flucht, auch der Titel, *Die große Reise*, deutete darauf hin.

Zwischen den Seiten steckte ein handgeschriebener Zettel.

Ich hoffe, dieser Bericht befriedigt ein wenig Deine, Eure Neugier. Verfaßt habe ich ihn auf der Grundlage der Daten, die in meinem Computer gespeichert sind. Ich habe nichts Wesentliches weggelassen oder hinzugefügt. Ich habe lediglich alle Hinweise gestrichen, die dazu beitragen könnten, mein 'Versteck' aufzufinden.

Die Notiz war nicht unterschrieben.

Eine Weile starrte ich wie gebannt auf diese Handschrift, dieses Gefüge von Strichen, mit deren Hilfe ich, wenngleich vergeblich, den Versuch unternahm, mir einen Weg weisen zu lassen zu den Erinnerungen der erst unlängst tief in einer Schublade wiederentdeckten Texte.

Die Sonntagsvorstellung mußte bald zu Ende sein.

Ich legte den Bericht in den Kofferraum, zusammen mit anderen Unterlagen. Ich wollte nicht, daß sie ihn sah. Erst recht nicht, bevor ich ihn gelesen hatte.

Als ich zum Theater kam, war die Vorstellung schon vorbei.

Ich traf sie in der Garderobe an, wo sie den Koffer für unser Wochenende packte.

»Ein Glück, daß du nicht früher gekommen bist ...«

»...?«

»Kannst du dir die Szene vorstellen? Sie war eben noch hier. Sie wollte, daß ich mit ihr essen gehe. Dann hat sie den Koffer gesehen ...«

Wir lachten. Doch mein Lachen war leicht säuerlich. Ich beschloß, nach unserer Rückkehr meiner alten Freundin reinen Wein einzuschenken. Ich wollte versuchen, die Ursache dieses Unbehagens zwischen Gewissenbissen und Lächerlichkeit aus der Welt zu schaffen.

»Mit dem Koffer kannst du ja eine Weltreise machen!«

»Wer weiß! Ich bin lieber gewappnet ...«

Wir fuhren in der Abenddämmerung aus der Stadt heraus, an einen geschützten Küstenstrich, wo die Strände nicht allzu überlaufen waren.

Auf der ganzen Strecke kamen uns die langen Schlangen der Wochenendausflügler entgegen, die auf dem Heimweg waren.

»Ist doch toll, um diese Zeit ins Wochenende zu fahren, nicht?«

»Ihr Theaterleute ...«

Vor uns, im Westen, lenkten golden schwankende Säulenreihen und Purpurexplosionen, die rasch in der Nacht verloschen, unsere Aufmerksamkeit von der überfüllten Fahrbahn ab.

Als es Nacht wurde, versanken wir im Innern des Wagens ganz in uns selbst.

Fast die ganze Zeit fuhren wir schweigend.

Eine Nähe, die auf Wörter verzichten konnte, ergab sich aus der bloßen Anwesenheit der Körper.

Je weiter wir kamen, desto spärlicher floß der Verkehr, so daß wir schneller fahren und die zeitlichen Abstände zwischen den Bildern schrumpfen lassen, dem Spiel von Licht und Schatten einen Rhythmus unterlegen konnten.

Wir bogen von der Landstraße ab in Richtung Hotel, über eine gewundene, nicht asphaltierte Straße. In dem düsteren, wildwachsenden Gesträuch, das der Seewind gestutzt hatte, leuchteten helle Blüten auf.

Es war schon spät, als wir ankamen. Wir hatten gerade noch Zeit, die Koffer aufs Zimmer zu bringen und zum Essen herunterzukommen.

Der Speisesaal war fast leer.

Wir setzten uns an ein Fenster zum Meer. Die Dunkelheit war vollkommen. Es war unmöglich, die Linie des Horizonts auszumachen. Nur ein zartes Phosphoreszieren deutete hie und da den Standort der Klippen am Buchteingang an.

»Als ich klein war, habe ich in so einem Haus gewohnt, oben an einer Steilküste ...«

Der Kellner brachte die Speisekarte. Ich klärte mit ihm zunächst die Weinfrage.

Sie hatte sich wieder zum Fenster hingewandt und blickte trotz der Finsternis zu dem undeutlichen Schatten der Klippen, wo manchmal glänzend die Gischt aufstieg.

Bei unseren befristeten Begegnungen hatte sie mir nie von sich selbst, von ihrer Vergangenheit erzählt.

»Und wie hat es dich dahin verschlagen?«

»Wohin? Ach so, in das Haus an der Steilküste?«

Sie lachte, sicherlich über die kaum verhohlene Neugier in meiner Frage.

»Mein Vater war abkommandiert worden, eine Küsteneinheit zu befehligen, an einem gottverlassenen Flecken.«

»Und dieser Ort hat dich geprägt.«

»Mag sein. Aber es ist schon komisch, daß die einzige Situation, an die ich mich mit allen Einzelheiten erinnere, der Abend unserer Ankunft ist. Obwohl eigentlich nichts passierte ... Die Rekruten stapelten das Gepäck überall im Eingang, im Wohnzimmer. Wir aßen bei Kerzenlicht. Ich war unendlich müde. Die Müdigkeit war stärker als der Hunger. Das Kerzenlicht überzog die Decke mit beweglichen Schatten. Und plötzlich merkte ich, daß ein Haufen riesiger Insekten diese Schattenbühne bevölkerte. Sie kamen aus dem Dunkel und blitzten im Dämmerlicht auf. Es waren Riesenkakerlaken. Goldbraun. Mit Flügeln. Die Engel von der Müllkippe ...«

»Wie alt warst du damals?«

»Keine Ahnung ... Vierzehn vielleicht. So um den Dreh.«

»Hast du lange da gewohnt?«

»Bloß in den Ferien. Das war lange genug. Auf der einen Seite das Meer, auf der anderen die Berge. Selbst wenn man zum Strand wollte, mußte man über schmale Pfade bis zu einer Bucht hinuntersteigen, wo bei Ebbe ein Fleckchen Sand zum Vorschein kam.«

»Nach den Ferien seid ihr in die Stadt zurückgefahren?«

»Nur ich. In ein Internat. Meine Mutter blieb, um den Stürmen des Ozeans und denen meines Vaters zu trotzen.«

»Dein Vater war kein angenehmer Zeitgenosse?«

»Er war halt ein Militär. Ein Langweiler. Ohne Phantasie. Er verabscheute die Freunde meiner Mutter und war eifersüchtig. Er fühlte sich ausgegrenzt. Der Ruhm der Militärs war vorbei. Blieb nur das triste Einerlei der Kasernen.«

»Und du bist in einer anderen Kaserne gelandet ...«

»Bei den Nonnen? Viel subtiler! Wenn du wüßtest ...«

»Wenn ich mich in ein Mädchen verwandeln könnte, würde ich auf eine Nonnenschule gehen.«

»Wahrscheinlich würdest du es nicht mal bereuen. Aber ich habe es gehaßt. Ich habe die Stunden gezählt bis zu jedem Wochenende.«

»Sind deine Eltern dich abholen gekommen?«

»Nein. Die Einheit lag irre weit weg. Ab und zu kam meine Mutter. Das heißt, nur sehr selten. Eine Freundin von ihr kümmerte sich um mich, während sie dort wohnten. Das ist eine eher unerquickliche Geschichte, aber ich verdanke ihr viel. Sie hat mich vor dem schlimmsten aller Übel bewahrt, dem Geiz nämlich.«

»Und was ist daran eher unerquicklich?«

Während das Essen serviert wurde, schaute ich sie an, als sähe ich sie tatsächlich zum erstenmal. Ich erkannte ihre Mimik und Gestik fast nicht wieder.

Sie fühlte sich beobachtet, reagierte wie ein Tier.

Als der Kellner fort war, fragte sie:

»Warum glotzt du mich so an?«

»Ich stelle das Bild scharf.«

»Der Naturforscher, der das Insekt unter der Lupe betrachtet ...«

»Weniger wissenschaftlich.«

»Aber genauso kalt.«

»Es liegt keinerlei Kälte in der Herangehensweise eines Naturforschers. Daher mein Interesse für die eher unerquickliche Geschichte ...«

»Die man sich leicht vorstellen kann, oder? Die Freundin meiner Mutter verliebte sich in mich. Mein erstes ernsthaftes Verhältnis. Von der romantischen Phase mit Spaziergängen Hand in Hand, gemeinsamer Lektüre, Sonaten von Beethoven am abendlichen Feuer und unschuldigen Zärtlichkeiten bis hin zum Amour fou, durchwachte Nächte und Erschöpfung inklusive. Mit dem Vorteil allerdings, daß ich nicht schwanger geworden bin und keine Geschlechtskrankheiten gekriegt habe.«

»Mit dieser Erfahrung war das Internat für dich ja der reinste Harem ...«

»Da irrst du dich. Ich habe nur die heimlichen Spielchen kapiert, die mir vorher entgangen waren. Aber ich fand sie eklig. Bei mir, das war Liebe. Wie du sie vielleicht nie erlebt hast. Deshalb begreifst du es nicht.«

»Warum nicht wahre Liebe im Internat?«

»Kann schon vorkommen ... Da fällt mir übrigens eine wunderschöne Szene ein. Eine Szene von solch universeller Tragik, daß ich sie gerne auf die Bühne bringen würde. Aber vulgär bleibt vulgär. Und die Leute sind im allgemeinen ziemliche Rüpel.«

Der Kellner schenkte nach.

»Auf die Verflossenen!«

Sie schloß sich dem Trinkspruch halb mißtrauisch, halb belustigt an.

»Warum gefällst du dir so in der Rolle des billigen Zynikers?«

»Das stimmt gar nicht. Ein Freund von mir hat immer auf die Verflossenen angestoßen. Das war sein Schicksal. Er war von der Armee desertiert, um vor dem Krieg zu flüchten. Er hat sich immer verstecken müssen. Seine einzige Erfahrung mit der Liebe waren die Verflossenen ... Wie du siehst, bin ich gar nicht so zynisch. Also könntest du mir jetzt ruhig das Drama aus dem Internat erzählen.«

»Das ist eine Geschichte, die ich immer in

einem Bühnenraum vor mir sehe. Es war wirklich wie aus einer Tragödie. Stell dir den Hof der Schule vor. Ein riesiger Platz, umrahmt von Gebäuden aus dem siebzehnten Jahrhundert. Große, steinalte Platanen. Es war zur Stunde der Frühmesse, in der Dämmerung kurz vor Sonnenaufgang. Gewöhnlich stimmten die Nonnen um diese Zeit ihre Lieder an. Der Pater empfing sie im Beichtstuhl. Wir sammelten uns nach und nach im Hof vor der Kirche. An diesem Tag spürten wir aber eine Unruhe. Die Gesänge erhoben sich nicht so glockenhell wie sonst. Die Nonnen waren in Aufregung. Ein einziges Kommen und Gehen. Niemand kniete vor dem Beichtstuhl. Der Kaplan wohnte am Ende des Hofes, in einem Gartenhaus etwas abseits. Irgendwann hörten wir ein heftiges Schlagen an der Tür. Dann kam der alte Gärtner angehinkt, mit einer Leiter über der Schulter. Er lehnte sie unterhalb des Schlafzimmerfensters an die Wand. Wir blieben am anderen Ende des Hofes, bei der Kirche. Als ob irgendeine Macht uns dort festhielte. Die Stimmen verstummten. Die Nonnen versammelten sich in der Kirche, direkt hinter der Tür. Während der Gärtner hochkletterte, warteten drei Nonnen, Priorinnen, ohne sich zu rühren, nur der Wind fuhr in ihre Ordensgewänder. Die Fensterflügel waren offenbar verriegelt, der Gärtner mußte sie aufbrechen. Die Scheiben gingen zu Bruch, ein Klirren, das durch die Stille noch verstärkt wurde. Ein schreckliches Klirren. Und als er sich mit einem panischen Gesicht umdrehte, stieß eine der Nonnen den herzzerreißendsten Schrei aus, den ich je gehört habe, und fiel bewußtlos zu Boden. Erst später wurde mir klar, daß ich das Ende einer verbotenen Liebe miterlebt hatte, die erst der Tod ans Licht brachte.«

Wir hatten fast aufgegessen. Die letzten Gäste waren eben gegangen. Die Angestellten deckten die Tische für den nächsten Tag.

»Gleich setzen sie uns vor die Tür. Für die hiesigen Sitten ist es bestimmt wahnsinnig spät.«

»Gehen wir noch auf einen Kaffee in die Bar?«

Die Bar war genauso leer. Das Wochenende des Durchschnittsbürgers war vorbei. Am nächsten Morgen würden alle wieder an ihrem Arbeitsplatz sein.

Der Barkeeper hatte leise das Radio angestellt. Er trank in aller Ruhe seinen Whisky.

»Die Gäste gehen aber früh ins Bett!« bemerkte ich, während er die Flaschen im Regal inspizierte.

»Gäste sind heute nur wenige da. Bloß die Angler sind geblieben. Und die sind früh auf den Beinen.«

Wir setzten uns in eine abgelegene Ecke.

»Und welche Rolle spielst du in dieser Tragödie, von der wir nur die Schlußszene kennen?«

»Streng deine Phantasie etwas an und stell dir die Geschichte einfach vor. Was mich fasziniert, abgesehen von der plastischen Schönheit der Szene, ist die Kraft der Beziehung, die in diesem Schrei zum Ausdruck kam.«

»‹Niemals in meinem Leben habe ich jemanden geliebt … Und soviel geträumt habe ich von der Liebe!› «

»Lernst du jetzt schon mein Stück auswendig?«

»Der eine oder andere Satz ist hängengeblieben.«

»Und warum ausgerechnet der?«

»Weil diese Sätze geholfen haben, mir ein Bild von dir zu machen …«

»Findest du, ich gleiche der Irina Prosorow?«

»Absolut. Ich finde, du gleichst ihr aufs Haar …«

»Es ist mir unbegreiflich, welche Ähnlichkeiten du zwischen mir und Irina siehst!«

»Sehr viele. Vor allem aber das Unvermögen, dich zwischen zwei gegensätzlichen Welten zu entscheiden …«

»Ich habe die Nase voll davon, dir zuzuhören.«

»Ich auch!«

Wir zogen uns in dem Schummerlicht aus, das die Lampe am Eingang ins Zimmer streute. Die Langsamkeit der Bewegungen, die seit Beginn des Ausflugs wie ein tropisches Klima alles ergriffen hatte, dauerte die Nacht über an. Die Zeit endete jedesmal, wenn die Finger Haut berührten, über den entspannten Körper glitten.

Als ich zu später Stunde die Vorhänge aufzog, flutete Licht in den Raum. Der Mond war aufgegangen und beschien den Spiegel des Meeres bis hin zum Horizont.

Mit plötzlicher Energie waren wir aus dieser verzauberten Schläfrigkeit aufgewacht.

Wir öffneten das Fenster und lehnten uns in die helle Nacht hinaus. Die Wellen brachen sich in leuchtenden Massen an den Klippen am Fuße der Steilküste.

Die Luft war kühl und rauh.

Wir schlossen das Fenster wieder.

Im Halbschatten des Zimmers ging das Schauspiel des Mondscheins weiter.

Ich ging zur Minibar in der Diele und holte Gläser und eine Flasche Whisky. Als ich zurückkam, saß sie konzentriert über den Nachttisch gebeugt.

»Was braust du dir da zusammen?«

»Willst du?«

Sie bereitete das weiße Pülverchen zu, sorgfältig wie ein Alchimist.

Ich antwortete nicht gleich. Ich stellte das Radio an, suchte einen Sender, der Jazz spielte. Sie sah amüsiert zu mir herüber.

»Hast du was dagegen?«

»Nein, nichts. Auch nichts dafür. Mit diesen Spielchen habe ich nichts am Hut.«

»Am Anfang ist es vielleicht nur Spielerei. Dann wird es ein Hilfsmittel. Warum nicht die Mittel nutzen, die uns zur Verfügung stehen?«

»Mittel wofür? Ein Hilfsmittel ist ein Werkzeug. Zu welchem Zweck, mit welcher Absicht? Jetzt zum Beispiel ...«

»Ob jetzt oder ein andermal oder irgendwo sonst, das ist doch egal ... Es geht darum, daß man lebendig ist, wirklich lebendig. Daß man mit aller Kraft in dem Moment und an dem Ort ist, wo man sich gerade befindet.«

»Aber jetzt, gerade jetzt brauchst du, um dich lebendig zu fühlen, diese Krücke?«

»Welche Krücke?«

»Sind Drogen etwa keine Krücken?«

»Und du mit deinem Whisky, wofür ist der? Ist das nicht auch eine Krücke?«

»Wir mit unserem Whisky ...«

»Schon gut, aber ich kann doch wohl Lust haben, weiter zu gehen, andere Wege ...«

»Weiter in welchem Sinne?«

»Ich habe Lust, die Müdigkeit auszutricksen, die Unentschlossenheit ... Alles verändert sich jeden Tag. Vielleicht brauche ich Krücken. Na und? Du etwa nicht?«

»Natürlich! Du bist meine Lieblingskrücke. Gerade jetzt ...«

»Und wenn du mir als Krücke nicht genügst?«

»Dann kann ich es auch nicht ändern. Ich bin hier, um etwas zu bekommen. Du wirst schon wissen, warum du hier bist ...«

Sie zuckte die Achseln, drehte sich zum Tischchen hin, zog die Portion durch die Nase ein.

Ich setzte mich auf die Bettkante und faßte sie um die Taille.

»Warum läßt du diese Kinderei nicht sein?«

Schon wieder wurde ich didaktisch. Wenn auch aus Zuneigung. Aber didaktisch zu sein führt zu nichts. Es war auch nicht der Zeitpunkt für irgendwelche Kompromisse. Ich mußte verfügbar sein. Und wachsam. Ein wachsames

Auge haben, ohne zu wissen, worauf. Auf Gefahren. Imaginäre vielleicht. Vielleicht auch echte, bald schon.

Ich brannte vor Neugier, *Die große Reise* zu lesen.

Beim ersten Morgenschimmer schlief ich über schneeweißen Bergen ein.

Ich verlor mich in den wirren Abgründen meiner eigenen Unsicherheit. Die Schilderung der Stunden, die auf die Demonstration folgten, füllte die Rekonstruktionslücken und lieferte Erklärungen für die Fragen, über die ich lange nachgegrübelt hatte.

Es ist gewiß bequem anzuerkennen, wie grenzenlos die Realität jenseits unserer vereinfachenden Sicht ist. Doch für die Dinge, über die ich Bescheid zu wissen glaubte, hätte jede andere Erklärung auch genügt.

Der Bericht kann aber auch lediglich eine bewußt einengende Sicht der parallelen Realität sein, die verborgen werden soll …

Während des kurzen Schlafes, der mit der Unbestimmtheit von Raum und Zeit im Wolkeninnern verschmolz, träumte ich, ich wäre allein in der Zelle der politischen Polizei. Und als die Tür aufging, kam er herein. Ich erkannte ihn nicht sofort. Er trug eine Sonnenbrille und einen Schlapphut, die Krempe ins Gesicht gezogen.

Er blieb mitten im Raum stehen, sekundenlang, ohne den Kopf zu heben.

Dann blickt er mir plötzlich in die Augen, wütend und panisch, schlägt sich die Fingernägel wie Krallen in die Brust und reißt sie sich von oben bis unten auf. Die bloßliegenden Eingeweide überschwemmen den Raum mit Blut und Kot.

Die Sonne erhob sich langsam über die Küste. Der Mond leuchtete noch blaß, knapp über dem Horizont.

Ich öffnete das Fenster.

Der Duft der Wellen, die an den Klippen zerstoben, stieg in einem salzigen Nebel auf.

Sie schlief wie ein Murmeltier.

Ich machte mich an die Lektüre. Doch die vorherigen Szenen drängten die überzogene Freude über die Landung auf dem Flughafen und die Spaziergänge durch die verlassenen Straßen der kleinen Küstenstadt in den Hintergrund.

Ich spürte seine Anwesenheit auf der anderen Seite der Tür. Mir war, als hörte ich ein Atmen und verstohlene Schritte die Treppe hinab.

Alle Fragen und Vermutungen, die mir zum Ablauf der Ereignisse nach der Demonstration in den Sinn gekommen waren, konnten durch den Bericht als geklärt gelten. Doch neue Zweifel, mit einer neuen Bedeutung und Bedrohlichkeit, erwachten nach der Lektüre.

Wer war eigentlich dieser Freund aus Kindertagen, der beste und vertrauteste Jugendfreund, der von einer Sekunde auf die andere sein ganzes Leben aufgab, um, gegen fragwürdige Garantien, für einen Dealer zu arbeiten, der wahrscheinlich mit der politischen Polizei unter einer Decke steckte? Welche Dienste hatte er fortan leisten müssen, um die Rechnung zu begleichen? Und warum hatte er nach all den Jahren beschlossen, wieder Kontakt mit der Vergangenheit aufzunehmen, flankiert von Vorsichtsmaßnahmen, welche die politischen Umstände längst nicht mehr rechtfertigten?

»Was ist denn mit dir los? Wieso machst du so ein besorgtes Gesicht?«

»Ich?«

»Kuck dich doch im Spiegel an!«

Wir hatten gebadet.

Mit dem Handtuch wischte ich auf dem beschlagenen Spiegelglas eine runde Fläche frei, in der ich mein Bild wiederfand und, im Hintergrund, ihren Körper, der in eine Dampfwolke gehüllt aus der Wanne stieg.

Der Spiegel lieferte mir keinerlei Information über mein Gesicht. Aber es war nicht schwer, sich vorzustellen, was sie hatte sagen wollen.

Der Schatten des Berichts lag auf mir.

Einzelne Szenen spielten sich plötzlich ab, zuweilen vermischt mit meinen eigenen Erfahrungen oder der Erinnerung an gemeinsam erlebte Situationen, die sich mit unbequemen Bedeutungen aufluden.

Wir frühstückten auf dem Balkon mit Blick aufs Meer.

Wir waren beide stumm, wie abwesend. Als ob sich unser Interesse plötzlich erschöpft hätte.

Und dennoch hatte ich zum erstenmal das Gefühl, daß ich mich auf diese Beziehung einließ, daß ich mich gerne auch noch weiter auf sie einlassen würde.

Ich erzählte ihr von dem Bericht, den ich in der Nacht gelesen hatte.

Die Geschichte war ihr nicht völlig fremd. Sie hatte bei Gesprächen etwas über einen verschwundenen Menschen aufgeschnappt, vor vielen Jahren.

»Und der hat dir geschrieben?«

»Das vermute ich.«

»Du vermutest es?«

»Ja. Jemand, der von einer Erinnerung Gebrauch macht, die seine sein könnte, der anruft und schreibt, ohne seinen Namen zu nennen ...«

Sei es, um Bemerkungen, Meinungen, Geschichten aufzuzeichnen, sei es, um eine eigene Version zu verbreiten.

»Ich verstehe nicht ... Ich verstehe nicht, was dich daran so beunruhigt. Das Normalste wäre gewesen, daß du dich freust. Wenn du wirklich sein Freund bist oder warst ...«

»Natürlich habe ich mich gefreut. Aber dieser Bericht hat etwas von einer Inszenierung, die mich nicht überzeugt ...«

»Eine Inszenierung von wem? Und wozu?«

»Ich weiß es nicht. Die einzigen Anhaltspunkte, die ich habe, sind gemeinsame Erinnerungen. Wie diese kleinen Kennzeichen, mit deren Hilfe sich die verstümmelten Opfer im Leichenschauhaus identifizieren lassen. Und dieser Text ist voller Ambivalenzen. Die Erzählung der

Fakten ist eine mögliche, sogar wahrscheinliche Version. Aber die Figur ist fast unkenntlich. Als ob ein Fremder ihren Platz einnehmen wollte und sich ihrer Erinnerung bediente, um auf diesem Weg in mein Innenleben einzudringen …«

»Was schockiert dich daran so? Die Leute entwickeln sich, verändern sich, sie bleiben nicht immer, wie wir sie in Erinnerung haben …«

»Du hast recht. Vielleicht habe ich ihn nie akzeptiert, wie er war. Deshalb erkenne ich ihn nicht wieder. Erst jetzt, wo ich mich daran mache, die Vergangenheit zu durchleuchten, setze ich auf einmal Dinge zueinander in Beziehung, denen ich nie eine Bedeutung beigemessen hatte. Heute nacht erst, während ich das Manuskript las, mußte ich an eine Reise denken, die wir mit einem gemeinsamen Freund gemacht haben. Rat mal, mit wem! Mit dem, der immer auf die Verflossenen anstieß …«

»Dem Deserteur?«

Und schon ließ ich mich hinreißen und beschwor die ganze Reise herauf, die gewiß das Ende meiner Jugendzeit besiegelt hatte.

Den Deserteur hatte ich in den Bars am Hafen kennengelernt, wo ich mich, angelockt von der geheimnisvollen Welt des Verbrechens und dem Abenteuer der künstlichen Paradiese der Fin-de-siècle-Dichter, herumzutreiben begann.

Er war offenbar erst kurze Zeit in der Stadt. Niemand wußte genau, wer er war oder woher er kam.

Er lebte vom Improvisieren, von Zufällen, die er zu nutzen verstand. Er schrieb in mehreren Sprachen die Briefe, die ihm Prostituierte diktierten, an die Seeleute, die ihnen in einer Liebesnacht, nach langer Einsamkeit auf hoher See, versprochen hatten, sie dort 'rauszuholen'.

Das war nicht nur eine Einnahmequelle, sondern auch eine Art, sich einen Schlafplatz zu ergattern, indem er die Gefühlslage ausnutzte, welche die Sätze, die er sich mit der Zeit zurechtlegte und perfektionierte, geschaffen hatten.

Auch wenn der Abstieg in die Hafenbars in einen privaten, fast schon heimlichen Bereich meines Lebens gehörte, tauchten die engsten Freunde, die ebenfalls von dieser Welt angelockt wurden, manchmal dort auf.

An einem dieser Abende begegneten sich die beiden. Und die Beziehung, die sich daraus ergab, überraschte mich ungemein.

Ob der Deserteur die Zerbrechlichkeit, ja Ambivalenz seines Charakters bemerkt hatte?

Ob er geglaubt hatte, sich seiner bedienen zu können, um seine Pläne zu verwirklichen?

Die Fragen kommen mir erst heute, wo ich über diese Zeit nachdenke, im Licht der *Großen Reise*, dieser seltsamen Erzählung.

Kurz darauf schlug der Deserteur ihm vor, eine Reise zu machen.

Noch heute ist mir schleierhaft, weshalb ich mich entschloß, mitzufahren.

Als ich davon sprach, sie zu begleiten, kam mir die Reaktion des Deserteurs recht kühl vor, der sich offenbar nur beherrschte, weil er seinen Plan nicht gefährden wollte.

Plötzlich wurde mir klar, daß meine Beschwörung eines fast dreißig Jahre zurückliegenden Erlebnisses für sie kaum nachvollziehbar sein konnte.

Selbst wenn sie über alle Informationen verfügte, um die Fakten zu begreifen, fehlte ihr die Erinnerung, das direkte Erleben der ganzen Atmosphäre.

»Weißt du, es war nicht einfach zu reisen, damals. Geld war knapp. Aber es war nicht nur das fehlende Kleingeld! Es gab Grenzen, die politische Polizei, die beklemmende Überwachung …«

Wir hatten unseren Kaffee getrunken. Die Luft erwärmte sich langsam. Die Sandstreifen, die die Gezeiten bloßlegten, glitzerten golden in der Sonne.

»Willst du die Geschichte nicht zu Ende erzählen?«

Es war weniger schlichte Neugier, weshalb sie dies fragte, als vielmehr das Gefühl einer unerwartet tiefen Beziehung, das sie damit zum Ausdruck brachte.

Der Bekenntniston, den ich fast unwillkürlich angeschlagen hatte, verlor jede mögliche Peinlichkeit. Es war nicht die Geschichte eines Freundes, die ich ihr erzählte. Ich führte ihr eine persönliche Jugenderfahrung vor, so wie ein Vogel sein buntes Gefieder darbietet.

Wir brachen an einem kalten Morgen auf, nachdem wir zwei Stunden in einem Obdachlosenasyl geschlafen hatten.

Am Abend war der Deserteur noch ganz umtriebig gewesen, hatte Herzensstreitigkeiten der Prostituierten beigelegt, die Reisekasse aufgefüllt.

Der Zug kroch den ganzen Tag und die ganze Nacht dahin, hielt an allen Stationen: verlorene Bahnhöfe in menschenleeren Landschaften oder umgeben von kleinen Dörfern, die in der ausgelaugten Erde zu verschwinden schienen.

Am nächsten Tag stiegen wir spätnachmittags an einem Vorortbahnhof aus, erschöpft und hungrig.

Der Deserteur führte uns in eine nahe Kneipe. Unser Geld würde wohl gerade für ein Sandwich und ein Glas Wein reichen.

Um diese Uhrzeit waren viele Leute dort, Stammgäste und Reisende, die gerade eintrafen oder auf die Abfahrt ihres Zuges warteten.

Als wir hereinkamen, erkannte der Besitzer ihn. In seiner Reaktion lag, wie mir schien, Ungeduld.

Der Deserteur dagegen war in Hochstimmung. Er bestellte Essen für alle drei.

»Ihr könnt nehmen, was ihr wollt«, beharrte er.

Es war die Zeit des neuen Weins. Er wurde aus kleinen Fässern in Holzkrüge mit einem Eisengestell abgefüllt und dann eingeschenkt. Es gehörte zu den örtlichen Traditionen, den Krug beim Henkel zu fassen und den Wein über die Schulter hinweg von hoch oben in die Gläser einzugießen, ein Geschicklichkeitsspiel. Wetten wurden abgeschlossen. Jeder Teilnehmer ging in

Stellung, bewies seinen eigenen Stil, ein gestenreiches Spiel mit rituellem Tanz.

Das Publikum applaudierte begeistert.

Der Deserteur gewann das Essen und so viel Geld, daß wir die Nacht in einer Herberge verbringen konnten. Es war kalt. Ich hatte Mühe einzuschlafen. Beim Morgengrauen mußten wir das Zimmer räumen.

Das Wasser war über Nacht in den Rohren gefroren. Die Stadt lag unter einem grauen, gleichförmigen Himmel.

Wir irrten durch die Straßen.

Der Deserteur spielte uns eine völlig unsinnige Fröhlichkeit vor. Ich merkte, wie nervös er war.

Irgendwann landeten wir in einem Café. Fast eine Stunde lang erzählte er uns alle möglichen Geschichten, über seine Herkunft, seine Vergangenheit. Über Zukunftspläne, die der Krieg und die Fahnenflucht für immer vereitelt hatten.

Doch zwischen den Geschichten, die er an diesem Morgen erzählte, und jenen, die er mir an wermutschweren Abenden in den Hafenbars erzählt hatte, gab es Ungereimtheiten, die mir allmählich auffielen.

Es war fast Mittag, als eine Gruppe das Café betrat, die vom Personal ganz besonders freundlich empfangen wurde.

Die Hauptfigur schien ein Mann mittleren Alters zu sein, der leicht hinkte und einen Stock mit Silberknauf benutzte.

Der Deserteur unterbrach seinen Redefluß und ging zu ihm.

Zum erstenmal seit Beginn unserer Fahrt war ich allein mit meinem Freund.

»Hast du schon mal nachgedacht, worauf wir uns da einlassen?« fragte ich ihn.

»Ich hab die Schnauze voll von allem ...«

Mit 'allem' meinte er offenbar das 'Vaterland' und das, was es damals für uns bedeutete.

»Denk schon mal über die Rechnung nach ...«

Der Deserteur kam bald wieder zurück.

»Ich möchte euch einem alten Freund vorstellen ...«

Die Gruppe rutschte ein Stück zusammen, so daß wir Platz hatten. Der Deserteur stellte uns einander vor.

»Er ist ein großer Maler«, erklärte er mir und meinte den hinkenden Mann. »Du wirst seine Bilder noch kennenlernen.«

Dann wandte er sich dem Maler zu und stellte mich als einen Intellektuellen der Avantgarde vor, »einen der größten Dichter unserer Generation ...«

Im Laufe des Gesprächs gelangte ich zu der Überzeugung, daß der Maler der 'Pate' einer kleinen Mafia aus Kriminellen, Homosexuellen, Prostituierten war, von denen sicherlich viele aus dem Kleinbürgertum und der Mittelschicht stammten und sich intellektuell dünkten.

Wir gingen in einer Kneipe in der Nähe etwas essen.

Ich saß an einem Tischende, zwischen dem Maler und einer jungen Frau, einer Zigeunerin. Der Deserteur und mein Freund saßen am anderen Ende.

Ich hatte schon lange keine komplette Mahlzeit mehr zu mir genommen, vielleicht war mir deshalb so euphorisch zumute.

Als sich nach dem Essen allmählich alle zerstreuten, waren der Deserteur und mein Freund verschwunden.

Erst Monate später sollte ich wieder von ihnen hören.

Ich saß allein am Tisch mit dem Maler und der Zigeunerin.

Er lenkte das Gespräch geschickt auf die verschiedensten Themen, als ginge es darum, mich 'einzugrenzen', mir eine Kontur zu geben.

»Es hat mich sehr gefreut, Sie kennenzulernen«, sagte er beim Abschied, schon spät am Nachmittag. »Ich hoffe, Sie kommen dieser Tage mal vorbei und sehen sich meine Bilder an.«

»Bleibst du lange?« fragte die Zigeunerin, als er gegangen war.

»Ich weiß nicht. Ich bin mit meinen beiden Freunden hier. Aber ich glaube, wir reisen weiter.«

»Die beiden sind schon weg. Wußtest du das nicht?«

»Schon weg?«

»Ja. Sie haben gleich nach dem Essen den Zug genommen.«

»Und sie haben nichts gesagt?«

»Ich nehme an, sie hatten keine Zeit.«

»Aber ich bin völlig abgebrannt ...«

Sie lachte.

»Laß mal. Du wirst schon nicht verhungern ...«

Die Zigeunerin hatte keine feste Bleibe.

»Ich bin hier auch nur kurze Zeit. Ich weiß noch nicht, wie lange. Ich arbeite für ein Reisebüro.«

Während der Zeit, die ich in der Stadt blieb, verbrachten wir den größten Teil des Tages zusammen.

Nach dem Essen trennten wir uns, spätnachmittags trafen wir uns wieder.

Ich nutzte die Gelegenheit, um mir die Stadt anzusehen und die Museen zu besuchen.

Jedesmal hatte ich das Gefühl, sie könnte nicht wiederkommen.

Ich war völlig auf sie angewiesen. Das Taschengeld, das sie mir zusteckte, reichte gerade mal für den Kaffee und ein paar Bier, für die Eintrittskarten im Museum und die Fahrscheine.

Im Laufe dieser Tage fühlten wir uns einander immer verbundener, immer vertrauter, soweit Vertrautheit eben möglich ist.

So daß ich am Ende fast vergaß, daß diese Situation nicht lange andauern konnte.

Als wir uns eines Nachmittags wiedersahen, wirkte sie beunruhigt.

»Was ist mit dir?« fragte ich.

»Nichts. Nichts Besonderes.«

Und nach dem Abendessen sagte sie in dem natürlichsten Ton, den sie zustande brachte, der Maler wolle mich am nächsten Tag sprechen.

Ich hatte ihre immer gereiztere Stimmung schon bemerkt, bestimmt war das der Grund dafür. Ich tat so, als hätte ich es überhört.

Bei Tagesanbruch weckte sie mich.

»Du mußt heute gehen. Es ist besser, wenn du dich sofort aufmachst.«

Wir liebten uns mit geradezu dramatischem Ungestüm. Erst da wurde mir bewußt, daß der Augenblick gekommen war, die Rechnung zu begleichen, und daß sie mich von dieser Pflicht befreien wollte, weiß der Himmel, um welchen Preis.

Sie begleitete mich zum Bahnhof, wo ich Tage zuvor angekommen war.

Das Geld, das sie mir gab, reichte nur für einen Teil der Strecke.

»Und wenn wir in mein Dorf fahren?« fragte sie mich noch, kurz vor der Abfahrt. »Ich habe Familie da. Wir könnten es leicht schaffen. Ich besorge dir Arbeit.«

Seit wie vielen Jahren habe ich nicht mehr an diese kurze, aber heftige Romanze mit der Zigeunerin zurückgedacht?

Ich musterte die junge Schauspielerin, unwillkürlich und reflexhaft vergleichend, als könnte ich mich nicht entscheiden.

»Du kannst dir nicht vorstellen, welche Überwindung es mich gekostet hat, sie zu verlassen und den Zug zu nehmen. Sie gab mir eine Adresse und bat mich, ihr zu schreiben. Einen Monat später wollte sie dort sein ...«

»Dir kann man nicht vertrauen. Du suchst immer die einfachste Lösung ...«

»Das waren meine Gefühle damals. Aber wer

wäre ich heute, wenn ich mich entschlossen hätte, mit ihr zu gehen?«

»Stellst du nicht vielleicht die falsche Frage? Jeder trifft letztlich 'seine' Wahl. Diese Alternative zu deinem Lebensweg, die du andeutest, geht über ein literarisches Spiel nicht hinaus ... Der Beweis ist, daß du ihr nicht mal geschrieben hast.«

»Nein! Ich hatte das Gefühl, daß ihr Vorschlag reine Fiktion war. Wenn ich ja gesagt hätte, ich würde kommen, dann hätte sie irgendeine Ausflucht gefunden. Sie war längst im Netz gefangen. Sie hat mich rechtzeitig gewarnt, um mich zu retten. Aber sie wußte, daß es für sie selbst keine Rettung mehr gab.«

»Du warst verliebt ...«

»Das bin ich noch. Die einzige Treue ist, der Erinnerung treu zu sein.«

»Und du hast kein Lebenszeichen mehr von deiner Zigeunerin bekommen?«

»Doch. Ein paar Tage, nachdem ich zurück war. Wilde Horden von Filz- und sonstigen Läusen krabbelten über meinen Körper, um unsere ewige Liebe zu besiegeln ...«

»Und diese Liebesgeschichte treibt dich dermaßen um, daß sie dir heute noch moralische Probleme bereitet?«

»Nein. Was mich umtreibt, ist ein Zwischenfall, den du sicher lächerlich findest, später, als ich in einem kleinen Flecken nahe der Grenze ausstieg, ohne einen Heller in der Tasche ...«

Nach dem Abschied von der Zigeunerin fuhr ich dieselbe Strecke, die ich zwei Wochen vorher gekommen war, wieder zurück.

Ich hatte Zeit, mir alles noch einmal vor Augen zu führen.

Was hatte der Deserteur eigentlich vor? Wie würde er den Partner, den er so zielsicher ausgewählt hatte, nun einspannen?

Der Zug kroch genauso langsam dahin. Nachts wachte ich ein paarmal auf, wenn Fahrgäste ein- oder ausstiegen, Gepäck ein- oder ausgeladen wurde. Aber ob wach oder im Schlaf, die Erinnerung an die Zigeunerin ließ mir keine Sekunde Ruhe.

Erst am nächsten Morgen, als ich an der letzten Station vor der Grenze, wo die Gültigkeit meiner Fahrkarte endete, ausstieg, machte ich mir Gedanken darüber, wie ich mein Schicksal meistern sollte.

Ich war müde und hungrig und hatte Lust auf ein Bad.

Ich nahm mir ein Zimmer mit Vollpension in einem Haus, das von zwei alten Frauen geführt wurde. Ich hatte nicht die geringste Ahnung, wie ich das Geld beschaffen sollte, um die Rechnung und die Fahrkarte nach Hause zu bezahlen.

Als es Abend wurde, zog ich durch die Kneipen. Ich versuchte in die Haut des Deserteurs zu schlüpfen, mir diesen sechsten Sinn im Umgang mit den Leuten anzueignen, um etwas aus ihnen rauszuschlagen.

Ich brachte es gerade mal zu ein paar Gläsern Wein.

Am nächsten Morgen sagten die beiden Alten mir, ich solle zur Polizeiwache gehen.

»Ist das so üblich hier?« fragte ich.

»Nein. Aber der Polizeichef hat jemanden geschickt, der sagt, Sie sollen mittags dort sein.«

Er empfing mich persönlich und nahm meine Personalien auf. Er fragte mich, was ich an diesem Ort machte.

Mir fiel ein, daß ich bei meiner Ankunft in der Stadt eine romanische Kirche gesehen hatte. Ich sagte ihm, ich sei hergekommen, um die Kirche zu besichtigen, ich schriebe an einer Arbeit über Sakralbauten.

»Sie interessieren sich für solche Dinge?« fragte er mit aller Ironie, zu der er fähig war. Wahrscheinlich wußte er sehr viel mehr über mich, als ich mir vorstellen konnte. »Dann wird Ihnen unser Denkmal für die Helden der Revolution sicher gefallen.«

Der Gedanke daran, daß ich mit einem faschistischen Polizisten ein grauenhaftes Denkmal zu Ehren ihrer Helden besucht und, um ein Minimum an Vertrauen zu gewinnen, bis ich endlich von dort abhauen konnte, auch noch gepriesen hatte, dieser Gedanke verursachte mir viele Jahre lang Brechreiz und ein Gefühl des höchsten Befremdens über mich selbst.

»Die Frage ist«, erklärte ich ihr, um das Gespräch abzuschließen, »wie weit ich wohl gegangen wäre, wenn Gründe dieser Art, die weder eine große Geste noch eine heroische Pose rechtfertigen, mich gezwungen hätten ...«

»Gehen wir spazieren?«

Die Sonne stand hoch über dem Meer. Vom Balkon aus waren die felsigen Tiefen und flirrenden Schatten der Algen zu sehen.

»Und wie bist du aus dem Schlamassel rausgekommen?«

»Es war einfacher, als ich gedacht hatte. Es war Samstag. Die Landsleute kamen über die Grenze, um tanzen zu gehen. Ich legte mich mächtig ins Zeug und schaffte es, ihnen Geld abzuluchsen. Damit habe ich die Pension bezahlt und am nächsten Tag den ersten Zug genommen.«

»Hast du dir die Kirche angesehen?«

»Habe ich. Sie war verputzt. Mit einer Bemalung auf dem Putz, der die Fugen zwischen den Steinen vortäuschte …«

»Und dein Freund?«

»Der ist erst Monate später wieder aufgetaucht. Ich habe nie richtig erfahren, was eigentlich passiert ist. Als er kam, war er deprimiert und nervös. Er muß ziemlich in der Klemme gesteckt haben und dann geflüchtet sein. Er wurde sogar von der Polizei vorgeladen. Aber sie haben ihn nur verhört und dann in Frieden gelassen.«

»Und er hat dir nichts erzählt?«

»Er hat mir eine völlig wirre Geschichte erzählt, voller Widersprüche. Jedesmal, wenn er davon sprach, waren die Details anders. Beim Lesen des Berichts bekommt diese Geschichte allerdings eine neue Bedeutung. Zum einen denke ich wieder über seine Persönlichkeit nach, zum anderen über die Unzulänglichkeit unserer Urteilskraft und unseres Entscheidungsvermögens. Über die Wahl unserer eigenen Identität …«

»Willst du damit sagen, du hättest ein Spitzel sein können, ein Henker?«

»Ich denke nicht an mich, sondern daran, 'wer' er seit seinem Verschwinden wohl geworden ist.«

»Hast du noch mal was von dem Deserteur gehört?«

»Nie wieder.«

Bis in den Nachmittag hinein spazierten wir über die Pfade am Rand der Steilküste, stiegen zu den schmalen Sandstreifen zwischen den Felswänden hinab, badeten in dem ruhigen, von Riffen geschützten Wasser.

In einer Bucht, wo das Wasser sehr tief ist, tut sich auf halber Höhe der Felswand eine Höhle auf, die nach innen immer verzweigter und enger wird.

Den Zugang zur Höhle haben im Laufe der Jahre Generationen von Anglern geschaffen, die eine schmale und steile Treppe in den Fels hauten.

Sowie die Augen sich an die Dunkelheit gewöhnt hatten, wurden auf dem Boden und an den Wänden der Höhle aufgeplatzte Matratzen, Tonscherben, Kleidungsstücke, leere Flaschen sichtbar. Spuren, die Scharen von Anglern aus dem Binnenland hinterlassen hatten, die sich dort während der Saison einrichteten.

»Ich kann mir lebhaft das Gerangel während der Fangzeit vorstellen ...«

»Du denkst an unsere 'Kommunen', die früher mit viel Marihuana und Rockmusik Epoche gemacht haben ...«

»Ich habe selbst noch eine miterlebt! Diese erste Liebeserfahrung hat mir eher Lust auf mehr als Befriedigung verschafft. Ich bin zu Hause ausgezogen und habe mich einer Theatergruppe angeschlossen, die auf einem verlassenen Landgut in einer Kommune lebte.«

»Und ein Stern wurde geboren!«

»Du sagst es. Ich bin beim Theater geblieben. Die Gemeinschaftserfahrung hat mich allerdings weniger interessiert: alles verzogene Puritaner, die sich ihre Götter zwischen die Arschbacken klemmen.«

Beim Klingeln des Telefons wache ich auf.

»Guten Morgen. Es ist sieben Uhr dreißig.«

Ich hänge wieder ein, blicke auf die Uhr.

Ein Mittagessen in der Stadt, um einen Auftrag zu angeln, der mich im Grunde gar nicht interessiert …

Ich höre, wie die Wellen gegen die Felsen branden. Noch einmal sehe ich die leuchtende Gischt, die Transparenz des Wassers im Morgenlicht.

Ein undeutlicher Kopfschmerz erinnert mich an den miserablen Whisky, die Provinzdisco, die vom Lichterspiel zerhackte Musik.

In Gedanken kalkuliere ich die Zeit: die Rückfahrt, sie zu Hause absetzen, ins Büro gehen und die Unterlagen abholen, die ich dort habe liegenlassen, um halb zwei im Restaurant sein.

Es wird langsam spät. Ich schüttle die Erinnerungen an die Nacht und den Alkoholschleier ab und drehe mich zu ihr hin, streichle sie, um sie aufzuwecken und noch für Augenblicke die Wärme und den Geruch ihres Körpers zu spüren.

Sie versucht ihren Schlaf zu verteidigen, mit sanftem, geschmeidigem Widerstand.

Ich stelle das Radio an, in der Hoffnung, sie mit Musik zu wecken.

Bis sie endlich die Augen aufschlägt, mich sieht und davon überzeugt ist, daß wir aufbrechen müssen, ist es acht Uhr. Während ich mich dusche, fällt mir ein, daß ich nicht zu Hause angerufen habe, wie ich es sonst immer tue.

Ich lasse sie in die Wanne und wähle die Nummer. Das Telefon klingelt und klingelt, ohne daß jemand drangeht, was seltsam ist für diese Uhrzeit. Ich gebe nicht auf und wähle erneut. Nach einem ebenso langen Klingeln antwortet eine Stimme, mit der ich nicht gerechnet habe und die ich nicht sofort als die Stimme meines Sohnes erkenne.

»Ach, du bist es. Zum Glück rufst du an. Seit zwei Tagen suche ich nach dir. Verstecken kannst du dich jedenfalls …«

»Was ist denn los? Wieso bist du zu Hause?«

»Krieg keinen Schreck. Das Schlimmste ist vorbei. Ich habe mich um alles gekümmert, aber langsam solltest du mal nach Hause kommen …«

»Jetzt sag schon …«

»Deine Frau hat sich am Sonntagabend mit Tabletten vollgepumpt und hätte beinahe den Löffel abgegeben, während du dich mit deinem Wochenendliebchen vergnügt hast ...«

Die Stunde der Gefallenen

Als ich nach Hause kam, traf ich meine Schwiegertochter und meinen Sohn an.

»Beruhige dich, es geht ihr ausgezeichnet. Sie hat sich hingelegt, sie fühlt sich noch matt. Geh zu ihr und laß dir was einfallen ...«

Sie sah blaß aus, schwach, aber gelassen.

»Da siehst du, wie weit es mit mir gekommen ist. Spiele hier den hysterischen Backfisch ... Aber es wird mir eine Lehre sein. Sei also unbesorgt ...«

Ich setzte mich auf die Bettkante und nahm ihre Hand.

Es war, als ob ein ganzes gemeinsames Leben sich plötzlich in friedliche Freundschaft aufgelöst hätte.

»Ich habe dir eine lange Geschichte mitgebracht, sie wird dich auf andere Gedanken bringen«, sagte ich mit einem spontanen Lachen, das zugleich mit den ältesten Ursprüngen unserer Beziehung als auch mit der Erleichterung über die bewältigte Krise zu tun hatte.

»Hat er wieder geschrieben?«

»Ja, hat er. Er hat angefangen, das Geheimnis zu lüften. Zumindest scheint es so ... Aber am besten liest du selbst. Danach reden wir.«

Ich holte den Bericht, den ich für sie hatte kopieren lassen.

»Das ist wirklich ein starkes Stück! An deiner Stelle würde ich es machen wie die Figur bei Mandiargues. Weißt du noch? *La Marge*. Du legst den Brief auf den Nachttisch, erholst dich, in Ruhe, und wenn du ihn liest, weißt du schon alles, was dort geschrieben steht ...«

»Du weißt genau, daß das nicht mein Stil ist!«

»Ich bin neugierig zu hören, was du dazu sagst ...«

»Könntest du mir nicht eine Tasse Tee machen? Mit allem Drum und Dran?«

Wir tranken Tee, langsam. Fast ohne ein Wort.

»Ich war reichlich durcheinander in letzter Zeit. Ziemlich durch den Wind. Ich habe mich auf einmal unsicher gefühlt ... Bevor er mit seinen Anrufen anfing, waren wir in einer Sackgasse ... Das siehst du doch auch so? Und dann plötzlich diese Unruhe, diese Unsicherheit. Ich habe dich in diesem Zustand gesehen und nichts verstanden. Schwer zu erklären ...«

Ich brachte die Tassen in die Küche.

»Gleich kommen die Nachrichten. Willst du sie sehen?« fragte mein Sohn.

»Ich weiß nicht, ob ich Lust habe ...«

»Heute lohnt es sich. Sie bringen eine Reportage über die Bewegung der Gefallenen.«

Als ich ins Schlafzimmer zurückkam, hatte sie angefangen, *Die große Reise* zu lesen.

»Ich sehe mir die Nachrichten an. Wie es scheint, bringen sie einen interessanten Beitrag ...«

»Über die Gefallenen, nicht?«

»Ich glaube schon.«

Am Tag zuvor hatten die Gefallenen eine landesweite Kampagne gestartet, in allen größeren Städten.

»Hast du nichts davon gehört?«

»Ich kann mich nicht erinnern, daß schon mal die Rede davon war ...«

Ich merkte, daß in ihrer Frage eine wenn auch leise Provokation mitschwang.

Zu Beginn der Reportage gab es ein kurzes Interview mit einem örtlichen Führer der Bewegung. Er stand unter freiem Himmel, wahrscheinlich auf einer der Tribünen, die man für die Demonstrationen aufgebaut hatte. Im Hintergrund war die Silhouette einer Stadt auszumachen, halb in Nebel gehüllt oder vielleicht unscharf eingestellt, und ein Platz, wo sich die Menge verlor.

»Wollen Sie den Fernsehzuschauern erklären, warum die Bewegung sich die 'Gefallenen' nennt?«

»Weil wir alle aus den sozialen Strukturen 'herausgefallen' sind, aus den Statistiken, aus dem Bewußtsein der Öffentlichkeit ...«

»Und wie erklären Sie sich diese Lage? Wer ist Ihrer Meinung nach dafür verantwortlich?«

»Stellen Sie sich vor, Sie hätten Ihre Anstellung verloren und würden keine neue finden. Oder Sie kämen von der Schule und würden überhaupt nie Arbeit finden ... Nach einiger Zeit würden Sie keine Unterstützung mehr erhalten, keine Fürsorge, Sie wären kein Steuerzahler mehr. Ihre rechtliche Existenz würde sich auf einen Personalausweis beschränken, für dessen Erneuerung es nie wieder einen Grund gäbe ...«

»Aber eine solche Situation ist sehr außergewöhnlich, gesamtgesellschaftlich gesehen ist sie eher unerheblich.«

»Wir sind in der Lage, das Gegenteil zu beweisen. Kommen Sie mit auf unsere Demonstrationen. Dafür haben wir schließlich die Bewegung gegründet.«

Der Bericht zeigte in rascher Folge ein paar der Demonstrationen. Öffentliche Plätze, auf denen sich die Leute um improvisierte Tribünen drängten.

Auf einer Kundgebung hielt die Kamera eine bewegte, chaotische Szene fest: eine Menschenmenge stob unter einer Rauchwolke davon, und auf den unglaublich schnellen Bildern waren auch Polizeiwagen und Polizisten mit Schilden und Visieren zu erkennen.

»Die Demokratie hat sich mit einem äußerst unangenehmen Problem herumzuschlagen ...«

»Mit der sozialen Ungerechtigkeit?« fragte meine Schwiegertochter.

»Nicht unbedingt. Ungleichheit war immer vorgesehen. Ich meine die Unvermeidbarkeit der Polizeiübergriffe ... die Unverhältnismäßigkeit der Mittel.«

Die Reportage endete mit einem kurzen Studiointerview. Befragt wurde ein Soziologe, von dem ich noch nie gehört hatte.

»Herr Professor, als erstes möchten wir Ihnen

danken, daß Sie zu uns ins Studio gekommen sind. Wir haben es hier mit Vorfällen zu tun, die überraschen und die öffentliche Meinung vielleicht sogar schockieren. Wir hätten gerne gewußt, wie Sie die Bewegung der Gefallenen einschätzen ...«

Die Statements des Soziologieprofessors waren vor allem ausweichend. Nichts Prinzipielles.

»Selbstverständlich können wir nicht von den Gefallenen als einer neuen Klasse sprechen«, erklärte er. »Es ist ohnehin schwierig, unter den gegenwärtigen gesellschaftlichen Rahmenbedingungen von Klassen zu sprechen. Die 'klassenlose Gesellschaft' ist in gewisser Hinsicht, und das ist eine andere Lesart, schon Wirklichkeit. Viel richtiger wäre es, von 'Situationen' zu sprechen. Die Gefallenen entsprechen einer 'Situation', in die jeder Mensch 'hineinfallen' kann, unabhängig von seiner Herkunft, seiner Bildung, seiner gesellschaftlichen Stellung.«

»Wenn Sie von 'gesellschaftlicher Stellung' sprechen, meinen Sie doch im Grunde Klassen ...« unterbrach die Interviewerin provozierend.

»Ganz offensichtlich. Die Auflösung der 'Klassen' in den neuen sozialen Strukturen schließt nicht aus, daß die Frage der Herkunft weiterhin von Bedeutung bleibt. Vom menschlichen Standpunkt aus betrachtet ist diese Frage fundamental. Aber sie liefert keine Stütze, die das Überdauern der Klassen, wie wir sie traditionell verstehen, garantieren würde ...«

»Kennst du deinen Kollegen?« fragte meine Schwiegertochter.

»Nicht Kollege. Professor! Er scheint ziemlich bekannt zu sein. Vom Regime respektiert. Ohne daß er sich parteipolitisch groß festgelegt hätte ... Ein richtiger *chien de garde*. Im Sinne Paul Nizans ...«

»Wollen wir nicht lieber essen?«

»Jetzt sagt nicht, ihr habt auch Abendessen gemacht?«

Während sie den Tisch deckten, ging ich wieder ins Schlafzimmer. Sie las immer noch *Die große Reise*.

»Sehr seltsam! Das Ganze ist wirklich seltsam ...! Aber reden wir später darüber. Ich will erst zu Ende lesen.«

»Möchtest du nichts essen?«

»Jetzt nicht. Wenn ihr fertig seid, bring mir einfach irgendwas.«

Ich ging in die Küche, um nach dem Essen zu schauen und den Wein auszusuchen.

»Ißt sie nicht mit uns?«

»Nein, sie mag nicht. Sie ist ganz in die Lektüre vertieft.«

»Lektüre? Den ganzen Tag hat sie vor sich hingedämmert ...«

Beim Essen erzählte ich ihnen die Geschichte von den mysteriösen Anrufen, den postlagernden Briefen.

»Das ist normal, daß du dich nicht erinnerst. Du warst noch sehr klein ...«

»So klein nun auch wieder nicht! Ich erinnere mich sehr gut, von dieser Geschichte gehört zu haben. Im übrigen darf ich dir sagen, daß ich damals, typisch kindlich und heute kaum nachvollziehbar, eine Verbindung gesehen habe zwischen dem Verschwinden von jemandem, den ich kaum kannte, und deinem Verschwinden von zu Hause, was um dieselbe Zeit gewesen sein muß.«

Über dieses doppelte Verschwinden kam das Gespräch wieder auf die Gefallenen.

»Einige bleiben weiter in ihre Familie integriert«, erläuterte meine Schwiegertochter. »Doch wenn die Familie keine anderen Einkünfte mehr hat, werden alle mit hineingerissen ... Wenn du wüßtest, wie viele Zwangsräumungsprozesse und Pfändungsbeschlüsse in letzter Zeit die Gerichte beschäftigt haben.«

»Wovon leben die Leute denn dann?«

»Das ist ganz unterschiedlich. Viele rutschen ganz offensichtlich in Prostitution und Kriminalität ab. Andere erfinden sich Beschäftigungen, die den zweiten Arbeitsmarkt beleben. Und wer weder Mut noch Phantasie hat, dem bleibt noch die Armensuppe, die der Staat möglichst ohne Aufsehen austeilt.«

»Seht ihr, was für ein hervorragender Rohstoff für alle möglichen Kretins? Das paßt ja wunderbar zu unseren Verschwundenen ... Ein Mensch ohne alle Bindungen, praktisch ohne Identität, kann spurlos verschwinden, ohne daß jemand es merkt.«

»Schon erstaunlich, daß es ihnen unter solchen Umständen gelungen ist, sich zu organisieren. Habt ihr eine Ahnung, wer dahinterstecken könnte?«

»Die Gefallenen sind nicht alle Analphabeten. Eine große Anzahl derjenigen, die in den Strudel geraten, hat eine überdurchschnittliche Bildung ...«

»Die Gefallenen produzieren ihre eigenen 'Eliten' ...«

Ausgehend von meiner Frage, wer wohl dahinterstecken könnte, führten sie die Diskussion untereinander fort.

Ich merkte, daß die Frage der Eliten schon bei früheren Diskussionen Thema gewesen und in unterschiedlichen gedanklichen Bahnen erörtert worden war, die vielleicht parallel zueinander verliefen, sich aber in derselben fernen Utopie trafen.

»Ihr müßt auch allem ein politisches Mäntelchen umhängen ...«

»Ihr ...?«

»Jawohl! Eure Generation.«

Der Generationenvertrag mit der jungen Schauspielerin beruht auf Voraussetzungen, die keiner von uns vertiefen mag. Eine davon, vielleicht die wesentlichste, ist das Desinteresse an 'politischen Dingen'. Doch innerhalb unserer Generationen wird der Prozentsatz der »Bürger, die so betäubt und träge sind wie Masthühner ...«, kaum variieren, die hat es immer gegeben, in allen Gesellschaften, egal welche Betäubungsmittel – *panem et circenses* – die Regierung verabreicht.

Als sie nach dem Essen ihren Kaffee tranken, ging ich wieder ins Schlafzimmer. Sie hatte zu Ende gelesen und blätterte in dem Manuskript, als suchte sie noch nach einem roten Faden zwischen den Tatsachen.

»Hast du keinen Hunger?«

»Doch. Aber ich habe keine Lust aufzustehen ... Jetzt kann ich meine Situation auch bis zum Schluß ausnutzen ...«

Wir leisteten ihr beim Essen Gesellschaft. Wir sprachen von den Nachrichten und insbesondere von der Reportage über die Gefallenen, dem Ereignis des Tages.

Dann räumten wir die Küche auf. Als die beiden fort waren, ging ich wieder zu ihr.

»Ich hätte wahnsinnig gerne gewußt, was du von der Geschichte hältst. Wir können es aber auch auf morgen verschieben, wenn du müde bist ...«

»Ja, das wäre mir lieber. Ich bin wirklich erledigt. Ich will versuchen zu schlafen ...«

Ich rückte ihre Kissen zurecht, löschte das Licht und schloß die Tür. Ich ging im Dunkeln durchs Wohnzimmer und lehnte mich ans Fensterbrett.

Der ferne Lärm der Stadt verklang allmählich. Der Duft der sommerlichen Blüten stieg, wie alle Jahre, aus den Gärten auf.

Seit wann hatte ich schon keine Lust mehr zu schreiben?

Aus dem Schubfach kramte ich die Entwürfe der Geschichte hervor, die ich unterbrochen hatte, als die Anrufe begannen. Ich las sie aus der Distanz noch einmal durch. Ich bemerkte eine Atmosphäre, eine Spannung, die sich dahinschleppten, ohne auf ein Ziel zuzusteuern.

Und plötzlich erkannte ich das Thema, dem es noch an Ausdruck fehlte, das aber Formen annahm, als hätte es vor dem Atmosphärischen, das ich mir ausgedacht hatte, im Unterbewußten schon existiert. Auf ein weißes Blatt schrieb ich den Titel: *Die Stunde der Gefallenen*. Und auf einem zweiten Blatt notierte ich einen Satz, den ich beim Essen gehört hatte:

'Ein Mensch ohne alle Bindungen, praktisch ohne Identität, kann spurlos verschwinden, ohne daß jemand es merkt.'

Die losen, scheinbar unverbundenen Seiten schienen einen Sinn erhalten zu haben. Die kleine Geschichte, die ich mir ausgedacht hatte, nahm die Dimensionen eines umfangreicheren und ehrgeizigeren Projekts an.

In einem Anfall von Müdigkeit räumte ich das Manuskript fort.

Als ich ins Schlafzimmer kam, war sie noch wach.

»Kannst du nicht schlafen? Oder habe ich dich geweckt?«

»Nein, ich habe noch nicht geschlafen. Ich denke die ganze Zeit nach. Ich wollte dir einen Vorschlag machen. Bisher war ich dazu noch nicht in der Lage ... Willst du dein Experiment mit dieser Schauspielerin, mit der du gehst, nicht mal ernst nehmen? Ich weiß längst mehr als genug ... Immer gibt es eine barmherzige Seele, die ankommt und diese Geschichten erzählt! Und nur keine Angst um mich. Jetzt erst recht nicht. Ich bin dem Tod noch mal von der Schippe gesprungen. Und jetzt habe ich Lust, mein Leben zu verändern ...«

DER LAUF DES FLUSSES

Das Testament

Die Stadt wurde am Fluß erbaut, in einem engen Tal in den Bergen.

Seit ihrer Gründung um ein Kloster kriegerischer und Ackerbau treibender Mönche herum richtet sich das Leben nach dem Lauf des Flusses.

Als ich herkam, war der Fluß ruhig, beherrscht. Er floß zwischen befestigten Ufern, Häusern mit Anlegestellen, Straßen und Plätzen im Schatten hundertjähriger Bäume.

Das Leben der Stadt gründete auf dem Gleichgewicht fest definierter Klassen und ihrer Funktionen, die sie ohne sichtbare Konflikte erfüllten.

Alles, was von außen, aus den Metropolen kam, ob neue Waren oder, von den Medien vermittelt, neue Sitten, wurde akzeptiert und als Phänomen einer anderen Wirklichkeit hingenommen, einer anderen Art, das Leben und den Tod zu begreifen, ohne daß der Alltag davon berührt wurde, wenn man einmal von den Unzufriedenen oder Unruhigen absah, die irgendwann, angelockt von den Gaukelbildern, das Städtchen verließen.

Doch dieses augenscheinliche Gleichgewicht war nur eine Folge der Trägheit, eine Illusion, aufrechterhalten von Mechanismen, die jeden Elan blockierten und die Spannungen verdeckten.

Nach der Revolution wandelte sich die Stadt.

Das jahrhundertealte Gleichgewicht zerbrach.

Die Wasser des Flusses färbten sich in den Farben einer fehlgesteuerten Entwicklung.

Auf den freien Grundstücken und Trümmern alter Gebäude entstanden die ersten Wohnsiedlungen und Gewerbeparks. Die Straßen wurden mit Signalen zugeschüttet, vom Verkehr bis zur Werbung.

Doch diese Zeit der Veränderung, der hastigen Anpassung an fremde Bilder und Lebensweisen, der Euphorie auch, sie wurde mit einemmal unterbrochen.

Auf den Straßen kehrte wieder Stille ein, die Zeichen setzten Patina an, die Bevölkerung begann sich zu lichten.

Heute leben wir wenigen Gebliebenen in einer Stadt der Verdammten, verdammt zu Exodus oder Tod.

Angesichts dieses Dilemmas wird jeder seine Wahl getroffen haben. Doch nur wenige sind bereit, zu ihr zu stehen. Vielleicht weil wir alle dazu neigen, uns Strategien auszudenken, selbst wenn es gar keine Ziele zu verwirklichen gibt.

Im Laufe meines jahrelangen Lebens hier habe ich mich, vielleicht einfach deshalb, weil die Zeit vergangen ist, mit der Stadt und ihrem beispiellosen Schicksal identifiziert.

Ich habe sie mir nicht ausgesucht. Doch die Anfänge sucht man sich nie aus, und das Schicksal nur selten.

Die Motive, die mich nun veranlassen, mit einer Vergangenheit in Kontakt zu treten, mit der mich nichts mehr verbindet (die mir vielmehr wie ein früheres, anderes Leben erscheint), sind demnach auch mir selbst nicht sehr klar.

Doch wie es so schön heißt: Toutes mes hontes j'eus bues. Ni du tout fol, ni du tout sage, *und so verspüre ich das Bedürfnis, mein 'Testament' zu hinterlassen, genau wie der alte François, dem ich die Absolution verdanke, die keiner meiner Freunde mir zu erteilen bereit wäre.*

Der Tag der Ankunft

Wenn man beim Anflug den Fluß überquert, um die einzige Landebahn zu nehmen, wird die Stadt in der Ferne sichtbar, auf einer kleinen Anhöhe zwischen den Bergen.

Wir landeten auf einem kleinen Flugplatz mit einem Hangar, wo die Maschine abgestellt wurde, und einer Baracke, die alle anderen Funktionen erfüllt.

Ein Taxi brachte uns am Fluß entlang zu dem Apartment, wo er während seiner kurzen, aber häufigen Aufenthalte in der Stadt wohnte.

Die Wohnung befindet sich im dritten Stock des Blocks, der am nächsten am Ufer liegt.

Die Fenster gehen auf den Fluß hinaus, zum Hang hin, der das Tal auf der gegenüberliegenden Seite abschließt, und in Richtung Ebene, die sich flußabwärts erstreckt, soweit das Auge reicht.

Es gibt ein Schlaf- und ein großes Wohnzimmer mit einem Sofa, auf dem ein Besucher bequem schlafen kann.

»Der Besuch bin von jetzt an ich«, sagte er, als wir hereinkamen und er mir das Apartment zeigte.

In dieser Nacht schlief er tatsächlich auf dem

Sofa, und die wenigen persönlichen Spuren in der Wohnung verschwanden während der drei Tage, die er blieb.

Auf dem Weg zum Essen spazierten wir am Ufer entlang ins Zentrum der kleinen Stadt.

Gerade hatte überall die Mittagspause begonnen.

Die Leute versammelten sich auf dem Platz und unterhielten sich in kleinen Gruppen.

Die Stimmung war ruhig, alles ging gemächlich seinen Gang.

Wir aßen in einem Café mit Restaurantbetrieb und Bierausschank, das von Beamten und mittleren Angestellten der örtlichen Firmen besucht wurde.

Während des Essens legte er Wert darauf, mich den Freunden und Bekannten, die sich zur Begrüßung an den Tisch setzten oder stehenblieben, als seinen 'Kompagnon' oder 'Mitarbeiter' vorzustellen.

Nachher schlenderten wir durch die kleine Altstadt, die man in kurzer Zeit durchmessen hat, trotz des starken Gefälles der Gassen rings um die Burg.

Am Nachmittag trennten wir uns.

Er blieb im Hotel, dem ehemaligen Kloster, das die Stadt begründet hatte. Dort habe er einen 'wichtigen Kontakt'.

Ich ging hinunter ins Zentrum, kaufte mir etwas zum Anziehen und Toilettenartikel und ging zurück nach Hause.

Als er kam, hatte ich mich gerade geduscht und angezogen und, noch etwas zaghaft, damit begonnen, den Raum in Beschlag zu nehmen und mir auszumalen, wie ich ihn bewohnen wollte.

Er hatte die Hausmeisterin mitgebracht, die sich künftig auch um alles andere kümmern würde.

Wir aßen in einem Restaurant am Platz vor der Kathedrale zu Abend.

Auch dort waren seine ‘Kontakte’ sehr freundlich, nur etwas diskreter.

Nach dem Essen gingen wir über die alte Flußbrücke auf die andere Seite und betraten ein heruntergekommenes Café mit schummriger Beleuchtung und einer ganzen Batterie von einarmigen Banditen und elektronischen Spielen an den Wänden.

Zwei Typen, die an einem Tisch voller leerer Flaschen und Biergläser saßen, schienen ihn zu erwarten.

Sie kamen auf uns zu, und gemeinsam gingen wir raus und fuhren in einem alten Wagen mit aufgerissenen Sitzpolstern ein paar hundert Meter weit zu dem Viertel, wo sich die Bordelle befinden.

Die ‘Zone’, wie sie genannt wird, liegt an der Stadtgrenze nahe der Nationalstraße. Es ist eine Ansammlung von Baracken und improvisierten Bauten, die wild gewuchert sind, dazwischen schmale Zugänge, Freiflächen, Brachland.

Blinkende Neonreklamen erhellen die ‘Zone’ mit ihren grellen Farben.

Ein kunterbuntes Volk versammelt sich in den Bars und zieht durch die Gassen und über die Plätze, wo Schwerlaster neben Luxuskarossen und alten Rostlauben parken.

Wir ließen den Wagen stehen und gingen zu einem Nachtclub an einem kleinen Platz, über dem ein grüner Drachen schwebt, dessen Feuerzunge im Herzschlagrhythmus aufleuchtet.

Auf einem Podest am hinteren Ende spielte eine Kapelle Melodien, die vage an Jazz erinnerten. An der Wand gegenüber befindet sich eine lange Theke. Im Salon verteilt stehen Tische, die eine runde Tanzfläche freilassen. Rauchwolken dämpften das Licht der über Kreuz strahlenden Scheinwerfer, die durch den Raum fegten und deren Helligkeit je nach dem Rhythmus der Musik variierte.

Für uns war ein Tisch an der Tanzfläche reserviert, in der Nähe des Ausgangs für die Künstler, die alle zwei Stunden eine Show bieten, mit Striptease für jeden Geschmack, schmalzigen Liedern und Varieté.

Während sich die Kapelle unter Mühen der Melodie von My Funny Valentine *erinnerte und die Kellner Eiskübel mit Sektflaschen brachten, bevölkerte sich der Tisch mit Wasserstoffblondinen.*

Eine von ihnen, für die der Dealer offenbar eine Vorliebe hatte, eröffnete die Varietévorstellung mit einem Lied im Stil von Love me Forever.

Alle Scheinwerfer waren auf sie gerichtet, der Salon lag im Halbschatten.

In diesem Moment stand einer der Männer des Dealers auf und stürzte durch den Künstlerausgang. Zur gleichen Zeit bemerkte ich, daß ein Typ, der bis dahin an der Theke gelehnt hatte, auf unseren Tisch zukam.

Er stellte sich vor den Dealer, eine Hand, die eine Waffe hielt oder zu halten schien, in der Jackentasche, wie in diesen Gangsterfilmen, und sagte in einem Ton, der recht überzeugend klang:

»Hau bloß hier ab, sonst puste ich dir die Birne weg ...«

In aller Ruhe stand der Dealer auf, geradezu leutselig:

»Wollen wir uns nicht ein wenig unterhalten? Wir sind in angenehmer Gesellschaft ...«

»Los, mach schon«, insistierte der andere, sichtlich gereizt.

Ohne jede Hast durchquerte der Dealer den Raum, und beide verließen ihn durch die Eingangstür.

Die Lichter und alle Aufmerksamkeit waren weiter auf die Sängerin gerichtet. Ich hatte den Eindruck, daß die Kapelle jetzt lauter spielte.

Es war, als hätte niemand den Vorfall bemerkt. Als ich jedoch Anstalten machte, aufzustehen und ihnen zu folgen, packte mich der zweite Mann, den wir im Café getroffen hatten, am Arm, mit einer Kraft, die keinen Zweifel ließ.

Wenig später kam der Dealer mit derselben ruhigen Miene zurück und setzte sich lächelnd an den Tisch.

»Was hast du mit dem Kerl gemacht?« fragte eine der Frauen.

»Ich? Ich habe mich dafür entschuldigt, daß ich seine Frau gefickt habe ...«

Die Sängerin, die ihre Vorführung beendet hatte, setzte sich neben ihn. Der Kellner öffnete mit knallendem Korken eine neue Flasche Sekt.

Der Dealer bewegte sich unter den Randexistenzen mit einer Sicherheit und Professionalität, die nichts mit dem Verhalten des Deserteurs gemein hatten.

In jenen Tagen, die ich mit dem Dealer verbrachte, kam ich zu der Überzeugung, daß beide einen ähnlichen Charakter hatten. Doch bald merkte ich, daß diese vermeintliche Ähnlichkeit im Grunde nur eine Illusion war, die sich aus meinen eigenen Erfahrungen speiste.

Während der Dealer kühl und sachlich vorging, war der Deserteur ein Mensch ohne Plan gewesen, ein Außenseiter, der sein Außenseiterdasein als existentiellen Ausdruck eines anderen Wertsystems begriff.

Bevor wir im Haus des Schneiders wohnten, hatten die kleinen Gaunereien, die seine Spezialität waren, den Reiz einer Folklore des Elends und der städtischen Unterwelt – kein Problem für mein Selbstverständnis.

Doch in der letzten Phase unserer Bekanntschaft zeigte er mir eine neue Seite seines Wesens, zog mich in etwas hinein, das ich nicht verstand.

Ich war allein in einer unbekannten Stadt, war auf ihn angewiesen, ohne finanzielle Mittel, um mich von ihm zu lösen, aber ich wollte es auch nicht, aus einem Gefühl der Solidarität heraus, das über normale Höflichkeit hinausging.

Wir waren an einem diesigen Morgen in die Stadt gekommen. Schiffssirenen übertönten in unregelmäßigen Abständen die Geräusche des Verkehrs und der Menschen.

Der Schneider wohnte und arbeitete im Hafenviertel. Das Haus und die Werkstatt lagen in verschiedenen Straßen, waren aber rückseitig miteinander verbunden.

Als wir den Laden betraten, bediente er gerade einen Kunden.

»Ich warte drinnen auf dich«, sagte der Deserteur zu ihm, während er mich durch einen engen Gang stieß.

Ich sah, wie der Schneider blaß wurde und für Sekunden reglos dastand. Dann nahm er mit einem Lächeln in Richtung Kunde die Arbeit wieder auf, doch seine Hände zitterten. Auch der Deserteur war angespannt.

Er sah sich im ganzen Haus um, öffnete Schränke und Schubläden, ging zu der Tür hinaus, die auf die andere Straße ging, und kam wieder herein.

Als der Schneider ins Wohnzimmer kam, fragte er ihn, ohne sich umzudrehen:

»Wo ist sie?«

Es folgte ein langes Schweigen.

»Sie hat das Haus schon vor über einem Jahr verlassen«, antwortete er schließlich.

Er wußte nicht, wo sie wohnte. Oder wollte es nicht sagen.

Der Deserteur rührte sich nicht. Er sah kaum zu ihm hin.

»Wir bleiben hier, ich und mein Freund, bis wir sie gefunden haben …«

Jahre zuvor, als er aus der Armee desertiert war, hatte er sich im Hafenviertel versteckt und von den Prostituierten aushalten lassen, hatte in Hinterzimmern gespielt, mit Zigaretten und Waren gehandelt, die er den Besatzungen der Handelsschiffe abkaufte oder klaute.

Damals verliebte er sich in eine Frau, die gerade erst in die Stadt und ins Milieu gekommen war, eine Frau, die offenbar eine andere Vergangenheit hatte, eine Herkunft und ein Benehmen, die sie von den Prostituierten aus den Vorstädten und dem Landesinneren unterschieden.

Ein Jahr lebten sie miteinander, legten Finanzen und Talente zusammen, um ein besseres Leben zu führen als die meisten Außenseiter.

Doch dieses außergewöhnliche Dasein hatte seinen Preis.

Der Schneider war ein Mann aus dem Milieu.

Die Werkstatt diente als Tarnung für den Handel mit Devisen und Drogen. Aber er war ein 'ehrenwerter' Herr. Alle Gewinne wurden mühelos gewaschen.

Viele einflußreiche Leute aus der Stadt nahmen seine Dienste in Anspruch und beschützten ihn.

Eines Tages gab sie dem Druck nach.

»Ich werde doch den Schneider heiraten. Ich

habe die Nase voll von diesem Leben. Ich möchte ein Haus haben. Lieber ertrage ich diesen Kerl, als daß ich für den erstbesten die Beine breit mache ...«

Der Deserteur fand sich mit der Situation ab, soweit es irgend ging. Er lebte weiter mit ihr zusammen und versuchte das Unmögliche, um ihr dieselben Privilegien zu bieten, mit denen der Schneider sie lockte.

Doch der Handel nahm Formen an. Sie erledigten den Papierkram und heirateten.

Der Deserteur verließ die Stadt. Er führte weiter dasselbe Leben, von einem Ort zum anderen.

Als ich ihn kennenlernte, war er zutiefst verzweifelt, besessen von der Idee, sie zurückzuerobern.

Vielleicht hatte irgendein Seemann ihm bei einer Gelegenheit beiläufig erzählt, daß sie nicht mehr bei ihrem Mann wohnte, daß die Sicherheit, die er ihr bot, am Ende doch ein zu großer Kompromiß für sie gewesen war. Als wir hinkamen und keine Spuren von ihr fanden, bestätigte sich sein Verdacht. Vielleicht aber auch seine Hoffnung.

Er glaubte dem Schneider seine Ahnungslosigkeit nicht.

»Wir bleiben hier, bis wir sie gefunden haben ...«

Es war mehr eine Drohung, eine Art, Druck auszuüben, als ein fester Vorsatz.

Die Zeit verging. Wir suchten die halbe Stadt ab.

In Abständen stritt er sich mit dem Schneider stundenlang hinter verschlossener Tür. Er preßte ihm Geld ab.

Wir schliefen im besten Zimmer der Wohnung, benutzten die Kleider, die in den Schränken hingen.

Solange wir im Haus waren, gab der Schneider ihm nicht den geringsten Hinweis, um ihr auf die Spur zu kommen.

Weder er noch sonst jemand, den er im Hafenviertel von früher kannte.

Doch all diese Gespräche, bei denen kein Mensch von ihr reden wollte, so als hätte der Erdboden sie verschluckt, erhärteten für den Deserteur den Verdacht, daß sie in der Stadt war und man ihm nur aus Angst keine Auskunft gab.

Allein wegen dieses nahezu unbegründeten Verdachts blieb er, klapperte Tag und Nacht alle möglichen und unmöglichen Orte ab, alle Ecken, wo man überhaupt jemanden finden konnte.

Weshalb ich die ganze Zeit bei ihm geblieben bin, ist eine andere Geschichte. Ich begleitete ihn bei seinen Nachforschungen. Als einzigen Anhaltspunkt hatte ich ein altes Foto gesehen, das er immer in der Brieftasche bei sich trug. Aber ich hatte die Nase voll von diesem Leben. Ich konnte weder den Schneider noch die Wohnung länger ertragen, noch den Deserteur mit seiner Obsession.

»Ich gehe«, sagte ich ihm eines Tages.

»Du hast recht. Wir tun hier überhaupt nichts. Wir sollten unsere Siebensachen packen …«

Doch die Tage gingen dahin, ohne daß einer von uns sich aufraffte.

Der Schneider begann nun seinerseits, sich zur Wehr zu setzen. Jedesmal war es schwieriger, Geld aus ihm rauszuholen. Die Sache stieß an ihre Grenzen. Was auch immer der Grund für diese Abhängigkeit war, hinter der gewiß nicht nur die Geschichte mit der verschwundenen Frau steckte, der Schneider war nicht länger bereit, sie hinzunehmen.

Eines Tages erzählte ich ihm beim Mittagessen offen von meiner Abreise. Ich war entschlossen, nach Hause zurückzukehren und dieses sinnlose, leergelaufene Unterfangen zu beenden.

Ich merkte, wie er beim Zuhören weiter darüber nachdachte, wo er sie finden konnte.

Wir saßen in einem Restaurant, an einem Fenster zur Straße.

Um diese Stunde war viel Verkehr, außerdem war Anfang Herbst, die Zeit, wenn alle aus den Ferien zurückkehren und die Stadt wieder auf Touren kommt.

Ich sah gedankenverloren in die Menge, als er plötzlich aufsprang.

»Da ist sie!« sagte er nur, ehe er zwischen den Tischen hindurchrannte und verschwand.

Ich zahlte und ging.

Ein Stück weiter, in Richtung Hafen, gab es einen Menschenauflauf. Deutlich waren die näherkommenden Sirenen der Polizeiwagen zu hören.

Die Menge drängte sich um einen Körper herum, der ausgestreckt auf der Straße lag. Man diskutierte lebhaft die Umstände und Beteiligten des Dramas, stellte Vermutungen über die Motive an.

Die Meinungen gingen auseinander:

»Richtig so. Er wollte die Frau überfallen ...«

»Wenn es alle so machten, gäbe es nicht soviel Gesindel ...«

»Das war kein Überfall. Das ist eine Bettgeschichte ... Kaum erscheint der Gehörnte, zieht der andere das Messer ...«

»Ich habe noch gehört, wie er ihren Namen gerufen hat ...«

Er war es. Die Kehle durchgeschnitten. Sein Kopf lag in einer riesigen Blutlache.

Der Polizeiwagen bahnte sich einen Weg durch die Menge.

Ich nahm das erste Taxi. Als ich beim Schneider ankam, war es fast drei Uhr. Er hatte gerade den Laden geöffnet.

»Wir gehen«, sagte ich und versuchte einen Ton zwischen nüchtern und launig anzuschlagen. »Dann hast du uns endlich vom Hals. Ich persönlich bin sehr dankbar für die freundliche Aufnahme ...«

»Du kannst mich mal kreuzweise ...«

»Immer mit der Ruhe, mein Freund! Ich hole nur unsere Sachen und eine kleine Unterstützung für die Reise ...«

Als ich mit unserem spärlichen Gepäck auf der Straße stand, öffnete ich die Tasche des Deserteurs. Er hatte nichts, was sich einzustecken lohnte, nicht einmal als Andenken. Ich warf sie in den nächsten Müllcontainer.

Noch am Nachmittag nahm ich den erstbesten Zug. Es war ein Güterzug, der die ganze Nacht durch Schattenlandschaften kroch.

Ich hatte es nicht eilig.

Wenn es möglich gewesen wäre, hätte ich diesen unbestimmten Zustand zwischen Weggehen und Ankommen hinausgeschoben, auf dem Weg von nirgendwoher nach nirgendwohin, so wie ich immer gelebt habe.

Das Fest zu unserem Empfang wurde in den privaten Räumlichkeiten des Nachtclubs fortgesetzt.

Als wir nach Hause fuhren, brach der Morgen an.

Der Dealer hatte ein Taxi bestellt, und auf dem Weg erklärte er mir:

»Bring niemals die Dinge durcheinander. Schlepp keine Frau nach Hause ab. Laß dich nicht von zwielichtigen Gestalten mitnehmen ...«

»Muß ich mir deine zehn Gebote aufschreiben?«

»Ich hoffe, das hast du nicht nötig.«

Ich nehme die Wohnung in Besitz. Ganz allmählich.

Ich schlendere durch dieses Zweizimmerapartment, als würde ich ein Schloß erkunden.

Eben bin ich vom Flugplatz zurückgekommen, wohin ich den Dealer gebracht habe.

»Du hörst bald von mir«, sagte er, bevor er das Cockpit verriegelte.

In diesen drei Tagen hat er mich mit der Stadt bekannt gemacht, hat mich Leuten vorgestellt, die uns über den Weg liefen oder mit denen er sich vorher verabredet hatte. Jetzt muß ich nur noch herausfinden, worin genau meine Rolle besteht.

»Nutz die Zeit und schreib«, riet er mir gestern. »Gibt es eine bessere Gelegenheit?«

Ich sah, wie er mit seinem kleinen Flugzeug abhob, Höhe gewann und den Wall der Berge überflog, in einer anderen Richtung als der, woher wir gekommen waren.

Ich lasse warmes Wasser ins Waschbecken laufen, um mich zu rasieren. Der Dampf legt sich leicht auf den Spiegel.

Trotz des Schleiers, der das Bild verwischt, sehe ich mich von Angesicht zu Angesicht, und mir ist, als erkennte ich mich nicht wieder.

Der unwillkürliche Vergleich zwischen dem Dealer und dem Deserteur hat erneut ein Unbehagen ausgelöst, das ich längst für verflogen hielt, und droht nun, diese Leere auf Zeit auszufüllen, in der ich mich wiederfinden muß.

Jahrelang verfolgte mich das Bild der Leiche in ihrem Blut, wenn ich am wenigsten damit rechnete.

Nie wieder konnte ich mit jemandem über ihn sprechen. Ich selbst versuchte ihn zu vergessen. Soweit es ging. Und sobald das Bild wieder erschien, hinterließ es einen reuigen Nachgeschmack. Als wäre ich der eigentliche Mörder gewesen.

Lange Zeit wachte ich nachts mit dem Gefühl auf, er sei neben mir, im Dunkel des Zimmers, und ich hörte das Geräusch der Klinge, wie sie gezogen wurde, und seinen Atem, ganz nah schon, voller Rachsucht.

In den schlaflosen Stunden, die auf den Alptraum folgten, durchschwitzte ich die Bettlaken, während ich endlose Hypothesen aufstellte und mich fragte, was wohl mit ihm passiert war, seit ich ihn verlassen hatte, ich wußte nicht einmal, ob er wirklich tot war.

Erste Eindrücke von der Stadt

Ich kam gerade aus dem Bad, als es an der Tür klingelte.

Ich zog den Morgenrock über und spähte durch den Spion.

Die Hausmeisterin wartete geduldig auf dem Treppenabsatz.

Sie wollte mir eine dringende Nachricht mitteilen und war so taktvoll, nicht einfach hereinzukommen, da sie wußte, daß ich zu Hause war.

Jemand hatte am Abend zuvor angerufen und sie gebeten, mir persönlich auszurichten, ich möchte heute abend in die Bar des Hotels kommen.

»Und er hat nicht gesagt, wer er ist?«

»Nein. Er hat nur gesagt, es sei sehr dringend …«

Der Weg in die Altstadt führt am Fluß entlang.

Zwischen Straße und Ufer erstrecken sich die Wiesen, die in der Flußaue liegen und bei Hochwasser überflutet werden. Jahrhundertealte Bäume wachsen dort.

Näher zum Zentrum hin ragen am Ufer die alten Häuser der örtlichen Aristokratie auf. Die

Straße verliert sich im Geflecht der Stadt und findet später den Kontakt zum Wasser wieder, an dem Platz, wo sich die Amtsgebäude befinden.

Ein alter Palast auf der anderen Seite rundet das Platzensemble ab. Hinter dem Palast, wo der Stadtrat seinen Sitz hat, liegen die Viertel der Kaufleute und Handwerker, außerdem die Zone der Bars und Bordelle, wo ich am Abend unserer Ankunft mit dem Dealer war.

Der Abend war kühl, aber man spürte den nahen Frühling.

Der Fluß strömte noch in seinem Bett, und durch die Vegetation hindurch hörte man das Wasser an den steinigen Ufern gurgeln.

Als ich an eine hohe Mauer kam, wo die Straße sich allmählich vom Ufer entfernt, mischten sich Klaviertöne unter die Wassergeräusche.

Hinter der Mauer, durch die Zweige der kahlen Bäume hindurch, erhellte ein einziges Fenster die Fassade eines romantischen Hauses. Jemand spielte die Gymnopédies, *durchbrach, ohne sie zu zerreißen, die Stille.*

Die Straße war menschenleer, bis ins Zentrum hinein.

Es war die Stunde der Fernsehserien.

Durch die Scheiben und Vorhänge, auf denen sich das Lichterspiel der Bildschirme abzeichnete, drangen die Stimmen der Schauspieler.

Ich überquerte den Platz, dessen Cafés noch von kleinen Grüppchen bevölkert waren, und stieg den Hang hinauf.

Das Hotel liegt mitten in der Altstadt, zwei Schritte von der Kathedrale entfernt.

Die Fassade des ehemaligen Klosters geht auf einen unregelmäßigen Platz mit einem alten Schandpfahl und einem Steinbrunnen, verziert mit Zeichen, in denen man unschwer okkultistisch inspirierte, schlichte Inschriften erkennt.

Der Platz vor dem Hotel und der Kirchplatz sind durch eine enge, steingefaßte Passage miteinander verbunden.

Die Bar ist der eigentliche Mittelpunkt des gesellschaftlichen Lebens in der Stadt, wo die 'dynamischen Kräfte' sich versammeln, wo Geschäfte abgeschlossen werden und manchmal auch über die Schicksale ganzer Familien der örtlichen Bourgeoisie entschieden wird.

Um diese Uhrzeit waren kaum Gäste da, ein paar Geschäftsreisende nur, die gelangweilt die Musik vom Band hörten.

Während ich einen Whisky trank, versuchte ich mir die Person vorzustellen, die mich zu diesem Treffen »heute abend in der Bar ...« bestellt hatte.

Zweifellos jemand, den der Dealer geschickt hatte, der Überbringer der Botschaft, die er bei seinem Abflug angekündigt hatte.

Ich hinterließ eine Nachricht an der Rezeption und ging in das Restaurant am Kirchplatz etwas essen.

Ich blieb, bis geschlossen wurde, weil ich dachte, dort sei ein Treffen diskreter als in der Bar, wo um diese Uhrzeit bestimmt längst die Stammgäste in Stellung gegangen waren.

Als ich ins Hotel zurückging, stand jemand von dem Tisch auf, an dem sich die Honoratioren des

Städtchens versammeln, und kam auf mich zu, als wären wir die vertrautesten Freunde.

Wir setzten uns an die Theke, in die Ecke mit den wenigsten Gästen.

Ich hatte den Eindruck, daß der Barkeeper ihn schon ewig kannte.

»Ich halte es für besser, daß 'die'« – worauf er eine Kopfbewegung zu dem Tisch hin machte, an dem er eben noch gesessen hatte – »uns für alte Freunde halten. Gleich setzen wir uns zu ihnen und plaudern ein wenig. Denn Sie brauchen doch Beziehungen ...«

Er hatte die erwartete Nachricht vom Dealer für mich, darüber hinaus aber auch einen Vorschlag:

»Ich habe einen kleinen Verlag. Das ist nicht meine Hauptbeschäftigung. Aber eben darum kann ich große Sorgfalt auf die Qualität verwenden. Ich würde mich freuen, wenn Sie die Übersetzung einiger Bücher besorgen könnten, an denen mir viel liegt und die ich keinem mittelmäßigen Berufsübersetzer anvertrauen möchte. Ich habe die besten Referenzen über Sie ...«

Der Besuch des Verlegers hat mir einen Status in dieser kleinen Welt verschafft, was nicht nur für die hier nötige Ruhe sorgt, sondern mich diese Welt, auf die ich mich aus purer Not eingelassen habe, auch kritisch überprüfen läßt, wozu mir bisher einfach der Abstand fehlte.

Nach einem Monat in der Stadt wird mir langsam klar, daß ich niemanden gefunden habe, der meinem kulturellen Niveau entspricht.

Erst heute, beim Mittagessen im Café Central, hatte ich wieder das Gefühl, völlig isoliert zu sein, um so mehr, weil mir seine Besucher doch am nächsten sein müßten.

Es ist, als würde sich die Art, die Welt und ihre Probleme zu sehen, mit dem Überqueren der Berge auflösen. Auch wenn die Fernsehprogramme dieselben sind und die Zeitungen aus der Hauptstadt hier alle Tage eintreffen.

Zum erstenmal hatte ich die Gelegenheit (ich legte Wert darauf, mich nicht einzumischen), an einer politischen Diskussion teilzunehmen.

Die letzten Meldungen, die die Morgenzeitungen verbreitet hatten, als es schon fast Mittagszeit war, berichteten, wenngleich erst auf den hinteren Seiten, von den Streiks in den Bergbaugebieten und dem Studentenprotest gegen den Amtsmißbrauch der Schulaufseher.

Während der gesamten Diskussion wurde nicht etwa das Regime in Frage gestellt, vielmehr kritisierte man einzelne Entscheidungen sowie eine von bestimmten Sektoren verfolgte Politik, die Gruppeninteressen berührte. Die von den Medien zaghaft aufgegriffenen Vorfälle wurden entweder als opportunistische Reaktion arbeitsscheuer Subjekte oder als Hirngespinste fauler Intellektueller abgetan.

Nur ein Gymnasiallehrer übernahm die Verteidigung der 'subversiven Elemente'.

»Ihr lebt in einer Gegend, wo es weder Industrie noch eine Universität gibt, wie wollt ihr da

die Probleme der Streikenden und der Studenten verstehen?«

»Was heißt hier Probleme! Die haben bloß keine Lust zu arbeiten …«

Doch das Gefühl des Isoliertseins rührt nicht nur von der politischen Entfremdung der Leute her.

Vor allem in den ersten Tagen kam ich mir manchmal vor wie jemand, der einen Witz erzählt, den keiner lustig findet, sobald ich auch nur die schlichtesten kulturellen Anspielungen machte.

So etwa bei einer Erwähnung des Bateau ivre, *als von einem herrenlosen Boot die Rede war, das während der großen Frühlingsregenfälle in reißender Strömung gegen einen Brückenpfeiler geprallt war, obwohl alle Anzeichen dafür sprachen, daß es kurz zuvor noch eine Besatzung gehabt hatte.*

Trotz allem fühle ich mich unter den Randgruppen vielleicht noch am wohlsten.

Kaum überquere ich den Fluß und verschwinde in den gewundenen Gäßchen der 'Zone', begleiten mich die beiden Schläger des Dealers von weitem, wie Schatten, doch diese Bewachung, die sie für diskret halten, ist letztlich nicht wirklich lästig.

Manchmal stehen wir uns plötzlich gegenüber und treiben scheinbar ungezwungen Konversation, wie unter Kollegen.

Wir setzen uns auf ein Glas an einen Tisch. Doch weder sie noch ich haben ein Interesse daran, diese Begegnungen auszudehnen.

Das Gefühl, überwacht zu werden, beschränkt sich nicht auf diese eindeutigen Situationen. Es überkommt mich im Café am Platz, im Restaurant, selbst in der Hotelbar. Doch im Gegensatz zur 'Zone' ist es dort diffus und unpersönlich und daher beunruhigender.

Manchmal muß ich mir eingestehen, daß es vielleicht nur ein Verdacht ist, die Reaktion auf eine Umgebung, in der ich mich fremd fühle und der ich mich erst anpassen muß.

Letztlich macht mich diese nur schwer zu objektivierende und noch schwerer zu ergründende Stimmung depressiv und verhindert, daß ich mich hier einlebe. Statt dessen schenke ich den unbedeutendsten Vorfällen eine übertriebene Aufmerksamkeit und sehe vermutlich willkürliche Verbindungen zwischen ihnen, oder ich nähre Spekulationen, die nichts beweisen, aber auch nicht völlig unwahrscheinlich sind.

In diesen Tagen wurde eine Leiche in den Uferbüschen gefunden. Die Obduktion hatte trotz des fortgeschrittenen Verwesungszustands ergeben, daß der Tod durch »Gewalteinwirkung und Mißhandlung« herbeigeführt worden war.

Angesichts der Schwierigkeit, die Leiche zu identifizieren, wurde der Fall als 'Abrechnung unter Randgruppen' gewertet, die Ermittlungen wurden eingestellt. Manch einer brachte die Leiche mit dem Boot in Verbindung, das den Brükkenpfeiler gerammt hatte, auch wenn der Tod nachweislich früher eingetreten war.

Beim Nachrechnen mußte ich an die Szene im Nachtclub denken, an den Kerl, der sich am

Abend unserer Ankunft mit dem Dealer anlegen wollte. Das wahrscheinliche Todesdatum stimmte überein, und die in der Stadtzeitung beschriebenen körperlichen Merkmale waren identisch.

Als ich an diesem Abend zu Fuß nach Hause ging und an der Stelle vorbeikam, wo man die Leiche am Ufer entdeckt hatte, reagierte ich mit Panik.

Ich kann nicht schlafen, und so werde ich die Zeit nutzen und an der ersten Übersetzung arbeiten, die ich mit dem Verleger verabredet habe: Der Traum der Helden, *eins der faszierendsten Bücher, das ich je gelesen habe, von einem Autor, der mir völlig unbekannt war.*

Die Revolution

»Weißt du, was gerade passiert?«

Das Telefon hatte mich aus dem Schlaf geschreckt, und eine aufgewühlte Stimme, die ich nicht sofort erkannte, stellte mir diese Frage.

So erfuhr ich von der Revolution und dem Sturz des einbalsamierten Diktators.

Kaum hatte sie aufgelegt, machte ich das Radio an. Nur die Staatssender sendeten noch und strahlten alle das gleiche Programm aus, abwechselnd Nachrichten, Appelle und revolutionäre Lieder.

Peu à peu erfuhr ich die genaueren Umstände, oder zumindest die Version der Umstände, die die Aufständischen verbreiteten.

Wie es hieß, hatten sie praktisch im ganzen Land die Macht übernommen, nur die politische Polizei leistete in der Hauptstadt und einigen Städten im Inland noch Widerstand.

Eine Reportage auf der Straße informierte direkt von der Belagerung des Regierungssitzes, die das Militär mit Unterstützung der Bevölkerung auf die Beine gestellt hatte.

Die erregte Stimme des Sprechers wurde immer wieder von Schreien und Maschinengewehrsalven unterbrochen.

Alle Erinnerungen an das Gefängnis und das Verhör wurden wieder lebendig: die Höfe, die Gänge, der leere Raum, die Gesichter der Männer, die mich verhörten und prügelten.

Ich stellte sie mir vor, wie sie im Innern ihrer Welt festsaßen, überrascht vom Zusammenbruch der Strukturen ihrer eigenen Sicherheit, während sie noch ihre Opfer, nun plötzlich potentielle Kräfte ihrer Zerstörung, ihre grenzenlose Macht spüren ließen.

Ich machte den Fernseher an, aber kein einziger Sender strahlte etwas aus.

Es war sechs Uhr morgens.

Die Stadt schien ruhig. Ungewöhnliche Geräusche konnte ich nicht ausmachen.

Das Radio lief weiter, während ich mich rasierte.

Der Sturz des Regimes ließ mein ganzes früheres Dasein, das ich schon aus dem Gedächtnis gelöscht glaubte, wieder aufleben.

Irgendwie fühlte ich mich von dem Fest der Befreiung ausgeschlossen, eingesperrt in der Gefängnisstadt, in der ich lebe.

Nach dem Rasieren ging ich wieder ans Fenster.

Die Luft war frisch, aber nicht kalt, erfüllt vom Duft der Pflanzen und dem Rauschen des Wassers.

Ich versuchte, auf die Stadt zu lauschen, irgendein Zeichen herauszuhören, das auf die Ereignisse hindeuten könnte. Doch obwohl die Brise günstig wehte, den Fluß herab, nahm ich kein verdächtiges Geräusch wahr.

Wenig später kam sie.

Sie parkte, schlug die Tür zu, ohne abzuschließen, und holte ein riesiges Gemälde aus dem Kofferraum.

Ich ging hinunter, um ihr zu helfen.

Sie umarmte mich und barg den Kopf an meiner Schulter. In ihren Augen standen Tränen.

»Ich fahre gleich wieder«, sagte sie, als wir in die Wohnung kamen.

Ich lehnte das Bild an die Wand. Es war ein abstraktes Werk, von einer ruhigen Stimmung und voller Sinnlichkeit.

»Ich kann nicht lange bleiben. Er ist ins Büro gegangen. Wir brechen bald auf.«

'Er', Vorstandsvorsitzender eines örtlichen Unternehmens, bereitete überstürzt seine Flucht vor.

»Ich würde gerne bei dir bleiben. Aber dazu fehlt mir der Mut. Man kann nicht aus seiner Haut …«

Sie trug nur ein leichtes Kleid. Ihr ganzer Körper zitterte.

Ich merkte, daß unsere Beziehung mehr als die Lust heimlicher Stelldicheins war.

»Dieses Bild hat viel mit uns zu tun«, sagte sie, während sie das Kleid glattstrich.

Ich begleitete sie zum Wagen.

Ich sah, wie sie nervös startete und die Straße am Fluß in Richtung Stadt nahm.

Als ich wieder in der Wohnung war, schien sie mir so leer und fremd wie am Tag meiner Ankunft.

Der revolutionäre Prozeß, den ich so herbeigewünscht hatte, brach wie eine Tragödie über mich herein.

Das letzte Mal kam der Dealer zu der Zeit der Streiks und der Studentenunruhen in die Stadt.

Er machte einen gereizten und unsicheren Eindruck.

Ich kam auf die Geschichte mit dem einbalsamierten Diktator zu sprechen.

»Was für eine Geschichte ist das denn?« fragte er mich, scheinbar überrascht.

Doch meine Antwort wartete er gar nicht ab. Er setzte das Gespräch fort, völlig desinteressiert.

Ich habe nicht den geringsten Zweifel, daß er sich an die Geschichte erinnerte, daß er sie sogar erfunden hatte, als er sie damals erzählte.

Wenig später spielte ich noch einmal auf die Sache an.

Ich fragte ihn, was er über den Widerstand des Regimes gegen die Protestbewegungen denke.

»Das Regime hat überhaupt keine Bedeutung. Die Macht liegt nicht in den Händen einer Person, ob König, Diktator oder gewählter Präsident. Es ist völlig normal, daß es an dem Tag zu einer gewissen Unruhe kommt, an dem der 'einbalsamierte Diktator', wie du ihn nennst, stürzt. Die Leute fühlen sich unterdrückt und gehen demonstrieren. Aber was soll's. Die wirkliche Macht liegt bei der Wirtschaft, und die wird die Gelegenheit nutzen, um sich zu erneuern und dem Land einen frischen Anstrich zu geben, ohne sich dabei im geringsten zu verausgaben ...«

Am Vormittag beschloß ich, in die Stadt zu gehen, trotz der Aufrufe an die Bevölkerung, zu Hause zu bleiben.

Allenthalben herrschte Festtagsstimmung.

Es schien, als wären die Leute von dem dringenden Bedürfnis, sich auszutauschen, nach draußen getrieben worden.

Nur in den Straßen, die zum Sitz der politischen Polizei führten, hatten die Truppen, die am frühen Morgen in die Stadt gekommen waren, Absperrungen errichtet, genau wie in der Hauptstadt.

Die Polizisten im Gebäude lehnten es ab, sich zu ergeben, und forderten Asylgarantien in einem fremden Land, ehe sie die Waffen niederlegten.

Den ganzen Tag wanderte ich durch die Stadt, beobachtete die Bewegungen und Kundgebungen der Menge, suchte nach Leuten, anhand deren ich die Reaktionen der verschiedenen gesellschaftlichen Gruppen erfassen konnte.

Was das Großbürgertum betraf, so gab es keinen Zweifel, es ergriff vorsorglich die Flucht. In der Hotelbar waren nur noch ein paar überraschte und verwirrte Ausländer übrig, die in ihren Heimatländern anzurufen versuchten.

Der Barkeeper war zugleich besorgt und froh.

»Mein Chef ist weg«, sagte er leise zu mir, als fürchtete er, jemand könne ihn hören. »Er hat heute morgen mit dem Geschäftsführer gesprochen und ihn gebeten, sich um den Laden zu kümmern. Ich weiß noch nicht, wie es weitergeht ...«

»Ein Hotel wird immer gebraucht«, munterte ich ihn auf.

Dann lief ich noch einmal die wichtigsten Orte der Stadt ab. Alle Arbeit war eingestellt worden, die Banken waren geschlossen, die Leute öffneten ihre Geschäfte nicht, aus Angst, von den Demonstranten oder 'Randgruppen' geplündert zu werden.

Die politische Polizei leistete weiterhin Widerstand.

Von weitem pfiff die Menge die Polizisten aus.

Unter den Demonstranten traf ich viele meiner Bekannten, von denen ich im Traum nicht erwartet hätte, daß sie sich für die politische Entwicklung interessierten.

Die revolutionäre Begeisterung schien eine Kettenreaktion hervorzurufen, die sich rasch auf die ganze Stadt ausweitete und das konservative Provinzstädtchen zur Bastion eines Prozesses machte, der gerade erst begonnen hatte.

Als es Abend wurde, ging ich in eine Kneipe, um etwas zu essen, und traf dort eine Gruppe von Stammgästen aus dem Café Central, darunter den Lehrer, der in die Diskussion über die Streikenden und die Studenten eingegriffen hatte:

»Ihr lebt in einer Gegend, wo es weder Industrie noch eine Universität gibt, wie wollt ihr dann die Probleme der Streikenden und der Studenten verstehen?«

Bevor ich mich zu der Gruppe gesellte, versuchte ich den Ton der Gespräche zu erspüren. Der Lehrer hatte alle Zurückhaltung, zu der er sich bisher gezwungen sah, fahrenlassen und warf sich nun vor den Unentschlossenen zum Führer auf.

Das Abendessen zog sich unter lautem Krakeel hin. Als alle in einer Gruppe zum Gebäude der politischen Polizei zogen, das noch vom Militär belagert wurde, überquerte ich die Brücke und ging zum Grünen Drachen.

Soldaten hatten die Lastwagenfahrer abgelöst. Viele Frauen benahmen sich wie früher in ihren Heimatdörfern auf dem Tanzfest.

Die Gorillas des Dealers konnte ich nicht finden.

Als ich am nächsten Tag aufwachte, stand die Sonne schon hoch am Himmel.

Ich stellte das Radio an. Die ersten Nachrichten bestätigten den Sieg der revolutionären Bewegung. Der Sitz der politischen Polizei in der Hauptstadt war nachts von der Menge gestürmt worden, mit Unterstützung der Soldaten, die sich auch ohne ausdrücklichen Befehl ihrer Führung von den Ereignissen hatten mitreißen lassen.

Die Zahl der Opfer ist ungewiß. Die Angaben schwanken zwischen den absurdesten Extremen. Die Journalisten haben den Freiraum entdeckt, den ihnen die Zensur jetzt einräumt.

Ich fühle mich verloren. Ich trete ans Fenster, höre die Nachrichten. Ich versuche die Gespenster zu verscheuchen, die auf dem unverhofften Weg der Revolution aus der Hauptstadt zurückkehren.

Der letzte Flug

Der Dealer ist tot.

Er wurde mit dem Maschinengewehr niedergestreckt, als er auf dem Flugplatz einer kleinen Stadt mit seinem Zweisitzer auf die Piste rollte.

Die Nachricht kam telefonisch.

Eine anonyme Stimme teilte den Sachverhalt ohne weitere Einzelheiten oder Angaben zu Ort und Uhrzeit mit.

Fast ein Jahr ist vergangen seit dem Tag der Revolution.

Die Stadt hat sich gewandelt.

Die Leute verhalten sich, als wären sie niemals sie selbst gewesen.

Gestern am späten Nachmittag habe ich die Nachricht erhalten.

Nachdem ich den Hörer aufgelegt hatte, zog ich die Vorhänge auf und ließ das Licht der untergehenden Sonne ins Zimmer fluten.

Ich saß am Fenster und erlebte die allmähliche Auflösung der Farben, bis sich die Landschaft in der Dunkelheit verlor.

Nach der Revolution, als die ersten Tage der großen Konfusion vorüber waren, machte sich ein Klima der Unsicherheit breit.

Es begann mit der Jagd auf die Informanten

der politischen Polizei, mit den Reaktionen der Führungskräfte des alten Regimes.

Sogar von bewaffneten Gruppen ist die Rede, die zu den Häusern politischer Gegner ziehen.

Entstellte Leichen tauchen an den Ufern des Flusses im Gebüsch auf.

Im Schatten dieser Konflikte steigt die Kriminalität ungestraft an.

Gestern abend konnte ich nicht zu Hause bleiben.

Ich rief ein Taxi und fuhr zu dem Restaurant bei der Kathedrale, wo ich nie wieder gewesen war.

Kaum ein Tisch war besetzt.

Der Wirt kam mich begrüßen.

»Ich hätte nicht gedacht, daß Sie noch hier sind. Wo Sie sich so lange nicht haben blicken lassen …«

Ich hatte den Eindruck, daß er vom Tod des Dealers wußte. Aber wir sprachen nicht von ihm. Auch von keinem anderen gemeinsamen Bekannten.

Nach dem Essen ging ich in den Grünen Drachen. Die Stimmung war genauso wie immer. Die Lastwagenfahrer sind zurückgekehrt, die Soldaten weg. Die Frauen sind dieselben, nur ein paar neue Gesichter. Die Kellner auch.

Die Show lief gerade, als ich hereinkam. Die Freundin des Dealers sang dieselben Lieder.

Während ich auf einen freien Tisch wartete, beobachtete ich das Publikum. Die Schläger des Dealers waren nicht da. Von den Gästen kannte ich niemanden. Die Kellner blickten mich an, als hätten sie mich noch nie gesehen.

Als die Show vorbei war, setzte ich mich in einer Ecke des Salons an einen Tisch, der eben frei geworden war.

Kaum hatte ich Platz genommen und eine Flasche Whisky bestellt, kam die Sängerin aus ihrer Garderobe in den Salon, direkt zu mir.

»Ich habe dich von der Bühne aus reinkommen sehen.«

»Weißt du es schon?«

»Ja.«

»Wie läuft's denn so bei dir?«

»Wie üblich. Was soviel heißt wie schlechter. Ich hatte immer noch gehofft, er würde mir helfen, hier rauszukommen ...«

Die Unterhaltung kam allmählich in Gang.

Wir sprachen vom Nächstliegenden, vom Alltag im Grünen Drachen.

Sie versuchte mich einzuordnen – wer ich war, was ich machte, in welcher Beziehung ich zu 'ihm' stand –, ohne direkte Fragen, auf mehr oder weniger geschickten Umwegen.

Danach wurde sie freimütiger, was den Dealer und ihre schon länger bestehende Bekanntschaft betraf.

»Ich begreife nicht, wieso er mich hat hängenlassen. Ich glaube, er hat mir nie verziehen ... Normalerweise erzählte er nie von sich, und eines Tages, ich weiß nicht, was ihm durch den Kopf ging, da erzählte er mir seine ganze Geschichte, von Kind an. Und ich konnte nun wirklich nichts dafür! Aber von da an ließ er sich nicht mehr blicken. So oft war er hiergewesen! He, das war kurz bevor du gekommen bist ...«

Der Dealer hatte weder Vater noch Mutter gekannt. Er wurde an der Tür eines Waisenhauses ausgesetzt, in einem Vorort der Hauptstadt. Er machte das Schicksal eines Heimkinds durch, besuchte die Grundschule, war Meßdiener. Mit zehn Jahren wurde er von einer Wohltäterin des Waisenhauses adoptiert, einer ledigen Frau mittleren Alters, die aus einer Offiziersfamilie stammte und geerbt hatte, unter anderem ein großes Haus, in dem sie allein mit einer alten Magd lebte. Dort verbrachte er die ersten Jahre seiner Jugend, gekleidet und beköstigt wie ein vornehmer Herr, und verteilte seine Zeit auf Gymnasium, Musik- und Sprachenunterricht sowie die religiösen Pflichten.

An diesem Punkt der Erzählung rief die Sängerin erregt aus, als erzählte sie eine selbst erlebte Geschichte:

»Und hat sich die verdammte Alte nicht auch zu dem Kleinen ins Bett gelegt?«

Von da an ist kein Halten mehr. Er endeckt die Welt der Lust und des Lasters: junge Mitschülerinnen vom Gymnasium und Prostituierte, Vergnügungen mit älteren Freunden, Saufereien und Marihuanasessions.

Die Sängerin kam in Fahrt, als sie diese zweite Phase der Geschichte anging.

Sie redet von Dingen, die sie besser versteht als die Erinnerungen aus grauer Kindervorzeit, redet von einer Welt voller Inhalte und Erfahrungen, die sie selber kennt. Es war nicht schwer, jene Einzelheiten auszumachen, die sie der Erinnerung an ein Bekenntnis hinzufügte, das gewiß kürzer und weniger deskriptiv gewesen war.

Sie erhitzt sich, wenn sie von der Beziehung zwischen der Wohltäterin und ihrem Schützling spricht.

»Die wollte ihn natürlich bei sich behalten, unter ihrem Rock. Die wollte ihn nicht gehenlassen, gab ihm kein Geld ...«

So kommt es, daß der Junge sich mit sechzehn Jahren den Schmuck der Gönnerin schnappt, von zu Hause flüchtet und seine Karriere beginnt.

Als er fast zwei Jahre später zurückkehrte, 'reumütig', wie die Sängerin sagt, war die Wohltäterin gestorben und hatte ihr gesamtes Vermögen der Pfarrkirche vermacht.

Das Haus war versiegelt, und der Priester gab ihm den Rat, nicht weiter von einer Erbschaft zu träumen, auf die er kein Anrecht mehr habe.

»Er hat nie erfahren, was es heißt, eine Familie zu haben, ein Zuhause. So was fehlt einem. Selbst wenn man so ein Leben führt wie ich, erinnert man sich. Und es hilft, schwere Zeiten durchzustehen ...«

Wir leerten die Flasche.

Die Erinnerung an den Dealer rührte sie.

»Wer hätte gedacht, daß er so unglücklich war ...«

»Wieso unglücklich? Er lebte gerne so.«

»Das siehst du so. Das denken alle Leute ...«

Die Geschichte des Dealers schloß mit einer Beichte über sein Intimleben.

»Er hatte Schwierigkeiten, mit einer Frau zusammenzusein. Nur bei mir ist er gekommen ...

Und auch das nicht immer … Das war der Fluch, mit dem die Alte ihn verwünscht hatte, bevor sie starb.«

Ich sehe ihn wieder in seinem Cockpit über den vereisten Bergen, aufmerksam und sicher, den Steuerknüppel und die Armaturen fest im Griff. Das einzige Bild, das ich bewahre. Wie ein Foto.

Ich blickte sie an, um den Anteil Wahrheit abzuschätzen, der in der Geschichte liegen mochte.

Sie war in Gedanken versunken, schaute abwesend auf die Lichtreflexe in den Eiswürfeln.

Sie machte ein müdes, aber entspanntes Gesicht.

Ein Anflug zukünftiger Falten unterstrich ihre Augen und ihren Mund.

Meine Aufmerksamkeit riß sie aus den Erinnerungen.

Mit einem Lächeln drehte sie sich zu mir.

»Gehen wir?« fragte sie.

Wir gingen die Strecke zu Fuß.

In der warmen Nacht lud sich die Luft auf mit den dunklen Düften der Stoffe, die am Ufer verfaulten, und der im Gebüsch verborgenen Blüten.

Der Alkohol verflog, während wir die Uferstraße entlanggingen.

»Bring niemals die Dinge durcheinander. Schlepp keine Frau nach Hause ab …«

Die Empfehlungen des Dealers, die er mir am ersten Tag nach dem Besuch im Grünen Drachen gegeben hatte, ließen mich schmunzeln, als ich nun, mit dem Abstand der Zeit und des Schicksals, wieder an sie dachte.

»Worüber lachst du?« fragte sie.

»Über Dinge, die einem so einfallen.«

»Welche denn?«

»Kindereien. Schwer zu erzählen.«

In Klausur

Mir war, als hätte ich ein kurzes Klingeln gehört.

Es war neun Uhr abends.

Ich stellte das Radio leiser und wartete.

Nach einer Zeit, die mir unglaublich lang schien, klingelte es erneut.

Ein ebenso diskretes und knappes Klingeln.

Ich hatte keine Ahnung, wer das sein konnte.

Ich zog die Schuhe aus und trat ans Schlafzimmerfenster, wo ich im Dunkeln die Straße beobachten konnte.

Kein Auto stand dort, außer den Wagen der Nachbarn, und ich sah auch niemand Verdächtiges.

Trotzdem bekam ich langsam Panik. Ich mußte an die Freunde des Dealers denken, die nacheinander verschwunden waren, und vor allem an die Sängerin. Ein paar Tage, nachdem ich mit ihr zusammengewesen war, verließ sie den Grünen Drachen mit einem Lastwagenfahrer, den keiner kannte, und kehrte nie wieder zurück.

In jener Nacht hatte sie mir erzählt, die Leichen der beiden Schläger seien von Jägern in den Bergen gefunden worden, im Gebüsch, die Hände im Rücken zusammengebunden und in fortgeschrittenem Zustand der Verwesung.

Damals hatte auch der Verleger mich einmal eher beiläufig gefragt:

»Und Sie haben keine Probleme gehabt?«

»Was für Probleme?«

»Sie wissen, daß die Dinge für manche Leute nach wie vor schwierig sind …«

Ich verbringe die Tage zu Hause. Die wenigen Male, die ich mich vor die Tür wage, treffe ich nur Unbekannte an den vertrauten Orten.

Als es zum drittenmal klingelte, war ich mir sicher, daß derjenige nicht aufgeben würde, wer auch immer es war.

Ich ging zur Tür, jedes Geräusch vermeidend, und spähte hinaus.

Das Treppenhaus lag im Dunkeln.

Ich starrte weiter in die Finsternis des Treppenhauses und wartete, daß jemand klingelte oder das Licht anknipste. Die Zeit wollte nicht vergehen.

Niemand klingelte.

Seit die Situation begonnen hatte, sich zuzuspitzen, ging ich nur noch so wenig wie möglich aus dem Haus.

Anfangs ging ich noch in die Stadt, um meine Sachen zu erledigen. Ich wählte die Stunden, in denen möglichst viele Menschen unterwegs waren. Ich mied alle öffentlichen Orte.

Doch nach dem seltsamen Klingeln und einem anderen, etwas rätselhaften Zwischenfall versuchte ich es so einzurichten, daß ich gar nicht mehr aus dem Haus gehen mußte, zumindest bis meine Lebensbedingungen sich normalisiert hatten.

Ich hatte im Café Central gesessen, allein, an einem Ecktisch an der verglasten Front. Es war fünf Uhr nachmittags. Ein schwerer Nebel, der auf die Stadt herabgesunken war, beschleunigte den Einbruch der Dunkelheit.

Ich hatte die Zeitung zu Ende gelesen und wollte gerade gehen, als ein Unbekannter auf mich zukam, vor mir stehenblieb und mich aufmerksam ansah.

»Entschuldigen sie, aber sind Sie nicht Herr …«

Ich verstand den Namen der Person nicht, mit der er mich anscheinend verwechselt hatte.

Ich antwortete ihm, nein, er irre sich. Doch er bestand darauf und fragte, ob ich nicht in der Hauptstadt gelebt hätte, er kenne mich bestens, vielleicht sei es ja ein anderer Name …

Ich rief den Kellner und zahlte.

Doch er bohrte weiter und wollte wissen, wann und wo wir uns schon einmal begegnet seien.

Es lag ein feiner Spott, fast eine Drohung in seiner Beharrlichkeit. Als hätte er mich wiedererkannt und amüsierte sich jetzt über mein Erschrecken.

Ich verließ das Café, nahm ein Taxi, drehte ein paar Runden durch die Stadt, bis ich sicher war, daß niemand mir folgte. Als wir vor der Haustür ankamen, bat ich den Fahrer zu warten, unter dem Vorwand, ich hätte mein Geld vergessen.

Niemand erwartete mich im Treppenhaus, auch nicht in der Wohnung. Ich ging wieder hinunter, bezahlte.

Als ich wieder oben war, schloß ich zum erstenmal die Tür ab.

Es war bereits dunkel. Ich knipste alle Lichter im Wohnzimmer an, schenkte mir einen Whisky ein, setzte mich und schaute mich um, als wäre ich an einem fremden Ort. Nur das Bild, das mir die Frau des Vorstandsvorsitzenden geschenkt hatte, hatte noch seinen Gefühlswert für mich, vielleicht unter dem Eindruck des Briefs, den ich Tage zuvor erhalten hatte. Ein 'anonymer' Brief, ohne Unterschrift oder sonstige Hinweise auf den Absender, abgesehen vom Poststempel, was natürlich nicht viel heißt.

»Ich habe gute Gründe anzunehmen, daß wir zurückkommen werden. Nicht so bald, wie es mir lieb wäre, aber vielleicht schneller, als du es dir vorstellen kannst. Ich hoffe, daß dich diese Nachricht erreicht und daß es dir gelungen ist, dein Gleichgewicht wiederzufinden 'bei den tiefgreifenden Veränderungen', die unsere Heimat erschüttern ...«

Vielleicht noch beunruhigender als die Gefahren, die da auf mich lauern mochten, war diese Unsicherheit, in die ich mich zunehmend hineinfallen ließ, dieses Unvermögen, mein Gleichgewicht wiederzufinden 'bei den tiefgreifenden Veränderungen', deren Dynamik mir entglitt und die auch nicht leicht einzuschätzen war.

Bei einem der letzten Male, die ich notgedrungen in die Stadt ging, traf ich mich mit dem Verleger.

Bei dieser Gelegenheit ergab sich ein kurzer Dialog um die Frage:

»Und Sie selbst haben niemals Probleme gehabt?«

Was für mich mit lauter bedrohlichen Vorzeichen verknüpft war, an die er im Leben nicht gedacht hätte.

Das Treffen, das die Sekretärin Tage zuvor telefonisch verabredet hatte, schien an sich schon unausweichlich auf eine Vertragsbeendigung hinauszulaufen, mit allen Risiken, die dies in sich barg.

Der Tod des Dealers hatte tatsächlich meine Lage verändert und mich, gleich welcher Art ihre gegenseitige Verpflichtung gewesen war, nur noch abhängiger von ihm und meiner Zusammenarbeit mit dem Verlag gemacht.

Es ging jedoch um eine Vertragserneuerung, die er mir vorschlug.

»Sie erinnern sich, daß meine Verlagsaktivitäten für mich nur eine Nebenbeschäftigung sind ... Wirtschaftlich gesehen natürlich. Dadurch kann ich das Programm gestalten, ohne mich den Gesetzen des Marktes unterwerfen zu müssen. Ich möchte dieses Projekt gerne fortführen, aber dazu muß ich den Verlag ausbauen, neu investieren ...«

Ende des Monats wollte er eine Buchhandlung in der Stadt eröffnen. Die Zusammenarbeit mit mir würde dann ausgeweitet.

Über eine Lektorin würden wir in Kontakt bleiben.

Ich frage mich, inwieweit der Verlag nicht

doch nur eine diskrete Geldwaschanlage ist und die gegenwärtige Situation es nahelegt, diese auszubauen.

Für mich wurde diese Zusammenarbeit zur einzigen Einnahmequelle.

Seit ich beschlossen hatte, mich zu Hause zu verschanzen, schien die Zeit nicht mehr zu vergehen.

Ich hatte immer gedacht, ich könnte die Wüste mit einer gewissen Gelassenheit bewohnen, meine Gespenster würden mich für den Verlust des Kontaktes zu wirklichen Menschen entschädigen. Doch auch die inneren Welten hatten sich geleert.

Manchmal stellte ich den Fernseher an, um 'Stimmen' zu hören, 'Leute' zu sehen.

Nur die Nachrichten verbanden mich noch mit der Welt. Einer Welt, die ich als verzerrt erkannte und die mich dennoch faszinierte.

Es kam vor, daß ich danach den Fernseher einfach laufen ließ. Krimis und Serien. Ich ließ mich von Bildern einfangen, die zeigten, was mir versagt war, was ich abgelehnt hatte, ohne mir selbst einen stichhaltigen Grund nennen zu können.

Es war Hochsommer. Ein heißer, ruhiger Sommer. Das bißchen Wind staute sich über der glühenden Erde.

Ich machte die Fenster auf. Durch das Laubwerk hindurch sah ich den Fluß vorbeifließen.

Das Wasser spürte ich auf meiner Haut wie eine zärtliche Berührung.

Faulige Düfte stiegen in der reglosen Luft auf.

Die Stadt wurde immer weniger greifbar. Die Geräusche zogen sich zurück, bis sie verklangen.

Ich blieb allein, glitt durch die Nacht, bis der Tag anbrach.

Tagsüber spürte ich den Stimmungen der Bücher nach, die der Verleger mir anvertraut hatte, um sie in einer anderen Sprache 'nachzuschaffen als wahre Kunstwerke', wie er gewöhnlich sagte, wenn er mir schmeicheln wollte.

Doch alle Stimmungen waren mir fremd. So unzugänglich wie die Bilder des Lebens, das ich selbst mir versagte.

Eines Abends beschloß ich, aus dem Haus zu gehen.

Ich ging mit den Schuhen in der Hand die Treppe hinunter, um die Nachbarn nicht aufzuwecken, und nahm den Weg am Ufer entlang, zwischen den Bäumen, bis in die Stadt.

Auf dem Platz zeigten die Ampeln mit ihren farbigen Rhythmen noch immer den Lauf der Zeit an, als wäre nichts gewesen.

Ich überquerte die Brücke und ging durch die verlassenen Straßen in die 'Zone'.

Von weitem überragte das Zeichen des Grünen Drachen nach wie vor die Dächer der eingeschossigen Häuser und tauchte sie in den blinkenden Schein seiner Feuerzunge.

Doch am anderen Ende der 'Zone' hob sich ein neues Gebäude durch seine Größe und die hellen Leuchtzeichen ab.

Es liegt an einem Platz, wo Fernlastzüge parken können. Über die Vorderfront breitet sich ein riesiges Pfauenrad aus bunten Glühbirnen, die einen abwechselnd sich schließenden und wieder auffaltenden Fächer vortäuschen.

Nachdem man in gleißendem Licht einen Vorraum durchquert hat, betritt man einen riesigen Salon, überwölbt von einer Konstruktion aus Eisen und Glas, die durch ihre Beleuchtung fast mit der Tiefe der Nacht verschmilzt. An den Seitenwänden reihen sich Läden, Bars, Restaurants aneinander und, im Obergeschoß, diskrete, hinter Vorhängen verborgene Fenster. Das Ganze wirkt wie ein öffentlicher Platz mit einer angelegten 'Straße' rundherum und einer Insel in der Mitte. An einem Ende befinden sich die Bühnen für Orchester und Varieté, Terrassen nehmen die restliche Fläche ein.

Die Show war schon vorbei.

Das Nachtleben hatte seinen Schwung eingebüßt. Die Fernfahrer schliefen mit den Prostituierten in den Zimmern im ersten Stock oder waren wieder allein unterwegs auf den endlosen Straßen.

Trotzdem gab es auf den Terrassen noch besetzte Tische, und auf der 'Straße' gingen die Prostituierten weiter spazieren, extravagant und aufreizend gekleidet, das Täschchen über die Schulter gehängt oder im Rhythmus des freien Arms schwingend, im Schein der Lampen, die eine öffentliche Straßenbeleuchtung simulierten.

Ich drehte langsam eine Runde um den 'Platz', kaufte in einem Tabakladen Zigaretten, betrat die Bar, in der mir am meisten los zu sein schien.

In einer Gruppe wurde über die anstehenden Wahlen gestritten, die ersten nach dem Sturz des alten Regimes. Die Reden waren konfus, unterbrochen von heftigen Gesten, Faustschlägen auf die Theke …

»'Die' machen doch nur alles kaputt. Die Typen können den Hals nicht vollkriegen. Ist doch egal, wer gewinnt. Alles dasselbe Pack …«

Ich ging zurück auf die 'Straße', vorbei an nackten Frauen mit Stöckelschuhen und Gürtel, in Schwarz gekleidet mit Gazeschleier und Haube oder im falschen Pantherpelz.

Ich wählte eine 'Chefsekretärin' und lud sie zu einem Drink auf die Terrasse ein.

Sie machte einen abgespannten Eindruck, obwohl sie blutjung zu sein schien. Sie öffnete ihre Handtasche, nahm eine Zigarette, wartete ruhig ab, daß ich ihr Feuer gab, lächelte mich mit einem Instant-Lächeln an, vielleicht belästigt durch meine Aufmerksamkeit.

Mir war heiß, ich hatte Durst, wurde ungeduldig. Eine Pantherfrau ging an uns vorbei.

»Mögen Sie keine Panther?«

»Ist nicht mein Geschmack …«

»Das habe ich gesehen. Ihr Geschmack ist eher herb …«

Ich merkte, daß ich mich in der Wahl geirrt hatte, daß ich anfing, sie wie eine Person zu betrachten. Vielleicht brauchte ich in dieser Nacht doch eine Pantherfrau oder eine Untertanin des Königs Possolo. Andererseits spürte ich die Ver-

lockung ihres spröden Charmes und einer Existenz, die sich hinter dieser mehr recht als schlecht errichteten Profifassade verbarg.

Der Champagner half, die Atmosphäre aufzulockern und die Müdigkeit oder Langeweile zu überwinden, die sie in ihrer Routine bremsten.

Wir hatten ein Mindestmaß an Ungezwungenheit zwischen uns hergestellt, einfach durch den Ort, an dem wir uns befanden, und die Rolle, die jeder von uns dort spielte.

Es war spät, als wir aufstanden und über den 'Platz' gingen.

Die Musiker packten ihre Instrumente ein. Die Stille, die sie hinterließen, war erfüllt von den unbestimmbaren Geräuschen am Ende der Nacht.

Wir traten durch eine Tür, an deren Pfosten diskret auf eine 'Pension' hingewiesen wurde.

Der Mann an der Rezeption gab mir einen Schlüssel und eine Rechnung. Alles inklusive.

»Hier sind Sie wenigstens sicher ...«

Ich mußte, während wir durch den Flur gingen, an die Sängerin aus dem Grünen Drachen denken.

»Sie können sich nicht vorstellen, was uns das kostet ...«

Wir kamen zum Zimmer. Sie schloß die Tür. Ich fühlte mich nicht in der Lage, sie anzufassen.

Sie selbst war kaum gelöster. Sie löschte das Deckenlicht und beließ das Zimmer im Schummerlicht der Nachttischlampe. Dann knöpfte sie langsam ihre Bluse auf.

Ich umarmte sie unerwartet liebevoll.

»Was tust du eigentlich hier? Du bist überhaupt nicht gemacht für so ein Leben ...«

Sie setzte sich auf die Bettkante. Sichtbar ungeduldig.

»Ich bin nicht hier, um mich ausfragen zu lassen. Sie haben bestimmt nicht Ihr Geld dafür ausgegeben, um mir Fragen zu stellen ...«

Ich versuchte, die Lage wieder zu entspannen, die Atmosphäre aufzulockern.

Sie hatte die Bluse ausgezogen und streifte sich die Strümpfe herunter.

Ich spürte ein ungeheures Verlangen nach ihrem Körper und meine völlige Unfähigkeit, die eisige Aura, die sie umgab, zu durchbrechen.

Ich hätte so galant sein können, sie allein zu lassen, hätte ihr erklären können, daß ich gerne ein andermal mit ihr zusammen wäre, nicht in diesem Bordellzimmer mit Vorkasse am Eingang.

Doch ich war viel zu durcheinander dafür. Ich zog mich aus und umschlang sie in der Hoffnung, die Lust möge alles Unbehagen überwinden.

»Warum beruhigen Sie sich denn nicht«, sagte sie zu mir, ohne jede Frostigkeit, eher voll Mitgefühl, was mich irritierte und noch unsicherer machte.

In dem Moment überkam mich die Verzweiflung. Ich quälte sie mit wütender, kalter Hartnäckigkeit. Sie versuchte weiterhin, mich zu beruhigen, indem sie mir eine Erklärung lieferte:

»Ich bin Studentin. Ich studiere Medizin. Ich tu das nur in den Ferien, um das Semester zu bezahlen …«

Doch ich konnte sie nicht loslassen, konnte mich nicht beherrschen.

»Gehen Sie. Lassen Sie mich los. Sonst schlage ich Alarm …«

Der Vorfall im Blauen Pfau war der Höhepunkt der ersten Phase meiner Klausur.

Auf dem Nachhauseweg besänftigte die frische Morgenluft mich allmählich.

Ich setzte mich ans Fenster und erlebte, wie der Morgen fern über den Ebenen anbrach, während die Whiskyflasche zur Neige ging.

Es war ein klarer Morgen, nur über dem Fluß hing noch ein leichter Dunst. Unter den Uferbäumen gingen zwei Gestalten gemächlich spazieren, immer auf und ab, ohne sich allzuweit vom Gebäude zu entfernen. Ich hatte ein paarmal sogar den Eindruck, daß sie ganz besonders aufmerksam zu meinen Fenstern hochschauten. Ich beobachtete sie noch eine Weile durch die Gardinen, bis sie im selben langsamen Tempo in Richtung Stadt entschwanden.

Nach dem Frühstück machte ich mich daran, Ordnung in die Manuskripte zu bringen, die sich allenthalben stapelten.

Mit der Arbeit war ich im Verzug, mein Bankkonto war praktisch leer.

In den folgenden Tagen arbeitete ich wie verrückt.

Manchmal mußte ich an die studierende Prostituierte denken und bekam Lust, wieder in den Blauen Pfau zu gehen.

Ich malte mir Szenen aus.

Ich kam herein und traf sie auf der Terrasse, wo sie mit einem Kunden saß. Sie war das blühende Leben und wunderschön, noch hübscher, als sie mir in jener Nacht vorgekommen war. Ich wollte sie auf mich aufmerksam machen, ging um ihren Tisch herum, starrte sie lange an. Sie schaute durch mich hindurch, als existierte ich nicht. Oder sie erwiderte meinen Blick mit einem ironischen Blinzeln, nur um gleich darauf all ihren Charme wieder dem Herrn an ihrer Seite zu schenken.

Andere Male war sie allein und lief sich auf dem Trottoir die Hacken ab. Auch bei diesen Szenen ignorierte sie mich oder wandte sich verächtlich ab.

In seltenen Glücksmomenten kam sie mir entgegen. Wir setzten uns auf die Terrasse, verabredeten ein Treffen an einem anderen Ort.

Wenn ich aus diesen Tagträumen erwachte, kam ich mir zutiefst lächerlich vor.

Ich befürchtete, nicht die Kraft zu haben, um die lange Reise durch Stille und Abgeschiedenheit zu ertragen. Mir fehlte eine Aufgabe, um die Ödnisse der Zeit zu durchqueren.

Kaum hatte ich eine der Übersetzungen, mit denen ich im Rückstand war, fertig, rief ich im Verlag an, ließ mich mit der Lektorin verbinden und sagte ihr, ich hätte leider verreisen müssen, ich würde gerne die Termine für die Ablieferung besprechen, einen Zeitplan verabreden für die Arbeit der nächsten Monate …

Als sie mir vorschlug, im Verlag vorbeizukommen, schwankte ich zunächst. Doch dann spürte ich, daß es noch schwieriger sein würde, mich der Stadt am hellichten Tag zu stellen als im Schutze der Nacht.

Unter dem Vorwand, ich erwarte dringende Anrufe im Zusammenhang mit meiner Reise, fragte ich sie, ob es nicht möglich wäre, daß dieses erste Treffen bei mir zu Hause stattfände, wo ich überdies die ganze Arbeit zur Hand hätte und ihr zeigen könnte. Zwei Tage später kam sie.

Den ganzen Morgen versuchte ich, die Bücherregale zu ordnen, die Zettelwirtschaft verschwinden zu lassen, die bei der letzten Aufräumaktion übriggeblieben war.

Der Wahltag wurde dann noch richtig unangenehm.

Es war an einem Sonntag im Herbst.

Den ganzen Morgen hatte es geregnet. Gegen Mittag fegte der Wind die Nebelschwaden davon, die noch über dem Tal hingen, und ein blasses, durch die hohen Wolken gedämpftes Licht weckte die Farben des Laubwerks, das von der Kälte, die aus den Bergen herabblies, schon tödlich getroffen war.

Auf der Uferstraße gingen Grüppchen von

Leuten mit sonntäglicher, geradezu feierlicher Miene zu ihren Wahllokalen.

Den ganzen Nachmittag über konnte ich weder lesen noch arbeiten. Ich war nicht in der Lage, mich zu konzentrieren. Alle paar Minuten stand ich auf und ging zum Fenster, um die Menschen zu betrachten, die aus der Stadt zurückkehrten.

Am Abend, als ich vor dem Fernseher saß und die Wahlergebnisse verfolgte, verfiel ich in einen merkwürdig depressiven Zustand. Mehr denn je fühlte ich mich wie ein krankes Organ, aus der Welt gerissen, im Schatten verfaulend.

Ein Strudel von Erinnerungen, Ereignissen, Personen, die ich glaubte, für immer überwunden zu haben, hatte den Raum auf den Kopf gestellt und kreuzte sich mit den Bildern auf der Mattscheibe.

Wir saßen alle bei mir zu Hause versammelt und sahen die Wahlsendung.

Auf dieser fest umrissenen Bühne, rekonstruiert bis ins kleinste Detail, tauchten die Personen auf und verschwanden wieder wie Gespenster, wechselten Stellung und Gesichtsausdruck in einem Beziehungsspiel ohne vorhersehbare Regeln.

Im Verlauf des Abends, sowie die Ergebnisse Konturen annahmen, änderte sich das Verhalten der Personen, inhaltlich und emotional.

Ich ertappte mich dabei, wie ich hin- und herschwankte. Wie ich die einen verurteilte und für die anderen Entschuldigungen fand. Und wie ich mich mit diesen Phantasiegebilden marterte und mir Trost verschaffte, beides zugleich.

Als die Stimmen ausgezählt waren und die Ergebnisse feststanden, begriff ich, daß sich ein weiteres Mal alles um mich her verändert hatte.

Ich machte den Fernseher aus und war allein im Zimmer.

Die Bilder, die aus der Tiefe der Erinnerung aufgestiegen waren, zerstreuten sich.

Sie sanken zurück in die Stille, in der ich sie all die Jahre aufbewahrt habe.

Bei Tagesanbruch liegen Wiese und Laub unter einer durchgehenden Schicht Rauhreif.

Träge Spuren ziehen sich zwischen den Baumstämmen und Ufervorsprüngen dahin und erzählen von ihrer Herkunft: von dem einsamen Spaziergänger, dem Hund, der spiralförmig um die Schritte seines Herrchens kreist, dem Pärchen, das immer wieder seinen Weg unterbricht und dunkle Flecken in dem schwerelosen Mantel des Reifs hinterläßt.

Manchmal sind es meine eigenen Schritte, die ich vom Fenster aus sehe, wenn ich am Rande der Schlaflosigkeit stehe und mich nach draußen wage.

Auf diesen Spaziergängen in den frühen Morgenstunden, diesen Hofgängen eines Sträflings, beschäftigt mich der tiefere Sinn meiner Klausur.

Sind die Bedrohungen, die ich in meinem Umfeld gespürt habe, überhaupt noch vorhanden?

Gibt es überhaupt noch jemanden, der mit den alten Sicherheits- oder Kriminalitätsstrukturen verquickt ist und den meine Randexistenz kümmert?

Leide ich nicht inzwischen unter einem Verfolgungswahn, der alle Bewegungen lähmt und den Verstand trübt?

Wenn ich das Haus betrete, zurück von meiner Flucht ans Ufer, sind es nur noch die überdeutlichen Zeichen ihrer Gegenwart, die mich bestürmen und nicht mehr loslassen.

Manchmal habe ich Lust, den Siebdruck ihres jungen Künstlerfreundes aus dem Fenster zu werfen, die Vase mit den Blumen, die sie selber zusammenstellt, den Briefbeschwerer aus Kristall, die bestickten Lavendelsäckchen, nach denen es in allen Schubladen duftet.

Doch sobald sie kommt, verdrängt die Anziehungskraft, die von ihrem Körper ausgeht, diese kleinen Unannehmlichkeiten.

Jedesmal treibt mich eine neue Hoffnung, sie mit aufrichtiger Zärtlichkeit und frischem Verlangen zu begrüßen.

Sie hat immer ihren Strauß Blumen dabei, kleine Mitbringsel, eine bewußt aufreizende Note in ihrer Kleidung oder Art, sich zu kämmen.

Sie kommt am Ende des Tages, nach der Arbeit im Verlag. Sie bleibt lange. Manchmal bis in die Morgenstunden.

Jedesmal ist alles anders. Auch wenn sich nichts Wesentliches in unserer Beziehung ändert.

Wir gelangen in die äußersten Regionen der Langeweile, der Aggression, der Sinnlichkeit, kaum noch zu ertragen.

Oder wir verlieren uns in endlosen Diskussionen.

»Wieso keine Metaphysik?« fragt sie, um ihre grundsätzlichen Entscheidungen zu rechtfertigen.

Ich muß zugeben, daß ich es wahrscheinlich nie geschafft habe, mich auf ihr Denken richtig einzulassen.

Nicht einmal so weit, um zu begreifen, welcher Ebene ihre Vorstellungen entspringen, welche Strömungen sie durchfließen, angefangen bei den reinen Impulsen des Körpers bis hin zu den rätselhaften Vorgängen rund um diese Impulse.

Solche Diskussionen verunsichern sie immer sehr. Aber sie provoziert sie selbst, vielleicht um unsere Zurückhaltung zu überwinden, den Eindruck distanzierter Verführung zu zerstören, hinter dem sie sich unbewußt verschanzt.

Nicht selten fängt sie an zu schwärmen, und schon weitet sich alles in ihr, der Rhythmus ihres Kreislaufs beschleunigt sich, das Blut steigt ihr zu Kopf, die Augen sind glänzender, die Gebärden lebhafter.

Dann ist es Zeit, die Waffen zu strecken, ihr das Feld kampflos zu überlassen.

Der launige Ton meiner taktischen Rückzüge kränkt sie keineswegs. Sie lacht.

Doch dieses Lachen ist bereits ganz Körper und nicht mehr Kopf.

Ich rücke näher an sie heran, ohne daß ich je wüßte, wie sie reagiert. Sie kann mich abweisen, meine Zärtlichkeiten einfach hinnehmen oder sich an mich klammern.

So beginnen die Kämpfe, die manchmal die ganze Nacht dauern.

In den glücklichsten Nächten gelingt es mir, ihren Körper Zentimeter für Zentimeter zu erobern, sie Stück für Stück zu entkleiden.

Wir wälzen uns auf dem Sofa oder auf dem Teppich. Wenn es zu kalt wird, führen wir im Bett dieselbe Suche nach einer Lust fort, die sich nie in Befriedigung auflöst.

Plötzlich steht sie auf. Sie nimmt ihre Sachen und zieht sich hastig an.

»Ich halte das nicht aus. Ich hab es dir doch schon gesagt. Ich halte das einfach nicht aus. Ich komme her, weil ich deine Freundin bin. Aber ich kann dieses Spiel nicht ertragen ...«

Nur selten verzichtet sie auf alle ihre Ausflüchte, auf alle Heuchelei, und bekennt zerbrechlich und kleinlaut ihr Unvermögen, ihre panische Angst davor, sich hinzugeben.

Vielleicht erkannte ich den Stellenwert der Wahlen, die wahre Bedeutung der Ergebnisse erst, nachdem ich mit der Frau des Vorstandsvorsitzenden gesprochen hatte.

Eines Tages rief sie mich spätnachmittags an. Ich war überrascht.

Sie wollte mir ihre Rückkehr ankündigen. Die Lage hatte sich normalisiert. Es gab nichts zu befürchten. Geschäftlich würde es interessant werden.

Ich hatte den Eindruck, der Anruf sollte hauptsächlich dazu dienen, jede überstürzte Annäherung meinerseits vorsorglich zu unterbinden.

Die Besuche der Lektorin sind seltener geworden. Seit über einer Woche habe ich sie nicht mehr gesehen. Unsere Beziehung war in eine immer frostigere Phase getreten.

An dem Tag, als die Frau des Vorstandsvorsitzenden anrief, war sie gerade gekommen und arrangierte Blumen in einer Vase.

Sie wollte wissen, wer es gewesen war.

Ich erzählte ihr die Geschichte. Darauf musterte sie das Bild, als sähe sie es zum ersten Mal.

Ich schilderte ihr meine Sorgen. War es überhaupt noch gerechtfertigt, mich weiter zu Hause einzuschließen?

Aber Risiken sind immer schwer einzuschätzen. In Zeiten des Übergangs ist nichts vorhersehbar.

Wenige Tage nach den Wahlen hatte die Hausmeisterin mir Geschichten von Entführungen und Überfällen erzählt, die zweifellos auf das Konto extremistischer Gruppen gingen, die vom Verlauf des politischen Prozesses enttäuscht waren.

Ich war verwirrt, fühlte mich isoliert. An jenem Abend wurde mir ihre Anwesenheit lästig.

Nach dem Essen setzte sie sich zu mir. Sie kuschelte sich an mich. Taktvoll ließ ich sie gewähren. Doch diese immer wiederkehrende Situation machte mich nervös.

»Ich leg mich aufs Ohr. Tschuldige. Ich bin müde …«

Ich ließ sie auf dem Sofa liegen, halb entkleidet. Sie tat mir leid mit ihrer gedemütigten und überraschten Miene, aber an dem Tag konnte ich sie einfach nicht ertragen.

Ich legte mich hin, ohne das Licht anzuknipsen, und wünschte mir nur, sie gehen und die Wohnungstür schließen zu hören.

Doch an diesem Abend war es die Schlafzimmertür, die aufging und sich wieder schloß.

Ich blieb ruhig liegen, als wäre ich eingeschlafen. Ich merkte, wie sie durch den Raum ging und die Kleider vom Bett nahm.

Nach all der Zeit gab sie sich zum erstenmal ohne Widerstand hin.

Ich versank lange in ihrem offenen, sanften, ganz und gar nicht teilnahmslosen Körper.

Wir frühstückten sehr zeitig, und sie machte sich direkt auf den Weg zum Verlag. Ihr Gesicht war entspannt, ihre Gesten waren ruhig. Sie sprach mit ungewöhnlicher Fröhlichkeit, machte aber nicht die kleinste Bemerkung über unsere erste Liebesnacht. Ich selbst war unbeschwert wie lange nicht.

An diesem Abend kam sie nicht und rief auch nicht an.

Als wir uns Tage später wiedersahen, schien sie mir trauriger und angespannter als je zuvor.

Behutsam versuchte ich die in jener Nacht begonnene Beziehung wiederaufzunehmen. Ich merkte, daß alle ihre Widerstände zurückgekehrt waren.

So begann nach und nach die Entfremdung.

Die Beerdigung

Ein außergewöhnlicher Sommer bricht über die Stadt herein.

Zwischen den Gebirgskämmen wird der Himmel aschgrau, wie ausgeglüht.

Die tote Luft hält Geräusche und Gerüche am Ort ihrer Entstehung fest.

In mondlosen Nächten spiegeln sich die Galaxien im Fluß.

Auf den Straßen drängen sich die Menschen. In den Kneipen fließen bis in den Morgen Ströme von Bier und Whisky. Im Lärm der Stimmen und der Musik ist manchmal das Knallen von Sektkorken zu hören.

Am Stadtrand sprießen neue Fabriken aus dem Boden, ganze Viertel, um die Arbeitskräfte unterzubringen, die ihre ausgelaugten Äcker im Landesinneren verlassen.

Es herrscht längst viel zu starker Verkehr für die beengten Dimensionen des alten Stadtkerns.

Nach meiner langen Klausur finde ich eine verwandelte Stadt vor. Und ich kann kaum unterscheiden, was sich in mir verändert hat und was in der Stadt.

Eines Morgens kam die Tochter der Hausmeisterin in aller Frühe und teilte mir mit, ihre Mutter werde heute nicht kommen, wahrscheinlich werde sie überhaupt nie mehr kommen. Sie habe in der Nacht einen 'Anfall' gehabt, und jeden Augenblick sei mit ihrem Tod zu rechnen.

Ich fühlte mich verloren in der Wohnung.

Der ganze Alltag war auf sie eingestellt. Ich wußte nicht, wie ich diese Leere füllen sollte.

»Ist es überhaupt noch gerechtfertigt, mich weiter zu Hause einzuschließen?«

Den ganzen Tag schlug ich mich mit dieser Frage herum, an die ich in letzter Zeit immer häufiger denken mußte.

Am nächsten Morgen ging ich am Fluß spazieren.

Die Temperatur war mild.

An den Zweigen sprossen unzählige helle Knospen.

Ich zog den Spaziergang in die Länge, ging hin und wieder zurück, entfernte mich vom Haus, blickte zu den Fenstern meiner eigenen Wohnung hoch, als wartete ich darauf, mich hinter den Scheiben zu erkennen.

Und unversehens folgte ich dem Flußufer bis ins Zentrum der Stadt.

Ich überquere den Platz, gehe um den Burghügel herum.

Die Allee, die zum Friedhof führt, ist von den Veränderungen unberührt geblieben. Im Schat-

ten der Linden ist die Luft nach wie vor mild und duftend.

Ich nehme an der Beerdigung der Hausmeisterin teil, als würde ich ein Ritual vollziehen.

Es ist das Ende eines Abschnitts in meinem Leben, in dem ich mich kaum wiedererkenne. Ihr Verschwinden hat es mir aufgezwungen.

Auf dem Rückweg hat das Licht noch Kraft, obwohl die Sonne bereits hinter die Berge gerollt ist.

Seit ich wieder in die Stadt gehe, bin ich noch nicht in der Hotelbar gewesen.

Ich steige langsam den Hang hinauf, als müßte ich den Weg neu lernen.

Bevor ich eintrete, bleibe ich auf dem kleinen Platz stehen und sehe, wie die Nacht hereinbricht.

Im Brunnen fließt das Wasser in dünnen Fäden aus den sieben halbkreisförmig angeordneten Röhren. Jede Röhre ist gekrönt von dem Symbol für eins der Metalle der Alchimisten. Die Symbole für Eisen und Kupfer entsprechen den Symbolen für männlich und weiblich. Über jedem gibt es eine Männer- und eine Frauengestalt mit einem Sonnen- und einem Mondkopf, dazwischen jeweils einen Salamander.

Im Hotel ist scheinbar noch alles beim alten. Der Portier hat mich erkannt:

»Wieder zurück, Herr Doktor?«

Welchen Unterschied gab es für ihn schon zwischen meiner Klausur und der Flucht der Honoratioren?

Es ist die Stunde der Rückkehr, der Sicherung

alter Privilegien, unbeschadet der neuen Klassen, die sich aus den Ablagerungen des Elends erheben, um Waren zu konsumieren, die ihnen die Illusion von gesellschaftlichem Aufstieg geben.

Der Barkeeper registriert mich aufmerksamer. Vielleicht hat meine Rückkehr ja eine Bedeutung, die er entschlüsseln möchte. Im Gegenzug erhoffe ich von ihm Informationen über die früheren Stammgäste.

Als ich mich an die Theke setze, bedient er mich, als hätte ich gestern noch dort gesessen.

Ich schaue mich um und erkenne keinen der Gäste, von denen die meisten ohnehin Fremde auf der Durchreise sind.

Ich frage lieber nicht nach den Figuren des alten Regimes, über deren Rückkehr ich mich genausogut in den örtlichen Zeitungen informieren kann, und tue so, als gehörte ich 'dazu'.

Und schon kommt er auf ihren neuen Country Club zu sprechen, von dem sie bewußt wenig Aufhebens machen.

»Hier werden immer noch Geschäfte gemacht«, sagt der Barkeeper, »aber nicht mehr so wie früher. Sie kommen nur ab und zu her, um sich mit den Ausländern zu treffen ...«

Während ich ihm zuhöre, sehe ich das Bild an der Wand wieder, das langsam allen Sinn verliert.

Ich möchte nicht am Tresen sitzenbleiben, bis das Gespräch uns auf das gleiche Verliererniveau hinabzieht.

Ich frage ihn, ob er mir von den neuen Restaurants, die die Stadt überschwemmen, eins empfehlen kann.

»Nichts Erstklassiges. Eine Reihe dieser Stehimbisse, die eine oder andere auf luxuriös getrimmte Kneipe für die Neureichen ... Das einzige, was sich vielleicht lohnt, wo Sie ja gerne mit Künstlern verkehren, ist ein einfaches, aber anständiges Restaurant.«

Das Gasthaus liegt auf der anderen Seite des Flusses, in der Nähe der Bierkneipe, wo ich die Schläger des Dealers kennenlernte.

Es ist ein sauberer, nüchterner Raum, ohne falschen Luxus oder Konzessionen an den Geschmack des aufkommenden Kleinbürgertums. Weiße, schmucklose Wände, Holzmöbel, niedrige Decken, ein Herd im Barbereich.

Nicht ohne Überraschung entdecke ich an einem Tisch im hintersten Winkel des Speiseraums die Verlagslektorin.

Ich beobachte sie schon eine Weile, als sie mich sieht.

Sie ist mit einer jungen Frau zusammen, deren opulenter Schmuck ihre einfache Herkunft verrät und den Wunsch, diese zu überwinden.

Während ich sie beobachte, kommt es mir vor, als bemühte sich die Lektorin um eine demonstrative, ja didaktische Haltung, obwohl die ganze Atmosphäre eher an eine Verführungsszene erinnert.

Doch die junge Frau wirkt, als wäre sie in Gedanken ganz woanders, sie hört zerstreut auf die Musik im Hintergrund, zu deren Rhythmus sie auf das Tischtuch klopft.

Die Lektorin muß meinen beharrlichen Blick gespürt haben. Als sie sich umdreht und mich sieht, reagiert sie unentschlossen, ein Reflex, der erst einige Sekunden lang reifen muß, bis sie mich schließlich anlächelt und mich an ihren Tisch winkt.

Wir haben uns schon ewig nicht mehr gesehen. Die Kommunikation mit dem Verlag ist inzwischen rein sachlich geworden, reduziert auf Vorgänge wie Manuskriptabgabe und Entgegennahme des Honorars.

Unsere persönlichen Kontakte waren immer seltener geworden und schließlich völlig ausgeblieben.

Die Entfremdung war zwar brüsk, aber ohne Aggression oder Enttäuschung.

Die Wirtin begrüßt die Gäste in einem undefinierbaren Akzent, geht an die Tische, beginnt Gespräche, wenn sie an jemandem interessiert ist, vor allem mit den wenigen Intellektuellen und Künstlern, die in der Stadt leben oder zu Besuch kommen.

Während des Essens setzt sie sich an den Tisch. Offenbar kennt sie die Lektorin gut genug, die vielleicht sogar Stammgast ist. Doch sie ist auch ganz allgemein um ein ungezwungenes Verhältnis zu den Gästen bemüht.

»Füllen Sie gerade das Karteikärtchen über mich aus?« fragte ich sie irgendwann, als die Neugier unübersehbar wurde.

»Ich lege es gerade an. Zum Ausfüllen nehme ich mir lieber Zeit.«

Die Nachricht

Die 'Nachricht' zog ganz allmählich Kreise, wie eine unterirdische, fast unmerkliche Erschütterung, die bald die ganze Stadt erfaßt hatte.

Wer sie zum erstenmal hörte, hatte Mühe, sie zu glauben.

Was ihn nicht daran hinderte, sie in seiner nächsten Umgebung weiterzuerzählen.

Ob besorgt oder ungläubig, humorvoll oder dramatisch, am Ende war er zu einem passiven Medium der Übermittlung geworden, hatte das Schwingungsfeld jener Partikel betreten, die sie weitertrugen und ihr Glaubwürdigkeit verliehen.

Zum erstenmal hörte ich sie im Gasthaus.

Ich weiß nicht mehr, aus wessen Munde.

Seit der 'Nachricht' ist das Leben in der Stadt nicht mehr wie zuvor.

In der ersten Zeit war es, als würden die Bewohner von einer plötzlichen Verzagtheit befallen.

In den Geschäften sank der Umsatz auf beunruhigende Weise.

Orte der Geselligkeit waren verlassen.

Selbst die Mienen der Leute, denen man begegnete, drückten eine Art innerer Leere aus, als hätten sie von jedem Vorhaben, jedem Wunsch Abstand genommen.

Sie zogen durch die Straßen, vereinzelt oder in kleinen Gruppen, fast immer schweigend, mit bekümmertem Gesicht.

Die Brücke, auf der man früher nur selten jemanden antraf, füllte sich mit Leuten, die sich ans Geländer lehnten und zerstreut dem dahinströmenden Fluß nachschauten.

Es muß gegen Ende des Sommers gewesen sein, als die 'Nachricht' zu kursieren begann.

An den milden Nachmittagen und frühen Abenden wanderten schwermütige Spaziergänger die Ufer entlang.

Dann kam der Winter, und die Stadt erwachte plötzlich zu unerwartetem Leben. Die 'Nachricht' war nicht vergessen, doch sie kroch nur noch unterirdisch dahin. Heimlich fast. Vielleicht, damit es leichter war, sie zu ignorieren oder sich an sie zu gewöhnen. Oder weil ihre Bedeutung für das Schicksal jedes einzelnen unter der zunehmenden Unbestimmtheit von unser aller Schicksal verschwand.

Manchmal kam es mir vor, als hätte der Verkehr nachgelassen. Vielleicht waren viele Leute ja längst aus der Stadt geflüchtet oder aus dem Urlaub nicht zurückgekommen.

Doch die Gesichter derer, die geblieben waren, lebten auf, waren fast euphorisch, nie hatte es das gegeben, nicht einmal während der kurzen Illusion des Fortschritts.

Die Geschäfte, Restaurants, Kneipen füllten sich wieder mit Menschen, das Nachtleben kam in Schwung.

Es war eine geradezu fiebrige Atmosphäre, als lösten die Beziehungen zwischen den Personen sich von all jenen Zwängen, die als längst verblaßte Zeugen alter Denk- und Lebensweisen noch überdauerten.

Das Gasthaus war mein unmittelbarster Beobachtungsposten, wo ich versuchen konnte, die augenfälligen, aber unverständlichen Symptome des Fiebers zu entziffern. Während des Essens, den ganzen Abend über, kam ich mit den verschiedensten Leuten in Kontakt, und jedem war auf seine Weise die Krise anzumerken.

In jenen depressiven Tagen erschien die Verlagslektorin nur selten.

Wenn sie kam, dann fast immer allein.

Damals bildeten wir Stammgäste eine kleine Gruppe. Manchmal schloß sie sich uns an. Meist ging sie aber schon früh.

Ihr verändertes Verhalten machte mich als erstes auf die Zeichen des Fiebers aufmerksam, das auf die Stadt überzugreifen begann.

Nach einer relativ langen Abwesenheit sah ich sie eines Tages kommen. Sie hatte sich auf eine Weise herausgeputzt, wie ich es ihr nie zugetraut hätte.

Es war ein Essen unter Frauen, eine von ihnen hatte Geburtstag, und am Ende gab es Torte und ein Ständchen.

Von da an kam sie wieder öfter, und ich merkte, daß ihre Beziehung zu dem Geburts-

tagskind keinen falschen Zungenschlag kannte, nur ungetrübte Zufriedenheit.

Die Abende im Gasthaus wurden wieder lebhafter und geselliger, zogen sich bis in die Nacht hinein, manchmal in Festtagsstimmung.

Die ganze Stadt vibrierte, als hätte die unterirdische Bedrohung, auch wenn noch niemand sie bestätigten konnte, alle Tabus hinweggefegt, als würden sich alle wieder ungehemmt dem Lustprinzip hingeben.

Doch zugleich traf der ökonomische Niedergang die Bevölkerung immer mehr, so als geschähe alles ganz zufällig, ohne sich auf bestimmte Personen und Klassen zu konzentrieren, anscheinend ebenso ungerichtet und irrational wie am Anfang der allgemeinen Unruhe.

Damals erhielt ich auch einen Brief des Verlegers.

Die Notwendigkeit, die Firma umzustrukturieren, zwinge ihn, das Büro vor Ort zu schließen, unsere Zusammenarbeit bliebe davon jedoch unberührt.

Er entschuldige sich, mir diese Entscheidung nicht persönlich mitteilen zu können, und hoffe sehr auf ein baldiges Treffen in der Hauptstadt.

In der Anlage ein Arbeitsplan und eine neue Honorarliste.

Am selben Abend traf ich die Lektorin im Gasthaus. Sie war allein. Schlicht gekleidet und sichtlich gelassen. Der fast schon beängstigende Glanz dieser kurzen Euphorie war etwas stumpf geworden.

»Hast du schon gehört?« fragte sie mich.

»Ja. Und wie geht es mit dir weiter?«

»Ich habe keinen Grund zu klagen. Ich werde für das Stammhaus arbeiten. Die anderen stehen allerdings auf der Straße. Und du, was ist mit dir?«

»Er verlängert den Vertrag, paßt die Bedingungen an, die üblichen Höflichkeitsfloskeln.«

»Hat er dir persönlich geschrieben?«

»Ja.«

»Na immerhin. Ein gutes Zeichen.«

»Fällt es dir schwer, die Stadt zu verlassen?«

»Ich bin hier geboren.«

»Das ist kein Grund. Wenigstens zwingt dich irgendwas, dieses Loch zu verlassen.«

»Und du, wo du nicht mal von hier bist? Willst du bleiben?«

Seit die Nachricht kursierte, stand die Frage im Raum. Irgendein Verteidigungsreflex hatte es stets geschafft, daß ich ihr auswich.

Ich verabschiedete mich mit dem Gefühl, daß ich sie nicht wiedersehen würde.

Ich blieb allein und zergrübelte mir den Kopf über die Frage:

»Und du? Willst du bleiben?«

Die Wirtin leistete mir Gesellschaft.

»Denkst du nach?«

Bei der Frage mußte ich lachen.

»Was ist daran so witzig?«

»Man fragt nicht jemanden einfach so, ob er auf der Flucht vor der Polizei ist, ob er HIV-positiv ist, ob er seine Großmutter umgebracht hat!«

»Ich habe doch bloß gefragt, ob du nachdenkst ...«

»Eben. Glaubst du, in dieser Stadt könnte sich jemand den Luxus erlauben und nachdenken, ohne daß er dabei zu einem gefährlichen Monstrum wird?«

Der Freund der Wirtin kam herein.

Statt sich wie gewöhnlich mit seiner Flasche Whisky in eine Ecke zu verziehen und darauf zu warten, daß die letzten Gäste gingen, setzte er sich zu uns.

Er ist ein sportlich auftretender junger Mann, gekleidet mit der Affigkeit eines Zuhälters.

Sie begrüßte ihn zärtlich, holte ihm die Flasche und ein Glas.

»Er geht auch weg!« sagte sie beim Aufstehen.

Mit herablassender Miene sah er zu mir herüber:

»Ich habe Arbeit ...«

»Was machen Sie denn?«

Er antwortete nicht gleich, sondern griff nach der Flasche und schenkte sich ein.

Dann steckte er sich eine Zigarette an, als wollte er sich hinter der Rauchwolke verstecken.

»Ich bin Söldner.«

Sein Blick war fest und abgeklärt. Vielleicht auf eine leicht provokative Art angespannt.

»Wohin gehen Sie?« fragte ich ihn, als wäre es nicht etwa schockierend, sondern das Natürlichste von der Welt.

»In unserem Beruf sind die meisten Missionen geheim ...«

»Ja sicher! Ich bin mit der Problematik Ihres Berufes nicht sehr vertraut. Obwohl sie mich schon interessiert ...«

»Interessiert in welcher Hinsicht?«

»Offen gestanden habe ich, um meine Haut zu retten, schon viele Dinge getan, die Sie mir nicht zutrauen würden. Sie werden verstehen, daß ich eine gewisse Bewunderung für Leute hege, die ihr Leben gewohnheitsmäßig aufs Spiel setzen ...«

»Ist Ihnen schon aufgefallen, daß Sie jeden Tag Ihr Leben aufs Spiel setzen, ohne es zu merken?«

»Genau! Ohne es zu merken ...«

»Und jetzt sogar hier!« schaltete sich die Wirtin ein. »In letzter Zeit ...«

Trotz des Kommentars kam niemand auf die 'Nachricht' zu sprechen, noch auf das, was sie für uns alle bedeutete.

»Willst du denn bleiben?« fragte ich sie.

»Bis auf weiteres!«

Ich ging zurück über die Brücke, nahm den Weg am Ufer entlang. Der Fluß führte noch reichlich Wasser, doch die milde Brise ließ bereits den Frühling erahnen.

Die Stadt wurde erneut von Verbrechen heimgesucht. Doch alle Angst war verflogen.

»Benutz niemals eine Waffe. Du mußt sie nur haben«, hatte der Dealer immer gesagt.

Ich habe niemals die Waffe benutzt, die er mir gab. In dieser Nacht erkannte ich, daß alle Angst von mir abgefallen war, daß weder die neuen Verbrecher noch die Gespenster aus der Vergangenheit mich wirklich treffen konnten.

»Und du? Willst du bleiben?«

METAMORPHOSEN

Zwischen allen Stühlen

Die Auszählung näherte sich dem vorläufigen Endergebnis.

Jedesmal, wenn neue Daten kamen, schwankte das Resultat weniger. Überraschungen waren keine mehr zu erwarten. Die politischen Kommentatoren und Vertreter der Parteien versuchten ihre Positionen zu rechtfertigen oder alle Fakten als Erfolg zu verbuchen, die sie in irgendeiner Weise betrafen.

»Kann ich ausmachen?« fragte der Hausherr.

Keiner war mehr interessiert an der Berichterstattung über die Regionalwahlen, deren Ergebisse sich, abgesehen von einer höheren Stimmenthaltung, nicht sonderlich von denen der Parlamentswahlen vor zwei Jahren unterschieden.

»War doch klar, daß die Nichtwähler gewonnen haben. Die Politiker sollten sich lieber enthalten, statt uns partout weiterregieren zu wollen«, fuhr der Hausherr fort.

Wir saßen alle am Tisch. Das Interesse an den Wahlergebnissen hatte sich verflüchtigt. Die Gespräche gingen in eine andere Richtung oder kreisten um allgemeine Themen.

»Vielleicht ist es ja an der Zeit, daß du dein

anarchistisches Projekt in die Praxis umsetzt«, bemerkte jemand.

»Es gibt keine anarchistischen Projekte. Anarchie entsteht von allein. Durch den Verfall der Macht ...«

»Dann muß die Anarchie ja kurz bevorstehen!«

»Das Dumme ist, daß nicht die Macht verfällt. Auf den Hund gekommen sind bloß die Politiker!«

Der Lärm von Hupen und Stimmen, von rhythmischen Rufen, Motoren, Menschen in Bewegung kam näher.

Die Straße wurde überschwemmt von einem Meer wehender Fahnen, von Demonstranten, die mit vollen Händen Broschüren und Aufkleber verteilten, Parolen ausriefen, in bekannter Siegerpose die Arme reckten.

Die Karawane zog rasch vorüber.

Bald kehrte wieder Stille in die leere Straße ein, wo nur der Wind die zurückgelassenen Zettel aufwirbelte.

»Die meisten dieser begeisterten Demonstranten haben mit dem Ergebnis der Wahlen vermutlich nur zu verlieren!«

»Ich bin mal gespannt, wie viele von ihnen innerhalb eines Jahres auf die Seite der Gefallenen überwechseln ...«

»Das ist ja grauenhaft!« bemerkte die junge Schauspielerin. »Ihr denkt ja einer wie der andere. Habt ihr diese Unterhaltung geprobt, oder was?«

»Wart's nur ab, wenn wir erst den gemeinsamen Feind vergessen haben ...«

»Welchen gemeinsamen Feind? Den einbalsamierten Diktator?«

»Könnte man so nennen. Ein schönes Bild für die Metamorphosen der Macht.«

»Wie wohl die Gefallenen über die politischen Umschwünge der letzten Jahre denken?«

»Viele würden es noch fertigbringen, dem Alten nachzutrauern. Lebendig oder einbalsamiert, war eh dasselbe ...«

»Die meisten sind diesmal bestimmt gar nicht erst zur Wahl gegangen.«

»Vielleicht haben sie ja recht. Egal wie es ausgeht, sie haben nichts zu verlieren und nichts zu gewinnen ...«

»Ach übrigens«, sagt der Hausherr und führt mich am Arm in ein kleines Nebenzimmer, »wie weit bist du eigentlich mit deinem Roman über die Gefallenen?«

»In einer Sackgasse ...«

»Das wundert mich nicht!« bemerkt er und lacht fast so, als freute es ihn. »Warum begibst du dich auch auf ein Terrain, das dir fremd ist?«

»Wie soll ich dir denn etwas erklären, von dem ich selbst nicht weiß, ob ich es richtig verstehe?«

»Wieso bist du überhaupt darauf gekommen, dir dieses Thema vorzunehmen?«

Ich erzählte ihm von dem Abend nach dem ersten Wochenende mit der jungen Schauspielerin, von dem Selbstmordversuch meiner Exfrau, dem langen Gespräch beim Abendessen nach der Fernsehreportage.

»Ein Satz meiner Schwiegertochter hat mich auf die Idee gebracht, die Gefallenen zum Thema zu machen: 'Ein Mensch ohne alle Bindungen, praktisch ohne Identität, kann spurlos verschwinden, ohne daß jemand es merkt ...' Wie du siehst, bin ich weit vom Neorealismus der Stammtische entfernt, wie du es nennst ...«

»Führt ihr Privatgespräche?«

»Für dich gibt es keine Privatgespräche hier im Haus, mein Schatz. Es sei denn, unsere eigenen ...«

Die Dame des Hauses und eine mir unbekannte Freundin schlossen sich uns an.

»Es kam mir so vor, als würdet ihr von den Gefallenen sprechen. Wahnsinn, wie ein Wort, das irgendwer in Umlauf bringt, auf einmal mehr Kraft haben kann als alles, was es ursprünglich bedeutete ...«

»Wir sprachen gerade über ein Romanprojekt ...«

»Dein Mann findet es lächerlich, daß ich mich auf so was einlasse. Ich habe ihm gesagt, daß ich keine Sozioliteratur schreiben werde.«

»Ich bin überhaupt nicht seiner Meinung. Ich finde, du kannst dir wunderbar die Gefallenen zunutze machen, ohne in eine Elendsfolklore zu verfallen.«

»Irgend jemand wird sich die Gefallenen sowieso zunutze machen«, merkte die Freundin an. »Habt ihr schon die Kollektionen für die nächste Saison gesehen? Wir werden uns alle im Stil der Gefallenen anziehen – ihr auch!«

»Das haben die Modeschöpfer auch schon mit den Hippies gemacht.«

»Und mit den Existenzialisten ...«

»Und wenn es zu Zeiten der Lepra eine Konsumgesellschaft gegeben hätte, wären bei Hofe bestimmt auch Damen mit Pusteln aus Rubinen rumgelaufen ...«

»Ist doch klar, daß dieser Trend mit den Gefallenen Gewinn abwerfen wird, egal wie kurzlebig er ist.«

Die ersten Gäste kehrten dem Abend den Rücken und kamen sich verabschieden.

Die junge Schauspielerin nahm die Gelegenheit wahr:

»Gehen wir auch?«

»Wo möchtest du denn hin?«

»Ich hätte Lust aufs Meer!«

Die Luft war kühl und feucht.

Wir fuhren die noch leeren Straßen hinunter in Richtung Hafen.

»Was macht dein Anarchistenfreund eigentlich?«

»Er leitet eine Firmengruppe. Ein Experte mit Phantasie in wirtschaftlichen Dingen ...«

»Und darüber hinaus kultiviert er eine anarchistische Pose, um seine Freunde zu 'verblüffen' ...«

»Ich glaube, das macht er mehr zum Ausgleich. Als Gegengewicht zu den Geld- und Machtspielchen, die er sich nicht ausgesucht hat. Er ist damit aufgewachsen. Eigentlich wollte er malen, nicht bloß sonntags, und Essays schreiben über Kunst ...«

»Wenn er nicht die schwere, schwere Bürde seines Erfolgs zu tragen hätte, wäre er sicher ein Genie …«

Als wir beim Hafen ankamen, überschwemmten die Wellen das Pflaster, schwappten zwischen den Lagerhäusern hindurch bis in die Straßen.

Ich parkte den Wagen weit vom Dock entfernt, geschützt vor dem salzigen Nebel, den der Wind gegen die Stadt warf.

»Ist dir schon aufgefallen, daß du immer über alle Leute herziehst?« fragte ich sie, während ich ihr half, das Haar unter den Kragen des Regenmantels zu stecken.

»Allerdings«, antwortete sie knapp.

Doch gleichzeitig, vielleicht auch wegen der Kälte, drückte sie sich näher an mich.

Riesige Wellen kamen aus der Nacht und zerstoben an der Mauer im spärlichen Schein der Laternen am Kai. Das Salzwasser rann an den Wänden hinab, strömte über das unregelmäßige Pflaster und riß den angesammelten Müll vom Wochenende mit.

Ein ganzes Schattenvolk huschte bei diesem Sturmwetter zwischen den düsteren Massen der Lagerhäuser dahin.

Montagmorgen, wöchentlicher Ruhetag, auf dem Markt waren alle Hallen geschlossen.

Nur die große Kantine, wo gewöhnlich die Arbeiter von den Docks und die Nachtschwärmer einkehren, war noch offen und tauchte das überschwemmte Straßenpflaster in kräftiges Neonlicht.

Unter einem dichten Rauchschleier tummelte

sich darin ein buntes Völkchen von Gästen und Kellnern, fliegenden Händlern, Bettlern, Varietékünstlern, die dort saßen, an den Wänden entlang auf dem Boden lagen, zwischen den Tischen umherrannten und in einem Kreis in der Mitte ihre Show machten, wo das Licht am hellsten war.

In dieser stürmischen Nacht war es nicht schwer, einen freien Tisch ganz in der Nähe der Küche zu bekommen, wo wir dachten, wir würden schneller bedient.

Während wir warteten, brachte der Kellner Wein, Brot und Käse, womit er uns auf unbestimmte Zeit zu beschäftigen gedachte.

»Du hast recht. Manchmal bin ich wirklich ein bißchen nervtötend«, sagte sie auf einmal, sicherlich als Reaktion auf meine Bemerkung, die ich längst vergessen hatte.

»Ich habe nicht gesagt, daß du nervtötend bist. Ich habe keine Geduld mit Nervensägen. Deine Aggressivität amüsiert mich. Und außerdem stimmt sie mich zärtlich ...«

»Vielen Dank. Aber ich spiele nicht gern den Clown. Auch nicht für den gefühlvollen Herrn ...«

»Nimm's mir nicht übel, aber deine Aggressivität schlägt bei mir eine zärtliche Saite an. Auch wenn ich mal nicht mit der Zielrichtung deiner Pfeile einverstanden bin.«

»Diese Ambivalenz sehe ich selbst. Im Grunde ist es meine eigene Ambivalenz. Ich bin weder hier noch da. Ich gehöre weder zu meiner noch zu deiner Generation. Ich kann diese Pseudogewißheit eurer fertigen Ideen einfach nicht unterschreiben, eure als Programme verkleideten Utopien, den ganzen Self-made-Rationalismus. Noch weniger ertrage ich allerdings diese selbstzufriedene und aufgeblasene Haltung meiner Zeitgenossen, ihre Unterwürfigkeit gegenüber der Macht, ihre Unkultur, die Langeweile, die ihnen aus allen Poren dringt ...«

»Du sitzt eben zwischen allen Stühlen. Man hat dich in die Welt geworfen, und du bist zwischen allen Stühlen gelandet. Seit ich dich kenne, versuche ich, dich auf eine Seite zu ziehen. Auf meine Seite. Das hat überhaupt nichts mit der Generation zu tun. Darüber haben wir schon oft gesprochen. Es ist eine Frage des Bewußtseins. Und das Bewußtsein wird von Generation zu Generation weitergetragen, in einem ständigen Konflikt, der nichts mit dem *generation gap* zu tun hat ...«

»He, Glatzkopf, willst du der Kleinen keine Rose spendieren?«

»Ich mag keine Rosen«, antwortete sie an meiner Stelle.

Es war ein Zwerg mit krächzender Marionettenstimme.

Welcher Generation er wohl angehört, dachte ich auf einmal. Er hatte in der Tat kein bestimmtes Alter. Die runzlige Gesichtshaut war mit Clownsschminke übermalt. Die Augen waren feurig und voller Haß.

»Ich hab dir doch gesagt, daß ich keine Rosen mag«, sagte sie noch einmal, nicht minder energisch und kategorisch.

Er schlug einen anderen Ton an. Eine lieblichere Stimme, ein komplizenhafter Blick:

»Ich hab hier was, das dir gefallen wird ...«

Aus der Innentasche seiner Jacke zog er eine Packung Präservative.

Wir prusteten los.

»Das mag ich noch weniger als deine Rosen«, sagte sie.

Der Zwerg ließ nicht locker. Er drehte sich zu mir und zwinkerte.

»Dazu wirst du nicht nein sagen ...«

Wie aus dem Ärmel gezaubert, lag ein kleines, rundes Schächtelchen in seiner offenen Hand, mit aufgedruckten orientalischen Schriftzeichen.

»Sehr gut«, sagte er, »sehr gut! Steht immer! Da hast du nie mehr Probleme ...»

Ich nahm drei oder vier Münzen und legte sie auf die Schachtel in dieser seltsamen Hand.

»Behalt's ruhig, du kannst es brauchen.«

Er sah mich mit aufgesetztem Ernst an. Und während er die Münzen eine nach der anderen einsteckte, schluckte er demonstrativ, hörbar trotz des Lärms ringsum.

»Du hast recht», sagte sie, »ich sitze zwischen allen Stühlen.«

Der Kellner kam mit dem Essen.

»Hast du nie wieder etwas von deinem 'verstorbenen' Freund gehört? Ich habe den Eindruck, daß er es verstanden hätte. Er muß sein Leben lang an seinen Überzeugungen so gezweifelt haben wie ich. Nur daß er dafür teuer bezahlt hat ...«

»Da gibt es einen Unterschied: Er hatte sich im Grunde schon entschieden, nur hat er es nicht durchgehalten ... Aber ich habe tatsächlich nichts mehr von ihm gehört. Am selben Tag, an dem dieser Bericht kam, habe ich ihn auf die Liste der Toten gesetzt. Da habe ich immer gedacht, er lebt irgendwo, und kaum höre ich von ihm, ist er für mich tot ...«

»Du willst nur deine Privilegien verteidigen. Das Privileg eines erfüllten Schicksals, und daß du unter 'allen' Umständen konsequent geblieben bist ... Unangenehme Erinnerungen, unbequeme Menschen: ab ins Massengrab mit ihnen!«

»Und wieso nicht?«

»Weil das nicht zu den 'Prinzipien' paßt ...«

Sie betonte, ganz Schauspielerin, die Worte, als ob sie sie in Anführungszeichen setzte.

»Oder findest du, daß dein 'verstorbener' Freund weniger Aufmerksamkeit verdient als die Gefallenen? Der Verlust des Rechts auf Konsequenz ist also geringer zu schätzen als der Verlust des Rechts auf Entlohnung?«

Durch die Glasflächen an der Decke sickerte der Morgen.

»Heute gehe ich zur Post. Wer weiß, vielleicht erwartet mich ja eine Auferstehung.«

»Hältst du es eine Minute aus, ohne dich zu langweilen?«

Ich sah, wie sie sich zwischen den Tischen hindurchschlängelte und die mittlerweile fast leere Bühne in der Mitte überquerte, mit den geschmeidigen und sicheren Bewegungen von jemandem, der seinen Körper als effizientes Werkzeug einsetzt.

Ich rief den Kellner und zahlte.

Der Zwerg kam mit seinen letzten Rosen noch einmal vorbei. Ich lachte ihn an.

»Gibst du mir noch etwas Geld? Du bist gar nicht so übel, wie du tust!«

Er streckte mir die Zunge raus und machte sich in Richtung Ausgang davon.

Der Raum leerte sich. Das Morgenlicht ließ den Schein der Neonröhren verblassen. Die Kellner hatten angefangen sauberzumachen.

»Tschuldige, daß ich dich hab warten lassen.«

»Hast du die Nase mal wieder nicht vollgekriegt?«

»So ungefähr.«

»Wann läßt du endlich diese Scheiße sein?«

Die Botschaft

Die Bar ist fast leer.

Nur wenige Paare haben sich in die spärlich beleuchteten Ecken zurückgezogen und sprechen mit gedämpfter Stimme.

Der Tisch, an den ich mich gewöhnlich setze, hat genug Licht zum Arbeiten, während ich auf sie warte.

Ich habe noch fast zwei Stunden vor mir und möchte mir genauer ansehen, was bei einer ersten, hastigen Lektüre von *Der Lauf des Flusses* unklar geblieben ist.

Heute morgen, als ich zur Post ging, schien die Stadt noch unter ihrer schwarzen Wolkendecke zu schlafen.

Der Weg zum Büro führt ganz nah am Postamt vorbei. Doch seit ich *Die große Reise* gelesen habe, sind Monate verstrichen, ohne daß mir danach gewesen wäre, diesen kleinen Umweg zu machen.

Erst gestern, als sie mich scheinbar grundlos fragte: »Hast du nie wieder etwas von deinem ‘verstorbenen’ Freund gehört?«, beschloß ich vorbeizugehen.

Ein umfangreicher Bericht wartete auf mich, schon seit über einem Monat.

Ich überflog ihn gleich in aller Eile, ohne auf die Einzelheiten zu achten.

Während ich auf mein Getränk warte, nehme ich seinen Text aus der Mappe, dazu Papier für Notizen.

Zwischen den Seiten finde ich Ausschnitte aus einer Zeitschrift vom Wochenende vor den Wahlen. Es ist eine Reportage über die Bewegung der Gefallenen, veröffentlicht zweifellos im Hinblick auf die noch unentschlossenen Wähler vor ihrem Urnengang, womit man das gesetzliche Verbot unterlief, während der 'Zeit des Nachdenkens' politische Werbung zu machen. Der Text ist illustriert mit dem Foto des mittelalterlichen Platzes einer Provinzstadt, wo sich die Gefallenen versammelt haben und die Verteilung leerstehender Wohnungen fordern.

Im Vordergrund hebt sich eine junge Frau von einer verschwommenen Menschenmenge ab. Genau in dem Augenblick, den der Fotograf festgehalten hat, muß sie den Kopf zum Objektiv hingewandt haben, ohne seine Anwesenheit zu bemerken, so als wollte sie eine Verbindung herstellen zwischen der Menschenmasse, die hinter ihr den Platz füllt, und etwas, das außerhalb des Bildraums liegt.

Diese durch die leichte Unschärfe der Konturen nur angedeutete Bewegung verleiht dem Foto einen Hauch von Aktualität, wie die Illusion einer Bewegung, welcher der Betrachter beiwohnt. Ich stecke den Ausschnitt wieder in die Mappe und blättere den Bericht durch.

Die Ankunft in der unbekannten Stadt

schließt an die Beschreibung des Flugs über verschneite Landschaften aus *Die große Reise* an.

Stille und Leere der sturmgepeitschten Räume erstehen wieder durch den Kontrast zum nahezu idyllischen Weg am Flußufer entlang.

Es ist, als hätte die ganze Zukunft bei dieser Ankunft schon ihre gültige Form gefunden.

Vielleicht brachte mich dieses ständige Abhängigsein vom Schicksal, gerade in den zufälligsten Situationen, dazu, bei der ersten Lektüre unsere gemeinsame Vergangenheit ungefiltert Revue passieren zu lassen, was den Text klarer machte und den Dealer als vagen Schatten aus alten Kneipenzeiten auftauchen ließ.

Es war an einem späten Nachmittag gewesen, in einer Kneipe am Hafen. Alle waren gegangen, nur wir beide saßen noch dort und leerten langsam eine Flasche.

»Warum lassen Sie Ihren Freund nicht einfach so, wie er ist?« fragte er mich ohne Umschweife.

»Warum lassen Sie Ihren Figuren immer nur die Wahl zwischen Unterwerfung und Tod?« fragte mich heute der Journalist beim Interview.

Ich weiß nicht mehr, wie die Unterhaltung mit dem Dealer weiterging. Ich weiß nicht, ob sie überhaupt weitergegangen ist, dort oder ein andermal an einem anderen Ort. Ich muß zugeben, daß die Botschaft untergegangen ist, vielleicht weil mir nicht bewußt war, wie sehr ich in das Leben meiner nächsten Freunde eingriff, einmal abgesehen davon, daß jeder in das Leben der anderen eingreift, unabhängig von aller Willensstärke oder Unterwürfigkeit.

Ob es diese Frage des Journalisten war, die mich wütend machte und veranlaßte, eine 'Botschaft' emotional aufzuladen, die rein sachlich gemeint war?

Jetzt, wo der Dealer tot ist und ich ihn nie mehr an der nächsten Ecke werde auftauchen sehen – in seinem Stil dem Ort und der Zeit angepaßt selbstverständlich –, jetzt bedaure ich, unsere Bekanntschaft nicht vertieft, ihn immer in die Grauzone der Randgestalten abgeschoben zu haben.

Allmählich kommt Leben in die Bar. Der Geräuschpegel der Stimmen steigt leicht, immer noch überdeckt von der Musikberieselung.

Ich schaffe es nicht weiterzulesen, und so versuche ich anhand der Indizien, die ich bisher aus seinen Texten herausgefiltert habe, die Stadt zu bestimmen, in der er, »verdammt zu Exodus oder Tod«, all die Jahre gelebt hat. Gedankenverloren zeichne ich den Fluß nach, die Straße zum Flugplatz, den Weg am Ufer entlang, die Altstadt rings um die Burg, die Brücke, die in das verbotene Viertel führt. Aus der imaginären Topographie leite ich den Verlauf der Fernstraßen ab und versuche sie zu den Bergen und den Feldern in Beziehung zu setzen.

Während ich fast automatisch die Stadt erstehen lasse und zugleich darum bemüht bin, sie unter den Städten, die mein Gedächtnis gespeichert hat, wiederzuerkennen, frage ich mich jedoch, welche tiefere Absicht sich hinter den anonymen Anrufen verbirgt, den aufeinanderfolgenden Berichten, die er mir geschickt hat, ohne sich je ausdrücklich zu erkennen zu geben oder den Ort seines Exils zu verraten.

Bei der ersten Lektüre von *Der Lauf des Flusses* hatte ich zunehmend den Eindruck, eine Textmontage vor mir zu haben, die eine bestimmte, unterschwellige Wirkung erzielen sollte.

Manchmal wirkt es wie die unmittelbare Aufzeichnung von Situationen, wie die Seiten eines Tagebuchs. Dann wieder sind die Texte ausgefeilt und distanziert. Die Erzählung wird irgendwann richtig schwerfällig. Reizlos. Als ginge es darum, den Zeitraum auszufüllen, der für das Lesen einer solchen Szene erforderlich ist. Eindeutig eine gelenkte Lektüre. Aber in welche Richtung? Nach welchem Plan?

Die Vorstellung muß mittlerweile zu Ende sein. Bei jedem Klingeln hoffe ich, die junge Schauspielerin hereinkommen zu sehen.

Der Hunger macht mich langsam unruhig. Aber auch der Wunsch, diese Obsession abzuschütteln, von der ich mich seit der Lektüre von *Die große Reise* befreit glaubte. Vor zwei Tagen hatte ich noch mit der größten Aufrichtigkeit sagen können: »kaum höre ich von ihm, ist er für mich tot …«

Und doch …

Noch einmal nehme ich mir den Schluß von *Der Lauf des Flusses* vor, in der Hoffnung, irgendeine Nachricht herauszulesen, die mit der angekündigten Katastrophe in Zusammenhang stehen könnte. Doch dann ist es das Bild der Stadt, in welcher die Nachricht *alle Tabus hin-*

weggefegt hat, *als würden sich alle wieder ungehemmt dem Lustprinzip hingeben*, das eine unerwartete Faszination auf mich ausübt.

Endlich kommt sie, eingehüllt in ihren Mantel und zitternd vor Kälte.

»Tu n'es pas seulement le plus pur joyau de mes filles, tu es celle sur qui je dépose toute ma tendresse ...«

»Und wer sind die anderen, chère Madame Irma?«

»Wie war die Vorstellung?«

»Wie immer. Oder vielleicht etwas anstrengender. Je öfter wir das Stück spielen ...«

»Unsere Freundin Irma nimmt die Rolle nach wie vor ernst?«

»Dramatisch ernst!«

»Keine Leidenschaft ist so groß wie die verschmähte Liebe ...«

»Weißt du, daß ich immer einen unglaublichen Hunger kriege, wenn die Aufständischen das Bordell stürmen?«

'Maison d'illusions' und imaginäre Stadt verblassen hinter der Speise- und Weinkarte.

Die Bar füllt sich mit Gästen, die aus dem Theater kommen.

»Ach übrigens, wie war eigentlich dein Interview?«

»Daneben. Ich glaube, ich habe mich verzettelt. Ich habe das Gespräch ins Emotionale abrutschen lassen ...«

»Und was stört dich daran?«

»Es war nicht ganz das, was ich wollte. Und es ist auch nicht gut rübergekommen.«

»Warum hast du dich nicht besser vorbereitet?«

»Das ist nicht so einfach. Am Ende rennt man immer mit dem Kopf gegen die Wand.«

»Welche Wand? Ich verstehe überhaupt nichts mehr! Die geben dir die Gelegenheit, dich an ein Millionenpublikum zu wenden, und du beklagst dich!«

»Ich weiß. Das ist schwer zu verstehen. Vielleicht muß man die Zeiten der Repression erlebt haben. Die Zeit der Zensoren. Ein Katz-und-Maus-Spiel. Das Wichtigste war, seine Botschaft unterzubringen. Eine Strategie zu finden. Zum Beispiel in einem Provinzblatt zu schreiben, wo die Zensoren weniger aufmerksam waren und nicht so auf die Feinheiten getrimmt. Dafür mußte man quer durchs Land fahren, bei Nacht und in Bummelzügen, die in jedem Kaff anhielten. Nur so war es zu schaffen, daß der Text am nächsten Morgen gedruckt wurde. Und trotzdem fielen die Artikel oft durch. Aus reinem Mißtrauen. Oder sie schnitten lächerliche Kleinigkeiten raus und ließen den Hauptteil passieren. Im Grunde genommen konnten nur Eingeweihte die Botschaften verstehen ...«

»Was sind denn das für Räuberpistolen?«

»Die üblichen ...«

Der Anarchist und Unternehmer war soeben mit seiner Frau hereingekommen.

»Wir haben euch schon überall gesucht. Wir wollten dich zu deiner wunderbaren Carmen beglückwünschen ...«

»Die beste Aufführung vom *Balkon*, an die ich mich erinnern kann«, sagte die Frau, »auch wenn sie nicht gerade von Werktreue zeugt, wie mir schien ...«

»Vielleicht nur übersetzerische Freiheiten ...«

»Mehr als das. Dieselbe Tendenz wie bei allen Inszenierungen, viel zu viele Striche. Manchmal auf Kosten wichtiger Szenen ...«

Der Kellner rückte einen Tisch heran und brachte noch einmal die Karte.

»Wir haben dich übrigens heute im Fernsehen gesehen.«

»Ihr seht aber auch alles!«

»Er ist nicht sonderlich überzeugt von dem Ergebnis. Wir sprachen gerade davon, als ihr reinkamt.«

»Und zu Recht. Er wollte uns geneigte Gebührenzahler glauben machen, er würde uns Ideen und Prinzipien vermitteln. Ist das nicht eine Frechheit? Wer hat schon Lust auf so was!«

»Genau das wollte ich unserer Carmen ja erklären. In diesem großen Bordell, in dem wir leben, simulieren die 'Illusionen' nicht die Wirklichkeit, sie wollen sie unter den Tisch kehren. Und wer nicht mitmacht, ist ein Spielverderber.«

»Wieso bist du dann eingeladen worden? Und wieso hast du angenommen?«

»Die Gelegenheiten, sich Gehör zu verschaffen, werden immer seltener, sofern man nicht zur Mafia dazugehört. Sie laden einen bloß ein, um der Welt vorzugaukeln, die Chancen seien für alle gleich ... Aber es gibt immer die Hoffnung, eine Botschaft unterzubringen, die ansonsten keiner hören will.«

»Der Alte wird sich noch im Grabe umdrehen: 'Dummkopf, wieso ist dir das nicht eingefallen, das Ei des Kolumbus!'«

»Im Ernst, daß die Zensoren dafür bezahlt wurden, wie wild draufloszuschnippeln, war eine große Hilfe für die Revolution!«

Die Unterhaltung wurde vom Kellner unterbrochen. Ich nahm die Papiere, die auf dem Tisch gelegen hatten, und deponierte sie auf dem Stuhl neben mir.

»Planst du eine Stadt?«

»Schön wär's! Nicht alle Tage werden neue Städte gebaut. Aber meine fiktiven Figuren haben ein Anrecht auf eine fiktive Heimat. Mit Stadtplan und allem Drum und Dran.«

»Merkwürdiger Plan. Hast du gesehen? Wenn du hier« – er nahm den Stift und zeichnete zwischen den beiden Bergketten einen Bogen – »eine Talsperre bauen würdest, hättest du ein riesiges Wasserkraftwerk. Unglaublich, wie dein Schauplatz der Talsperre ähnelt, die die Umweltschützer und Verteidiger des Kulturerbes auf die Barrikaden treibt.«

»Eine Talsperre?«

»Hast du nichts von den Plänen zu einem neuen Wasserkraftwerk gehört?«

Standfotos

Ich weiß nicht, bis wieviel Uhr wir gestern in der Bar geblieben sind.

Ich erinnere mich nicht, wie ich nach Hause oder ins Bett gekommen bin. Als hätte der Wein mein Bewußtsein gelöscht und nur vage Sinneseindrücke hinterlassen.

Als ich aufwachte, erinnerte ich mich allerdings an einen Traum, in aller Klarheit.

Ich war in einer unbekannten Stadt, allein in einer Menschenmenge auf einem Platz, dessen Umrisse sich in nebelhafter Ferne verloren, in einem Licht mit unbestimmter Herkunft, einer Helligkeit, die weder Tag noch Nacht war.

Ich bewegte mich langsam unter lauter Fremden vorwärts. Ich weiß, daß ich ein Ziel hatte, einer bestimmten Richtung folgte. Aber welches Ziel in dieser Masse gesichtsloser Körper es war, das weiß ich nicht mehr.

Und plötzlich, wie am hellichten Tag, stand sie vor mir, nur eine Armlänge entfernt und doch unüberwindbar fern. Ich erkannte sie sofort.

Wie auf dem Zeitungsfoto, das bei dem Bericht über die Demonstration der Gefallenen stand, hob sie sich von einem verschwommenen Hintergrund ab.

Als ich sie sah, wandte sie gerade den Kopf mit einer kraftvollen Bewegung, als wollte sie die Menge zwingen, ihr zu folgen.

Ich verspürte den ungeheuren Wunsch, mich ihr zu nähern, sie zu berühren. Mir war, als müßte ich nur die Hand ausstrecken, doch die Menschenmasse lähmte mich.

Konnte es sein, daß sie mich gesehen hatte? Daß sie mir tief in die Augen geblickt hatte? Daß sie meinetwegen ihren Entschluß geändert hatte und in eine andere Richtung fortgegangen war?

Es gelang mir trotzdem, sie nicht aus den Augen zu verlieren. Ich folgte ihr über den endlosen Platz, quer durch das Gedränge, zwischen Körpern hindurch, die reglos waren wie frische Leichen, den Geruch der Lebenden noch an sich.

Ich folgte ihr fast blind, gelenkt allein von der Bresche, die sie für Augenblicke aufriß, bis ich den Platz hinter mir ließ und in einer engen Gasse verschwand, die in ein Gewirr menschenleerer, stiller Seitenstraßen führte. Von da an orientierte ich mich ausschließlich am Klang ihrer Schritte, auch wenn mir ein paarmal so war, als sähe ich einen Schatten, der sich aber an der nächsten Ecke gleich wieder verlor. Als ich jedoch einen kleinen Platz erreichte, wo zahlreiche Wege zusammenliefen, lösten sich selbst die Schritte in der Stille auf.

Ich blieb stehen, unschlüssig, welche Richtung ich einschlagen sollte.

Plötzlich zerriß ein gellender Schrei die Nacht, ganz in der Nähe, gefolgt vom Krachen schwerer Gegenstände, die auf das Pflaster schlugen und zersprangen.

Einen Moment lang war es vollkommen still, als wäre die Zeit stehengeblieben.

Dann drangen wirre Geräusche herüber, Schritte und Stimmen, die immer mehr anschwollen, als kämen sie von überallher, bis eine Menschenmenge auf den Platz strömte und mich durch das Gassenlabyrinth in eine unbekannte Richtung mitriß.

Ich suchte verzweifelt Schutz, in einem Hauseingang oder in einer Querstraße, wo ich warten konnte, bis sich die Menge zerstreute.

Doch welche Anstrengungen ich auch unternahm, die Gewalt der Menschenflut schleifte mich durch immer verschwommenere Räume, durch eine rabenschwarze Nacht, in der selbst die Körper ihre Umrisse verloren, bis sie sich zu einem aufgewühlten und kalten Ozean verflüssigten.

In der Weite der Nacht war kein einziges Licht oder Zeichen mehr, das mich leiten konnte. Trotzdem vermochte ich im Rauschen der Wellen einen schwingenden Rhythmus auszumachen, ohne bestimmbare Herkunft: wie das Herzklopfen eines riesigen Körpers, ins Ozeanische geweitet.

Ich wachte von meinem eigenen Herzschlag auf, den ich, das Ohr ans schweißnasse Kopfkissen gepreßt, pochen hörte.

Der Tag ist kalt und regnerisch.

Es ist zehn Uhr morgens. Um diese Zeit müßte ich längst arbeiten.

Mein Kopf ist dumpf und schwer. Ich stehe mit Mühe auf, lege die Kleider um den Körper der jungen Schauspielerin.

Das Bild der Unbekannten kehrt ganz deutlich zurück, ihre Miene, die Bewegung ihres Körpers, die Reihenfolge ihrer Gesten, festgehalten in einem zufälligen Augenblick vom Objektiv des Fotografen.

Als ich ins Büro kam, rief ich bei meiner Exfrau an. Das Telefon war besetzt.

Ich ging selber los, um Kopien von *Der Lauf des Flusses* zu machen. Als ich wieder anrief, hob sie ab, überrascht. Ich hörte Befriedigung in ihrer Stimme.

»Ich habe noch ein Manuskript bekommen. Hast du Interesse?«

»Willst du zum Essen kommen?«

Den restlichen Vormittag sammelte ich alle verfügbaren Informationen über die Talsperre.

Abgesehen von den Plänen der Region und der Stadt, die im Wasser versinken soll, fand ich Berichte über ein Symposium und eine Studie über Umweltauswirkungen, angefertigt vor ein paar Jahren, als das Projekt Gegenstand heftiger Auseinandersetzungen zwischen der Regierung und den Verbänden zum Schutz von Umwelt und Kulturerbe gewesen war.

Danach war nie wieder von dem Projekt die Rede gewesen.

Trotzdem wundert es mich, daß ich die

'Nachricht' nicht mit dem Bau des Staudamms in Verbindung gebracht hatte.

Wir leben in einer Stadt der Verdammten, verdammt zu Exodus oder Tod.

Eigentlich gibt es gar keinen Grund, das Verlassen der Stadt mit den Schlagworten 'Exodus oder Tod' zu dramatisieren, schließlich gewährleisten die gesetzlichen Bestimmungen eine geregelte Umsiedlung der Einwohner.

Und was für eine 'Verdammnis' soll das überhaupt sein?

Und ein starker Engel hob einen Stein auf, groß wie ein Mühlstein, warf ihn ins Meer und sprach: So wird in einem Sturm niedergeworfen die große Stadt Babylon und nicht mehr gefunden werden. Und die Stimme der Sänger und Saitenspieler, Flötenspieler und Posaunenbläser soll nicht mehr in dir gehört werden, und kein Handwerker irgendeines Handwerks soll mehr in dir gefunden werden ...

Die Wut des Johannes auf die Handwerker rechtfertigt bestimmt nicht seinen Entschluß, *allein mit den Außenseitern in der leeren Stadt zu bleiben. Bis zur Vernichtung.*

Wo liegt der Schlüssel zu diesem geplanten 'Selbstmord', das Geheimnis der Entscheidung, sich zu opfern, wenn nicht in der *Gegenüberstellung zweier Erinnerungen*, der *Verantwortung für zwei Zeugnisse*, die ich gar nicht genau kenne?

Trotz der scheinbaren Geradlinigkeit der Erzählungen kann ich mir nicht vorstellen, wie sein Leben ausgesehen haben mag, auf welche

Weise er sich, hinter der nicht sehr überzeugenden Fassade eines Übersetzerdaseins, seinen Lebensunterhalt verdient hat.

Auf einem Stadtplan rekonstruierte ich die beschriebenen Wege, versuchte mir die Situationen und Begegnungen zu vergegenwärtigen, analysierte die Worte, die er für seine Dialoge gewählt hatte und deren wahre Bedeutung gewiß nicht immer unmittelbar verständlich ist.

Ergebnis dieses Unterfangens ist eine Sammlung von 'Standfotos', auf denen die betreffende Person verschiedene Posen einnimmt, vermutlich mit einer bestimmten Absicht inszeniert, die mir allerdings unbekannt ist. Dennoch sind diese Posen auf irgendeine Weise an mich gerichtet.

Fast unversehens spähe ich hinter die Figuren auf den Bildern und versuche die Schatten, die über die verschiedenen Ebenen der Komposition fallen, zu ergründen, versuche zu erkennen, was sich in der Tiefe dieser vom imaginären Objektiv fixierten Handlungen verbirgt.

Eine solche Beobachtung hinterläßt fast immer ein Gefühl der Leere: Ich entdecke einsame und formlose Welten, deren einziger Sinn in den unsagbaren Verpflichtungen liegen mag, die er zum Überleben eingegangen sein muß.

Als ich kam, hatte sie gerade das Essen fertig.

Sie begrüßte mich ganz ungezwungen, als wäre unser gemeinsamer Alltag niemals unterbrochen worden.

Ich selbst fand mühelos in die alte Umgebung zurück. Ich deckte den Tisch, machte den Wein auf.

Die Gegenstände waren dieselben, standen am selben Ort.

Ich sah sie im Gegenlicht, ganz in ihren Bewegungen aufgegangen, wie ein Bild von Vermeer, in einem Raum, der mir mit einemmal, vielleicht wegen dieser auffälligen Beständigkeit, heiter und fast zeitlos schien.

»Steht in dem Manuskript irgendwas Neues?«

»Im Manuskript selbst nicht unbedingt. Er will das Geheimnis nicht preisgeben ...«

»Und?«

»Ich glaube, ich weiß jetzt, wo er steckt ...«

Während des Essens gab ich eine Kurzfassung des Berichts. Ich erzählte ihr von der Talsperre und meiner Ansicht, daß die Stadt, in der er lebt, und die Stadt, die versinken wird, ein und dieselbe ist.

Unwillkürlich, als würde mir erst beim lauten Sprechen bewußt, welchen Eindruck die Lektüre von *Der Lauf des Flusses* auf mich gemacht hatte, schilderte ich ihr die ganze Enttäuschung, fast schon Aversion gegen diese Person, die nach und nach den Platz eines vor vielen Jahren verschwundenen Freundes eingenommen hat.

»Hast du schon mal darüber nachgedacht, was du getan hättest und 'wer' du heute wärst, wenn du am Tag der Demonstration an seiner Stelle gewesen wärst?«

»Ich glaube nicht, daß es so viel anders gelaufen wäre. Allerdings wäre ich zu gewissen Kompromissen bestimmt nicht bereit gewesen ...«

»Das glaube ich dir sogar. Aber jede Wette, selbst du mit deinem privilegierten Schicksal hättest einige anfangs unvorstellbare akzeptiert!«

»Klar! Aber es gibt Grenzen. Individuelle Grenzen. Und das unterscheidet die Leute. Nicht alle werden zu Henkern, wenn die Macht sie in die Enge treibt ...«

»Aber wir alle sind Heuchler, auch wenn das Ausmaß der Heuchelei in der Tat individuell verschieden ist, wie die Größe der Nase ...«

Wir räumten ab, machten Kaffee. Als wir uns wieder setzten, war für einen Moment nur Stille. Eine friedliche Stille. Zumindest empfand ich es so. Sie offenbar nicht, denn sie stand auf und holte eine Schallplatte. Das erste Konzert von *Il Cimento dell'Armonia e dell'Invenzione.*

»Selbst wenn er ein Spitzel gewesen wäre, ein Drogendealer«, sagte sie und legte mir die Hand auf die Schulter. »Wir sind ihm verpflichtet, aus Liebe.«

Nach dem Essen zeigte ich ihr den Stadtplan.

»Die Orte, von denen er spricht, sind leicht zu erkennen, wie du gleich sehen wirst. Du kannst ihm Schritt für Schritt folgen. Hier ist die Kathedrale, die Burg. Der Hauptplatz. Die Brücke über den Fluß ... Die Straße hier, am Ufer entlang, ist der Weg zum Flugplatz. Sein Apartment muß irgendwo dort sein ...«

Ich fühlte mich zutiefst als Teil unserer Wohnung, wo immer noch die meisten meiner Bücher, meiner Sachen, meiner persönlichsten Aufzeichnungen waren.

Auch daran, daß wir einander »aus Liebe verpflichtet« waren, wie sie sagte, hatte sich offenbar nichts geändert.

Ich erinnere mich noch an ihren Gesichtsausdruck an jenem Nachmittag, als hätte ich lange Zeit reglos dagestanden und sie beobachtet, vor dem offenen Fenster, über den Gärten und der Stadt, während die Dämmerung hereinbrach und das Licht alle Formen verwandelte, die sich im Halbschatten auflösten.

»Jenseits des Lebens«

»Ich wette, du bist mit ihr ins Bett gegangen!«

»Wo liegt das Problem? Glaub bloß nicht, ich würde dir sagen, ob ja oder nein ...«

»Wie du willst. Aber merk dir, daß ich diesen Präzedenzfall zu den Akten nehme.«

»Bist du etwa nicht jeden Abend mit dem Bischof, dem General, selbst dem Polizeipräsidenten zusammen?«

»Scherz beiseite. Du weißt, daß es kleine Dinge gibt, die die Freundschaft zerstören. Manchmal muß man sich entscheiden. Kompromisse machen ...«

»Komm mir heute bitte nicht mit Kompromissen!«

»Wieso, mußtest du irgendwelche auf dich nehmen?«

»Nein, aber es war das alles beherrschende Gesprächsthema. Die ‘Kompromisse’, die ‘er’ auf sich nahm, wie du so schön sagst. Es ist ein großer Unterschied zwischen den Kompromissen, auf die man sich aus freien Stücken einläßt, und denen, die einem aufgezwungen werden. Der Worte sind viele, aber nicht immer reichen sie aus ...«

Sie war eben erst zur Tür hereingekommen.

Ich half ihr aus dem Mantel. Sie war völlig durchnäßt.

»Dabei bin ich bloß eben über die Straße gegangen ...«

Sie zog sich um, trocknete die Haare, während ich den Tisch fertig deckte.

Als sie zurückkam und wir uns hinsetzten, war sie schweigsam, distanziert.

»Ist dir eigentlich klar, daß ich dir gar nicht hätte sagen müssen, daß ich zu meiner Exfrau essen gehe?«

»Du machst mich wahnsinnig. Du mit deinen ewigen Klügeleien. Die bringen gar nichts. Die nutzen nur Dummköpfen. Weiß der Himmel, wieso du mir gesagt hast, daß du zu ihr essen gehst! Weiß der Himmel, mit wem du sonst immer essen gehst!«

Ich hatte keine Lust, mich auf einen Streit einzulassen.

Ich sah sie an wie eine fremde Person. Als wäre aller Zauber verflogen.

Kaum waren wir aufgestanden, nahm ich meine Jacke und verabschiedete mich.

»Sei mir nicht böse, aber ich gehe eine Runde spazieren.«

»Um die Uhrzeit? Wo willst du denn hin?«

»Ich weiß nicht. Einfach drauflos.«

Sie hatte alle Aggressivität abgestreift. Sie war nur überrascht. Auch mein Ärger legte sich. Aber ich wollte allein sein.

Ich ging aufs Geratewohl los, klapperte die Bars vom Hafen bis in die bürgerlichen Viertel ab, eine Pilgerreise der Erinnerung.

Es nieselte ununterbrochen. Das Wasser rann durch die Gossen, ein Rauschen, moduliert vom Pflaster und vom Gefälle der Straßen.

Die Bars waren Inseln der Wärme und des Lebens in dieser Wasserwüste.

Ich blieb in jeder so lange, bis ich wieder trocken war und mein Glas getrunken hatte. Manchmal verfolgte ich auch diskret eine Szene oder beobachtete eine Person.

Überall traf ich auf unbekanntes Publikum. Als hätte die Stadt in den wenigen Jahren, in denen ich diese Lokale nicht mehr regelmäßig besuchte, eine Metamorphose durchgemacht.

Es war spät, die meisten schlossen allmählich. Ich war müde von meiner einsamen Wanderung, und hungrig. Ich kehrte an eine meiner alten Stätten zurück, wo ich wenigstens dem Steak trauen konnte. Sie bedienten mich nur, weil sie mich wiedererkannten. Die Kellner warteten darauf, daß die letzten Gäste gingen.

Gerade hatte ich in einer Ecke Platz genommen, weit von dem einzigen besetzten Tisch entfernt, als jemand aufstand und auf mich zukam.

»Erinnern Sie sich nicht?«

Einen Moment lang überlegte ich. Ich erinnerte mich tatsächlich nicht. Ich fürchtete, unfreundlich zu sein.

»Das ist verständlich. Wir sind uns nur einmal bei Ihrem Verleger zu Hause begegnet, auf einem Fest.«

Er ist Journalist. Außerdem nicht gerade im Literaturbetrieb zu Hause.

»Mein Fach ist die politische Ökonomie. Aber Sie wissen ja, wir von der Zeitung müssen an alles ran, wenn Not am Mann ist. Wollen Sie sich nicht zu uns an den Tisch setzen?«

»Aber mit dem größten Vergnügen.«

»Zuerst würde ich Sie gerne etwas fragen. Wissen Sie, daß ich die Absicht hatte, Sie dieser Tage aufzusuchen? Daß wir uns hier treffen, ist ein glücklicher Zufall. Ich glaube, Sie mißtrauen dem Zufall. *Pero que las hay, las hay.* Wären Sie einverstanden, noch heute Nacht eine Versammlung von Vertretern der Gefallenen zu besuchen?«

Er stellte mich seinen Kameraden vor.

»Wir arbeiten bei derselben Zeitung ...«

Sie führten eine hitzige Diskussion. Einer von ihnen erzählte die Geschichte einer Aids-Infizierten.

»Sie war eine bewußte Frau. Sie fand sich mit ihrer Situation ab, mit allen Konsequenzen. Sie isolierte sich von der Familie, den Freunden, allen Menschen. Sie lebte allein irgendwo am Stadtrand. Doch auf einmal bekam sie Paranoia. Sie hielt den Stillstand nicht länger aus. Sie bekam Wahnanfälle. Dann donnerte sie sich auf – sie war eine wunderschöne Frau! – und ging in die Stadt, auf Jagd nach einem Opfer ...«

»Wo ist da der Unterschied zu den alten Vampirgeschichten?«

Die Meinungen waren geteilt. Die einen verteidigten die Grundrechte der Virusträger als einer Minderheit (Minderheit? Wie lange noch? kommentierte jemand), und diese Rechte könne die Gesellschaft nicht vorsorglich verweigern. Die anderen betonten die Rechtmäßigkeit bestimmter Maßnahmen, welche die Gesellschaft im Namen des Gemeinwohls ergreifen müsse.

»Welches Schicksal erwartet diese Frau? Lebenslänglich? Todesstrafe?«

»Die Idee mit den modernen Quarantänelagern ist sicherlich empörend, aber wäre das nicht die am wenigsten gewaltsame Lösung?«

»Das gravierendste Problem sind nicht die bekannten Fälle von Infektionen. Es ist das Mißtrauen, das an allen unseren Beziehungen nagt. Das große Alibi, das die Krankheit den Moralaposteln verschafft! Ist euch aufgefallen, daß es sexuelle Freiheit nur zwischen der Pille und Aids gegeben hat? Dreißig Jahre. In zehntausend Jahren Geschichte. Scheiße!«

Es war bald sechs Uhr morgens. Die Kellner wurden sichtbar ungeduldig.

»Gehen wir?« sagte der Journalist zu mir. »Am besten nehmen Sie Ihren Wagen. Dann können Sie jederzeit zurück. Aber fahren Sie hinter mir her, es ist nicht leicht zu finden.«

Wir fuhren im Morgengrauen aus der Stadt heraus, und es kam uns eine einzige Autoschlange entgegen.

Der Regen hatte aufgehört, doch die Straße war naß, und von den Reifen spritzte Schlamm gegen die Windschutzscheibe.

Der Journalist fuhr wie ein Verrückter. Um ihn nicht aus den Augen zu verlieren, war ich ständig gezwungen, mit riskanten Manövern die Fernlaster zu überholen.

Um sechs Uhr stellte ich das Radio an, um Nachrichten zu hören. Es gab keine großartigen Neuigkeiten.

Der Journalist bog bald von der Hauptstraße ab. Er nahm eine der Zufahrten zu den neuen Vierteln am Stadtrand und gleich darauf einen holprigen Schotterweg, der zu einer Art Slum führte. Wir parkten auf einem freien Gelände voller Schutt, wahrscheinlich Reste der jüngsten, von der Stadtverwaltung angeordneten Abrisse, und betraten das Gassenlabyrinth.

»Ähnelt ja sehr einer heimlichen Versammlung ...«

»Das stimmt nicht. Die Bewegung verfügt nicht über die Mittel, um Versammlungen in Luxushotels abzuhalten. Aber denken Sie nicht, die Gründe für eine ‘gewisse’ Heimlichkeit seien völlig aus der Luft gegriffen. Es ist nicht schwer für die Polizei, jemanden aus den Elendsvierteln des Drogenhandels, der Zuhälterei, des verbotenen Glücksspiels zu beschuldigen ...«

Wir kamen zu einer Ziegelbaracke mit einem Dach aus Asbestzement. Die Tür war offen. Auf einem Schild stand ‘Seniorenheim’. Am Ende der Eingangshalle befindet sich eine Theke mit Getränken und einer Kaffeemaschine. Gegenüber dominiert ein Fernsehapparat den Raum, in dem handgearbeitete Tische und Stühle stehen. Es war niemand dort, abgesehen von einem alten Mann, der hinter dem Tresen auftauchte und sich um die Bar zu kümmern schien.

»Guten Tag«, sagte der Journalist.

»Sie sind da drinnen«, antwortete er.

Wir betraten einen dunklen Gang.

Licht und Stimmengewirr drangen durch den Spalt der einzigen Tür.

Der Journalist klopfte vorsichtig an und trat ein, ohne eine Antwort abzuwarten.

Eine Gruppe von Männern und Frauen saß um einen Tisch herum und nahm den ganzen Raum ein. Wir zwängten uns zwischen Wand und besetzten Stühlen hindurch bis zu den einzigen freien Plätzen auf der anderen Seite.

Die weißen Wände waren völlig kahl.

Alle hatten geschwiegen, als wir hereinkamen. Sechs Männer und vier Frauen zählte ich im Geiste, ohne dem eine Bedeutung beizumessen.

Andererseits gab es große Altersunterschiede: von etwas über zwanzig bis in die siebzig.

»Unseren Freund hier kennt ihr ja bereits. Wir haben uns diese Nacht per Zufall getroffen, und er hat meine Einladung hierher angenommen. Wenn alle einverstanden sind, können wir zuerst mit ihm sprechen und danach die Versammlung fortsetzen.«

»Ich glaube, wir sind alle einverstanden«, antwortete ein etwa vierzigjähriger, am Kopfende sitzender Mann, nachdem er jeden in der Runde angeschaut hatte.

»Wir haben von Ihrem Interesse an unserer Sache durch Ihr Interview im Fernsehen erfahren«, fuhr er mir zugewandt fort, »deshalb haben wir beschlossen, mit Ihnen Kontakt aufzunehmen und Ihnen alle notwendigen Informationen über unsere Probleme und unser Programm an die Hand zu geben ...«

Als ich das Seniorenheim verließ, war es hellichter Tag.

Kinder spielten auf der Straße Ball. Frauen hängten in den engen Zwischenräumen zwischen den Baracken Wäsche auf. Männer unterhielten sich vor den Türen der Läden.

Sie hatten mir in groben Zügen die Probleme dargelegt, mit denen diese Menschen, die sich offen zu ihrem 'Gefallensein' bekennen, zu kämpfen haben.

Einer von ihnen hatte mir einen Zeitungsausschnitt gegeben. Anläßlich des Weihnachtsfestes schrieb der Journalist:

‹Niemand weiß genau, wer und wie viele sie sind. Sie verweigern ihre Erfassung, die Archivierung ihrer persönlichen Daten, den Eintrag ins Wahlregister. Sie zählen nicht bei den Umfragen, mit denen man voraussagt, welcher Kandidat die meisten Stimmen erhält. Sie wollen buchstäblich nichts davon wissen. Im Grunde sind sie nicht mehr von dieser Welt. Sie stehen immer jenseits der Häuser, der Schaufenster, des Lebens. Sie schlafen unter den Arkaden der Gebäude, in dunklen Ecken, eingehüllt in ein Laken, sofern vorhanden, und durch Wellpappe geschützt.›

»Der Hinweis erübrigt sich, daß diese Art, sich mit unserer Lage auseinanderzusetzen, äußerst einschränkend ist. Sie ist sogar falsch. Sie läuft nur darauf hinaus, daß man in uns den Penner sieht, der sich selbst aus der Gesellschaft ausschließt ... «

»Die Fakten sprechen eine ganz andere Sprache. Der Ausschluß wurde erzwungen. Die einzige Aktivität, die das System für uns entfaltet, ist der Versuch, uns mundtot zu machen, damit unsere Existenz nicht zu einem Skandal wird und das traurige Fest stört, mit dem die Krise verschleiert werden soll ...«

»Das Wichtigste ist«, sagte eine der Frauen, »allen Leuten bewußt zu machen, in welcher Gefahr sie schweben. Abgesehen von einer privilegierten Minderheit kann es jedem passieren, daß er krank wird und die Versicherung nur eine bestimmte Zeit für die Kosten aufkommt, daß er seine Stelle verliert, plötzlich von der Familie nicht mehr unterstützt wird oder die Miete, die Raten für sein Haus oder Geschäft schuldig bleibt. Von da an ist der Prozeß unaufhaltsam, die Ausgrenzung unumkehrbar ...«

Während ich durch die Straßen des Viertels lief, zurück zu dem Platz, wo ich den Wagen abgestellt hatte, bestürmten mich die Bilder der unbekannten Demonstrantin auf dem mittelalterlichen Platz mit all ihrer sinnbildlichen Kraft.

In Gedanken verglich ich sie mit den Frauen, die ich unterwegs traf, angefangen bei den alten Weibern, die den lieben langen Tag Wäsche wuschen und auf die Neugeborenen aufpaßten, bis hin zu den Prostituierten, die loszogen, um irgendwo am Straßenrand Posten zu beziehen.

Der Versuch seitens der Medien, die Gefallenen mit den Armen aus den Elendsvierteln in einen Topf zu werfen, schien mir eine klare Irreführung, ich brauchte nur die Bilder gegeneinanderzuhalten.

»Das Wichtigste ist, allen Leuten bewußt zu machen, in welcher Gefahr sie schweben ...«

Die Zahlen, die sie mir präsentierten, waren beunruhigend. Und obendrein, so sagten sie, sehr viel niedriger als in Wirklichkeit.

»Zur Zeit wissen wir selber nicht, wie viele wir sind«, betonte der Mann am Kopfende des Tisches. »Doch obwohl unsere Sorgen dieselben sind, gehen wir auch weiterhin getrennte Wege. Viele haben ein großes Interesse daran, die Energien einer wachsenden Menschenmasse freizusetzen, all diese schlummernden Kräfte, die das System nicht integrieren kann oder will. Ganz besonders sind das die religiösen Sekten ...«

»Haben Sie gesehen, wie die mit Weihnachtsspeisungen werben? Für die Schutzlosen, wie sie sie nennen ...«

Zweiter Blick auf die Stadt

Der Beginn der Ausschreibung für den Bau des Staudamms ist heute überall in der Presse angekündigt.

Die Berichterstattung ist äußerst kontrovers, aber fast alle Zeitungen veröffentlichen, quasi als unausgesprochene Kritik an dem Projekt, Fotos der Stadt, die dem Untergang geweiht ist.

Die Umweltschützer und Verteidiger des Kulturerbes nehmen ihren jahrelangen Kampf gegen die ökonomisch und politisch begründete Regierungsentscheidung wieder auf.

Doch der Prozeß ist längst unumkehrbar.

Mit dem Abtransport der erfaßbaren Kulturgüter an andere Orte wird in Kürze begonnen, ein geplantes Museum soll später das Andenken der Stadt bewahren.

Wer am Ort ansässig ist, hat ein Anrecht auf Entschädigung und Vorzugsdarlehen, um sich in den Entwicklungszentren, die von der produzierten Energie profitieren werden, sowie in den neuen Landwirtschaftszonen unterhalb des Staudamms anzusiedeln.

Nachdem ich hinter das Geheimnis der verurteilten Stadt gekommen war, fing ich an, mich für den Fortgang des Prozesses zu interessieren, und verfolgte alle verfügbaren Berichte. Die öffentliche Diskussion, die nach der Ankündigung des Baubeginns eine Zeitlang geführt wurde, beruhigte sich. Die Meldungen wurden immer seltener oder beschränkten sich auf Aspekte, die mit Ergänzungen der Nutzungskonzeption in Zusammenhang standen.

Die Lektüre von *Der Lauf des Flusses* hatte mich geärgert.

Ich hatte keine Lust, seinen Autor aus dem Reich der 'verstorbenen' Freunde zurückzuholen, in das ich ihn hatte fallen lassen.

Ich verfolgte den Talsperrenbau weiterhin wie eine Parabel, jenseits der Aspekte, die mich beruflich interessieren mochten.

Am Tag nach unserem Essen rief meine Exfrau an:

»Ich habe mir das Manuskript mehrmals durchgelesen. Ich verstehe deine Haltung, aber ich stimme nicht mit dir überein. Es ist alles viel zu komplex, als daß man so einfach ein Urteil fällen könnte. Ihr seid zwar alte Freunde, aber vielleicht kenne ich ihn doch besser als du. Er ist ein sehr empfindsamer Mensch. Sehr zerbrechlich. Er hat weder deine Kraft noch deine Aggressivität ...«

Während sie sich am anderen Ende der Leitung ereiferte, mußte ich an ihren Selbstmordversuch denken.

Ihr ganzes Leben war sie abhängig von jemandem gewesen. Zuerst von ihm, dann von mir. Ohne die konfusen Jugenderinnerungen aufzurühren, die sie abstreitet. Und kaum macht sie zum erstenmal die Erfahrung der Einsamkeit, fällt ihr als einziger Ausweg Selbstmord ein.

Aber auch er scheint immer mehr in eine Verzichtshaltung abzugleiten, die auf lange Sicht einem Selbstmord gleichkommt, wie ein Lehrling des Todes.

Die Zeit verging, ohne daß neue Botschaften kamen.

Die Dinge nahmen weiter ihren Lauf, bis zum heute annoncierten Ausschreibungsbeginn für die Bauarbeiten.

Ich betrachte die Fotos der Stadt, die in den Zeitungen erscheinen, und versuche sie mit den Beschreibungen aus dem Manuskript in Beziehung zu setzen. Auf einem ist ein Komplex von Wohnblocks zu erkennen, weit entfernt vom alten Kern, wahrscheinlich das Viertel, in dem er lebt. Sollte sich die Hypothese als zutreffend erweisen, gehören die Fenster im dritten Stock in dem Block gleich am Ufer zu seinem Apartment.

Fast kann ich ihn sehen, versunken in seiner Depression und chronischen Heimlichtuerei, wie er sich ans Fenster setzt *und erlebt, wie der Morgen fern über den Ebenen anbricht, während die Whiskyflasche zur Neige geht.*

Ob ein heimlich geführtes Leben ein Zustand ist, der einen Menschen, ein Volk, eine Generation unabhängig von den objektiven Verhältnissen prägt?

Doch Heimlichkeit braucht einen Bezugspunkt. Ob imaginär oder nicht.

Was mich an seinen Erinnerungen wohl so schockiert, ist die Unbeständigkeit dieser Bezugspunkte. Oder ihr völliges Fehlen.

Entschuldigen sie, aber sind Sie nicht Herr … Eine einfache Frage, in einem Café, zu einer Zeit, als das ganze Volk sich der Illusion von Freiheit hingab, sich berauschte an extremen Thesen, die so oft vorgebracht wurden wie in einem Mysterienspiel, bei dem alle Schauspieler waren, eine solche Frage reichte aus, damit er panische Zustände bekam:

Es lag ein feiner Spott, fast eine Drohung in seiner Beharrlichkeit. Als hätte er mich wiedererkannt und amüsierte sich jetzt über mein Erschrecken.

Wer konnte ihn, wirklich oder eingebildet, verfolgen?

… gingen zwei Gestalten gemächlich spazieren, immer auf und ab, ohne sich allzuweit vom Gebäude zu entfernen. Ich hatte ein paarmal sogar den Eindruck, daß sie ganz besonders aufmerksam zu meinen Fenstern hochschauten.

Jetzt bin ich es, der mit Hilfe einer Lupe versucht, auf dem Zeitungsfoto die Lösung des Bildes zu finden, die mir die Zuordnung der Fenster in der Fassade des Häuserblocks erlaubt, wo er wohnen könnte und sich in diesem Augenblick wahrscheinlich aufhält.

Sogar von bewaffneten Gruppen ist die Rede, die zu den Häusern politischer Gegner ziehen.

Entstellte Leichen tauchen an den Ufern des Flusses im Gebüsch auf ...

Wer könnte ihn in dem ganzen Durcheinander nach dem Sturz des Regimes verfolgt haben? Welche Positionen mag er eingenommen haben, die eine Panik vor mysteriösen, bis heute nicht beim Namen genannten Verfolgern rechtfertigten?

Er selbst stellt sich schließlich die Frage:

Leide ich nicht inzwischen unter einem Verfolgungswahn ...?

Ein anderes Foto zeigt den Burghügel. Im Hintergrund spannen sich die Berge über den ganzen Horizont.

Der Hügel nimmt sich bescheiden aus vor dieser ununterbrochenen Silhouette. Und die Fläche, die die Stadt einnimmt, scheint nur ein kleiner Fleck in der Weite der Gebirgslandschaft zu sein.

Ich überschlage, wie viele Jahre er dort schon verbracht haben muß, Jahre, in denen er den Hang hinauf zum Hotel und zum Restaurant am Kirchplatz ging, in denen er den Fluß überquerte, um sich die Langeweile im Grünen Drachen oder Blauen Pfau zu vertreiben, in denen er die trivialsten und verunglücktesten Weibergeschichten noch zu Romanzen hochstilisierte, nachdenklich den Lauf des Flusses betrachtete, sich Mörder vorstellte, die ihn im Schatten verfolgten, und sich in seiner Wohnung einsperrte ...

Und sein ganzer Bericht kommt mir falsch

vor, wie eine schlecht konstruierte Fiktion, wie die verzweifelte Verteidigung eines Schicksals, das sich nicht erfüllt hat, ohne *eine Aufgabe, um die Ödnisse der Zeit zu durchqueren.*

In den Zeitungsreportagen wird die Kathedrale mit einer Großaufnahme bedacht, die Portalseite abgehoben vom Ensemble des Platzes. Es ist ein romanischer Bau von eleganter Form.

Eine seltsame Figur beherrscht das Tympanon. Mit der Lupe versuche ich, näher an sie heranzukommen. Wahrscheinlich ein Christus. Doch die Gestalt fließt wie um sich selbst, die Beine angezogen, fast wie ein Fötus, und nimmt die Mitte der Komposition ein. Und ringsum, heraustretend aus allen Linien des Gespinstes von Bögen und Gesimsen, scheinen unentzifferbare Wesen sie wie Flammen in einem Kornfeld zu umzingeln.

In dem ganzen Manuskript gibt es nicht einen Hinweis auf die Kathedrale, es sei denn als topographischer Bezugspunkt zur Lokalisierung des Restaurants, in dem die örtliche Bourgeoisie sich trifft. Trotzdem scheint das unscharfe Bild, daß ich zu entschlüsseln versuche, indem ich die Entfernung der Lupe und ihren Winkel zum Licht variiere, die ganze Atmosphäre von verhüllten Drohungen zu bündeln, von Opfern, die im Schutze der Nacht in Wäldern rund um die Stadt hingerichtet werden und deren sterbliche Überreste, mitgerissen vom Fluß, des Morgens im Ufergebüsch auftauchen.

Alle diese angeschwemmten 'entstellten Körper' häufen sich im Verlauf der Erzählung. Und nach und nach prägen sie dem Bild der Stadt die Zeichen einer permanenten und verborgenen Gewalt auf, überdeckt nur vom Gurgeln des Wassers in seinem steinigen Bett.

Ich folge ihm durch die Straßen, begleite ihn auf seinen Spaziergängen, versuche unsere alte Freundschaft wiederzufinden. Wie einer dieser gesichtslosen Schatten, die ihn verfolgen, seine Gesten belauern, ihn im voraus schon zu unbestimmten Hinrichtungen verurteilen. Erschöpft kehre ich aus der Stadt der Verdammten zurück. Ich lege die Lupe aus der Hand, falte die Zeitungen zusammen.

Ich muß mich endlich aufraffen und diesen Mechanismus durchbrechen, der mich in Spannung und Erwartung hält und dem ich mich aus reiner Trägheit immer mehr unterworfen habe, vielleicht auch, weil ich, völlig absurd, an einem gänzlich sinnentleerten Treueprinzip festhalte.

Auf irgendeine Art muß ich in längst vergangenen Tagen dazu beigetragen haben, ihn auf einen Weg ohne Ziel zu katapultieren, so als hätte ich ihm unbewußt eine Zukunft geraubt, die sonst dem Bild eines glücklichen Menschen restlos entsprochen hätte.

Und heute, nach so vielen Jahren, finde ich mich zwischen zwei ‘Überbleibseln’ wieder, zwei schwebenden Wesen, die sich rings um mich klammern, die meine Bewegungen lähmen und mich mitzureißen drohen, hinab in unergründliche, morastige Tiefen.

Es wird dunkel.

Im Theater müßte der Vorhang bald fallen.

Man sollte nichts Unmögliches verlangen. Es ist Zeit zu gehen, mein Herr. Die Vorstellung ist zu Ende. Um hinauszukommen, müssen Sie sich links halten. Der Gang … Hören Sie? Sie müssen nach Hause … Was machen Sie da?

Das Leben ist hier zugleich so nahe und so weit weg! Alle Frauen sind schön … sie dienen nur als endloses Ornament … man kann sich in ihnen verlieren …

Ja. In der Umgangssprache nennt man uns Huren. Aber Sie müssen jetzt gehen …

In Gedanken rekonstruiere ich die Szenen aus dem *Balkon*, die sie wohl gerade noch spielt.

Sie fehlt mir. Ich sehe ein, daß ich dringend eine Entscheidung treffen muß. Ich weiß, daß ich nicht endlos in dieser Uneindeutigkeit leben kann, in der ich mich verliere.

Ich rufe bei meiner Frau zu Hause an.

»Bist du es?« fragt sie überrascht.

»Ja. Hast du in der Zeitung von dem Staudamm gelesen?«

»Ja, wieso?«

»Warum fährst du nicht zu ihm hin?«

Hoch auf dem Hügel

Eine grandiose Landschaft tut sich vor mir auf: Berge, Meere, Wüsten, Wälder, Städte, Eisfelder …

Die Sonne ist eben am Horizont aufgestiegen. Mein Schatten fällt über das Universum.

Ich stehe hoch auf einem Hügel. Die sanften Hänge heben sich ab von der gewaltigen Landschaft.

Ich habe meine Arme ausgebreitet. Wie am Kreuz. Der Wind faltet die Kleider um meinen Körper.

Im selben Augenblick, als ich anfange, eine höhere Bewußtseinsstufe zu erreichen, tritt ein unbeständiges, schwankendes Bild hervor, ganz durchscheinend, so als flutete Licht gegen eine imaginäre Fläche ohne eigene Stofflichkeit.

Ich glaube dieses Bild zu erkennen. Ich fühle mich in eine Zeit, an einen Ort geworfen, die sich in einer Fülle von Erinnerungen und Wahngebilden verlieren.

»Woran denkst du gerade? Du machst ja vielleicht ein krampfiges Gesicht …«

Die Landschaft fließt durch die Scheibe des Waggons. Überschwemmte Felder, kleine Wälder an den Hängen, hie und da eine alleinstehende Hütte an einem Weg.

Die junge Schauspielerin legt das Buch, in dem sie gerade gelesen hat, auf den leeren Sitz neben sich.

Zerstreut sehe ich hin: *The Good Terrorist.* Doris Lessing.

»Woran hast du gerade gedacht?« fragt sie noch einmal und lacht.

»Ich hatte eine Erscheinung …«

»Das wundert mich nicht. Bei deinem neuen Sendungsbewußtsein …«

Der Zug fährt in eine bewaldete Hügellandschaft, die allmählich den ganzen Horizont verdeckt.

»Willst du mir nicht von deiner Erscheinung erzählen? Wer weiß, vielleicht enthält sie ja eine Offenbarung, die du selbst nicht deuten kannst. So war es immer bei den Propheten …«

Die 'Erscheinung' hatte sich aufgelöst. Aber es war nicht schwer, sie zu erkennen.

Die 'Freundin aller Notleidenden' sah mich durch die Scheibe an.

Sie stand auf dem Hügel aus Pappmaché, in dem alten Schaufenster der religiösen Gruppe, wo sich heute Hähnchenkadaver um die eigene Achse drehen, und umarmte die Welt …

»Ich bin kein Prophet. Ich glaube, ich habe nicht mal das Zeug zum Apostel. Allerdings werfe ich hin und wieder einen Blick auf die beiden Seiten des Hügels …«

»Was …?«

»Manchmal kommen einem ganz dumme Sachen in den Sinn. Passiert dir das nie?«

Ich beschreibe ihr die Vision, erzähle von

dem Essen in der Kneipe, von dem Dealer und seiner Geschichte, von dem Spaziergang mit der Freundin aller Notleidenden.

»Wenn es sie noch gibt, deine Freundin, wird sie jetzt bei der Bewegung der Gefallenen mitmachen …«

»Unter Garantie!«

»Was deine 'Vision' betrifft, scheint sie mir gar nicht so seltsam …«

Der Zug wird von zwei mit Gestrüpp bewachsenen, immer näher rückenden Wällen eingezwängt, bis das Tageslicht auf einmal verlischt. Wir fahren in einen Tunnel. Ihr Gesicht verwandelt sich unter der spärlichen elektrischen Beleuchtung, während sie mich anstarrt.

»Am Tag der Demonstration standest du noch auf halber Hügelhöhe …«

Die Fahrt durch den Tunnel ist kurz. Der Tag findet zu seiner kühlen Helle zurück. Die Wälle öffnen sich und geben den Blick auf die Felder frei, begrenzt von Hecken aus schlanken Bäumen, an denen frische Blätter leuchten.

Sie scheint jetzt in die Landschaft zu starren. Doch an den Bewegungen ihres Körpers, die denen des Waggons folgen, erkenne ich, daß sie eingeschlafen ist.

Ich greife nach dem Buch, das sie auf die Bank gelegt hat, und schlage es aufs Geratewohl auf.

'Oh God, Alice', said Dorothy Mellings, suddenly offering her daughter the simple warm sincerity that was what Alice remembered of her mother, particulary of the last four years in

her house, and for which she had been starving. 'Oh God, why don't you get a job? Do something!'

'You seem to have overlooked the fact that we have over three million unemployed', said Alice self-righteously.

Ich schlage das Datum der Erstveröffentlichung nach:

First published in Great Britain by Jonathan Cape, Ltd., 1985.

Damals hatte das Wort Arbeitsloser wenigstens noch einen Sinn, es entsprach noch einer Situation, die Teil des gesellschaftlichen Prozesses war und aus der man 'zurückkehren' konnte.

Warum diese Reise?

Ich schaue auf die Uhr. In einer Viertelstunde kommen wir an. Sie schläft, den Kopf zum Fenster hin geneigt. Das Licht, moduliert vom Wellenspiel der Landschaft, entzündet immer wieder Kupferblitze in ihrem Haar.

Warum diese Reise? Was habe ich mit den Gefallenen zu tun?

Was hat mich, als ich vor Tagen zu der heutigen Demonstration eingeladen wurde, bewogen, ja zu sagen?

Das Romanprojekt schlummert tief in der Schublade. Seit Monaten schreibe ich keine Zeile mehr. Ebensowenig verspüre ich eine sonderliche Sehnsucht danach, mich politisch zu engagieren. Die Utopien liegen in den letzten Zügen und harren ihrer leuchtenden Auferstehung in irgendeiner fernen Zukunft.

»Wir würden uns freuen, wenn Sie teilnähmen. Wir wissen, daß Sie sich für unsere Sache interessieren ...«

»Sehr verehrte Fahrgäste, in wenigen Minuten ...«

Sie wacht auf, wahrscheinlich wegen der Stimme aus dem Lautsprecher oder der Drosselung der Fahrtgeschwindigkeit, die den Rhythmus der Bilder hinter den Scheiben verlangsamt.

»Wir sind gleich da ...«

»Dann mal los. Wirklich eine schöne Art, meinen ersten Ferientag zu verbringen: eine Demonstration der Gefallenen ...«

Wir steigen an einem kleinen Bahnhof aus, an der Grenze zur Vorstadt, wo sich jene Fabriken angesiedelt haben, die nun durch den Technologiewandel in die Krise gestürzt sind.

Der Journalist, der mich in der Bar angesprochen und zu der Versammlung im Seniorenheim mitgenommen hat, erwartet uns.

»'Sie' bitten um Entschuldigung, daß keiner Sie abholen kommt. 'Sie' haben alle Hände voll zu tun mit der Organisation der Kundgebung. Außerdem will man Sie nicht in Gefahr bringen. Es gibt Befürchtungen, offenbar wohlbegründet, daß es zu Übergriffen durch Gegendemonstranten oder die Polizei selbst kommt ...«

Der Bahnhof liegt an einem Platz mit Gebäuden, die nach einem gemeinsamen Entwurf errichtet wurden. Gegenüber öffnet sich eine Allee, auf der sich ein von großen Bäumen beschatteter Mittelstreifen dahinzieht. Die Anlage zeugt von einer gewissen Größe, die in deutlichem Kontrast zur Verwahrlosung der Häuser und dem Schmutz auf dem Pflaster steht.

Verläßt man die Allee, gerät man in ein Netz reizloser Straßen und gleichförmiger Bauten, wo der Verfall noch offensichtlicher ist.

»Diese Stadt«, erklärte der Journalist im Ton eines Fremdenführers, »war dafür ausersehen, Arbeitskräfte für ein großes Industrieprojekt zu liefern, das schon keine Chance mehr hatte, als es noch gar nicht realisiert war. Die letzte Siedlung, die gebaut wurde, stand jahrelang leer ...«

Auf unserem Weg treffen wir immer häufiger auf Gruppen von Polizisten, die in ihren Einsatzwagen sitzen, ausgerüstet für den Straßenkampf. Die Ranghöheren halten Walkie-talkies in der Hand. Ich spüre, wie sie uns mißtrauisch beäugen. Sobald sie merken, daß ich sie beobachte, scheint es mir, als würden sich ihre Mienen mit Aggressivität aufladen.

Der Platz, an den wir gekommen sind, wird von einem Gebäude mit einer großen Terrasse im ersten Stock überragt. Unter der Terrasse führt ein Bogengang aus weißem Stein her.

»Das ist das Rathaus«, erklärt der Journalist. »Die Leute wollten dort die Tribüne aufstellen, aber darauf hat man sich nicht eingelassen ...«

Die anderen Gebäude am Platz sehen ebenso mittelmäßig und heruntergekommen aus wie überall in der Stadt. Nur der Sitz der Stadtverwaltung erweckt, genau wie die Anlage gegenüber dem Bahnhof, die Illusion von Größe.

In der Mitte erhebt sich eine Bronzegestalt

auf einem einfachen Sockel. Ringsumher spazieren Grüppchen über den fast leeren Platz.

Auf der improvisierten Tribüne am anderen Ende sind Leute mit den Vorbereitungen für die Kundgebung beschäftigt, die in etwa einer halben Stunde beginnen soll.

Wir gehen in ein Café, den einzigen offenen Laden, und setzen uns an einen Tisch am Fenster.

Während er sich mit der jungen Schauspielerin unterhält, beobachte ich die Menschen, die immer zahlreicher herbeiströmen.

Am Grund meiner Neugier wirkt vielleicht noch immer das Bild der unbekannten Frau, die Anziehungskraft ihrer Energie und Eleganz, diese Klasse, die sie überall herausheben würde.

Seit dem Tag, als ich im Fernsehen die ersten Demonstrationen der Gefallenen gesehen habe, verfolge ich die Entwicklung. Doch heute bin ich zum erstenmal unter ihnen.

Die Personen, die in der Nähe des Fensters vorbeikommen, versuche ich zu klassifizieren und in Gruppen einzuordnen, ohne mir der Kriterien wirklich bewußt zu sein, die ich automatisch anwende wie ein Schmetterlingssammler.

Die junge Schauspielerin und der Journalist haben ihre gemeinsame Leidenschaft für das Theater entdeckt.

»Ich drehe noch eine Runde, bevor die Reden anfangen …«

Spaßeshalber halte ich nach der Unbekannten Ausschau, während ich mich durch die immer dichteren Grüppchen schiebe.

Die Lautsprecher übertragen Musik vom Band, alte Protestlieder im Wechsel mit wehmütigen Beschwörungen verlorener Paradiese.

Doch die Musik vermag die Leute nicht zusammenzuschweißen oder eine Atmosphäre zu schaffen.

Eine Spannung liegt in der Luft, widergespiegelt in den Gesten und Mienen, die sich aber in der Einsamkeit eines jeden einzelnen, in der mangelnden Gruppenbeziehung aufzulösen scheint.

Ich versuche Verhaltensunterschiede auszumachen, je nach Altersklasse oder gesellschaftlichem Status vor ihrem 'Fall', doch meine Versuche als Taxonomist scheitern kläglich an der Verschiedenartigkeit der Personen.

Mit der Ankunft der Initiatoren der Bewegung kommt Leben auf die Tribüne. Ich bin weit weg, doch ich glaube einige von denen wiederzuerkennen, die mich im Seniorenheim begrüßt hatten.

Die Musik verstummt. Der erste Redner tritt ans Mikrofon.

Als ich ins Café zurückkehre, ist sie allein am Tisch.

»Dein Freund hat mich sitzenlassen ...«

Wir gehen nach draußen, mischen uns unter die Demonstranten. Der Redner spricht in ruhigem Ton.

»Weißt du, daß ich für Predigten keine allzugroße Geduld habe?«

Wir steuern wieder die Straße an, über die wir gekommen sind.

Es waren tatsächlich nicht die Reden, die mich hergeführt hatten, es war diese konfuse Menschenmasse, die in einer statistisch vorweggenommenen Nichtexistenz verschwindet, unabhängig von ihrem Alter, ihren Fähigkeiten.

Bevor wir den Platz verlassen, höre ich, wie sich die Stimme des Sprechers erhebt. Und die noch zaghafte Antwort der Menge, die sich um die Rede schließt.

Nachrichten aus der Stadt der Verdammten

Die Stadt findet zu sich zurück.

Der Exodus läßt sie Tag für Tag wiederaufblühen.

Die Stimmen des Flusses und der Berge sind heimgekehrt.

Die Luft ist klar und duftet.

Unter den Baumkronen zittern die Straßen in der Brise.

Die wenigen Autos, die es noch gibt, erregen die Neugier der Leute, die in kleinen Gruppen dahinschlendern oder sich unterhalten.

Nur auf dem Hauptplatz herrscht nach wie vor reges Treiben, von den frühen Morgenstunden, wenn die Straßenhändler eintreffen, bis zum Einbruch der Nacht, wenn die Stände abgebaut und die Waren in die Lieferwagen geräumt werden.

Als ein Geschäft nach dem anderen schloß, wurde der Platz immer mehr zum Treffpunkt für die in der Stadt gebliebenen Einwohner und die Händler aus dem Umland.

Manche haben sich sogar in einem der zahlreichen verlassenen Häuser eingerichtet, vor allem krisenbetroffene Handwerker, die eine freie Unterkunft suchen und einen Markt, wie bescheiden auch immer.

Der erste große Exodus nach der Bestätigung der Nachricht vom Talsperrenbau schwächte sich auf diese Weise ab, die Abreise der ehemaligen Bewohner wurde ausgeglichen durch die Ankunft der Handwerker, der Gefallenen, die an anderen Orten des Landes keine Lebensgrundlage finden, und der Bauarbeiter.

Auch der fiebrige Zustand während der langen Phase der Ungewißheit ist verflogen.

Der Fluß fließt weiter unter der Brücke her. Die Jahreszeiten sprechen mit ihren Klängen und Bildern dieselbe Sprache wie immer.

Nur talabwärts sind die Arbeiten am Damm zu erkennen: Der Fluß verschwindet plötzlich und kommt weit unten in der Ebene wieder zum Vorschein, ein großer Bogen aus Beton verbindet die felsigen Ausläufer der Berge.

Und wo einst die Gärten waren, die die Stadt mit Obst und Gemüse versorgten, stehen jetzt die Montagehallen für die Baustelle. Maschinen fahren kreuz und quer zwischen den Scharen von Arbeitern hindurch, wirbeln Staub auf oder lassen auf dem überschwemmten Boden Lichtreflexe aufblitzen. Motorenlärm, Qualm und Gestank von verbranntem Diesel breiten sich in der Ebene aus, mitgerissen vom Wind, der das Tal hinabbläst.

Nachts gehen die Arbeiten im Licht der Scheinwerfer weiter.

Manchmal, wenn die Brise das Tal heraufweht, erreichen die Schwingungen der Maschi-

nen die Stadt, Quelle eines Unwohlseins, dessen man sich nicht bewußt ist, das sich aber wie ein Gewissensbiß festfrißt.

An den Ufern sind die Wege, die die Spaziergänger sich gebahnt haben, breiter und fester geworden. Bei Tag und bei Nacht sind Menschen zwischen Baustelle und Stadt unterwegs: Arbeiter, wenn Schichtwechsel ist, fliegende Händler, Gaffer, die zum bloßen Zeitvertreib die Arbeiten verfolgen.

Vor allem am linken Ufer spielt sich das Hin und Her ab.

Die Viertel der Händler und Handwerker, später auch die Siedlungen der Fabrikarbeiter und die ehemalige 'Zone' der Prostituierten und Fernfahrer sind von einer neuen Bevölkerung in Beschlag genommen worden, die von den Aktivitäten rund um den Talsperrenbau lebt oder sich auf die verschiedenste Art durchschlägt.

Ein Soziologe, den ich im Gasthaus kennengelernt habe, versucht diese Existenzformen systematisch zu erfassen.

Tag und Nacht zieht er über die Baustelle und durch die Stadt, spricht alle Leute an und mischt sich ein, auf die Gefahr hin, Prügel zu beziehen oder für einen Sonderling oder Zivilpolizisten gehalten zu werden.

»Kennen Sie die Arbeiten von Danilo Dolci?« fragte ich ihn, als er mir von seinen Untersuchungen erzählte.

Er hatte nie von ihm gehört. Ich lieh ihm Umfrage in Palermo.

Ein paar Tage später gab er mir das Buch zurück. Er hatte es sich fotokopiert.

»Unglaublich!« sagte er. »Wie ist das möglich, daß so viele Jahre später und unter so verschiedenen historischen Gegebenheiten die Leute auf so gleiche Weise reagieren, wenn sie marginalisiert werden ...«

Eines Abends begleitete ich ihn in die 'Zone'. Die Reste der 'Zone'.

Tatsächlich war die 'Zone', so wie ich sie kannte, verschwunden, war verschmolzen mit den Vororten, hatte den Charakter verloren, der sie aus der Stadt heraushob.

Er war begeistert von der Idee der 'Zone', einem Elendsviertel, wo nur die Prostituierten lebten und das Personal, das sie und ihre Kunden bediente.

Die Prostituierten aus den ruhmreichen Zeiten des Grünen Drachen und des Blauen Pfaus waren fast alle während der schlimmsten Zeit fortgegangen, als alles Leben in der Stadt erstarb und der große Exodus einsetzte, kaum daß die 'Nachricht' zu kursieren begann.

Mit den Bauarbeiten ist das Leben zurückgekehrt. Die Prostitution hat nichts von ihrer Bedeutung verloren. Im Gegenteil, sie hat sich auch auf andere Viertel ausgeweitet und rekrutiert sich aus den Familien der Arbeiter und Gefallenen, die immer zahlreicher herbeikommen. Auch die Art der Dienste, die der Kundschaft geboten werden, ist breiter gefächert und umfaßt die unterschiedlichsten Perversionen, alle Rassen und gesellschaftlichen Schichten.

Wie mir der Soziologe erzählte, empfängt in einem der Schuppen der ehemaligen 'Zone' eine Rumpffrau unter der Aufsicht eines riesigen Schwarzen zu jeder Tages- und Nachtzeit die Kunden, die sich in eine Warteliste eintragen, vom fliegenden Händler bis zu den leitenden Ingenieuren oder Geschäftsführern der Firmen, die die Baumaterialien liefern.

Im Grünen Drachen, wo wir ein Glas tranken, hat sich das Ambiente nur wenig verändert. Die Gesichter sind andere. Vom ehemaligen Personal sind nur die ältesten Angestellten geblieben, vielleicht weil sie nirgends Arbeit gefunden haben. Mit dem Varieté ist es vorbei. Am Niveau der Gäste hat sich jedoch kaum etwas geändert.

Der Blaue Pfau ist dagegen nicht wiederzuerkennen. Der leuchtende Schwanz ist erloschen. Der bunte Fächer erhellt nicht mehr das große freie Gelände, wo immer noch die Fernlastzüge parken. Der gleißende Vorraum ist nun ein dunkler Gang, durch den man auf den Platz im Inneren gelangt.

Auch dort ist das Leben anders. Die Terrassen, Bühnen und Orchester sind verschwunden. Die Prostituierten halten nicht mehr ihre rituellen Defilees mit Maskerade ab. Die Läden sind nun Kneipen, wo Zigaretten, Getränke, zellophanverpackte Sandwichs verkauft werden, oder Bars, aus denen die wummernden Bässe aufgedrehter Musik herausdringen.

Rings um den Platz zeigen die Fenster im ersten Stock nach wie vor ihr Wechselspiel aus

Dunkel und Licht, das durch die Vorhänge der Zimmer schimmert.

Am größten sind die Veränderungen jedoch auf dem Innenplatz, der nun all seines Mobiliars beraubt ist. Im Schein der alten Lampen versammeln sich Banden von Jugendlichen um mächtige Ghettoblaster in einem wahnwitzigen Akrobatikwettbewerb.

»Achten Sie auf den Text der Lieder. Der Rap ist nicht so entfremdet, wie es auf den ersten Blick den Anschein hat«, sagt der Soziologe zu mir.

Spürst du die Spannung
in der Luft um dich herum?
Rassismus und Gewalt
beherrschen alles,
terrorisieren mich ...
Merkst du nicht,
wie dein eigener Kopf
längst versklavt ist?
Eine Krankheit,
die dich auffrißt
wie ein Krebsgeschwür,
und Geld ist keine Lösung ...

In einer anderen Gruppe war das Thema weniger aggressiv, dafür erfüllt von Traurigkeit:

Ghettokinder aller Länder,
vereint durch dieselbe Wüste
aus Schmerz, Unglück,
Traurigkeit und Aggression,
Ghettokinder wollen nichts als Liebe
und weiter in die Ferne sehen,
mit Würde ihre Träume leben ...

»Wie verstehen Sie denn diese Haltung in dem Gewaltkontext, in dem sie leben?«

Ich hatte nicht damit gerechnet, daß der Soziologe mir die Wahrheit über die Jugendbanden, die die Stadt heimsuchen, enthüllen würde.

Wie alle aufrechten Anhänger der Pseudo- oder sonstiger vielversprechender Wissenschaften antwortet der Soziologe auf meine Fragen mit naiven Erklärungen, unfähig, den naheliegendsten Analysen zu widerstehen.

Doch genau dieses Unvermögen, sich von den konventionellen Denkweisen zu distanzieren, amüsiert mich und treibt mich an, ihm weitere Fragen zu stellen.

»Gewalt bedeutet für sie nicht dasselbe wie für uns. Sie werden in eine Welt der Gewalt hineingeboren. Sie leben mit dieser Gewalt. Wir sehen die Gewalt immer nur von außen, oder wir fürchten sie. Gewalt ist ein Zustand, aus dem sie sich befreien wollen ...«

Währenddessen wirbelten die Jugendlichen ihre Körper herum, auf die Schulter gestützt, auf den Ellbogen oder gar den Kopf.

Ich hatte keine Lust, mir wie ein Tourist die Rituale des smurf *anzusehen, mit denen sie sich ihr Verdammtsein selbst austrieben.*

Wir gingen langsam zum Gasthaus zurück, wo ich Tag für Tag den Platz des Söldners einnehme, mich an denselben Tisch setze, als rituelle Gabe eine Flasche Whisky erhalte, der Wirtin eine nicht näher definierte Unterstützung zuteil werden lasse und mich die letzten Abendstunden mit den Gästen unterhalte.

Von dort aus erlebe ich nun, wie die Stadt sich leert. Die alten Stammgäste verschwinden einer nach dem anderen. Viele kommen sich verabschieden. Sie erzählen ihre Geschichte. Und am Ende fragen sie immer:

»Und ihr? Wann entschließt ihr euch?«

»Wir haben Zeit …« antwortet die Wirtin ausweichend.

Wer sich noch an den Söldner erinnert oder ihn persönlich gekannt hat, stellt die unvermeidliche Abschiedsfrage im allgemeinen lieber jedem von uns einzeln.

»Ich nehme einen Ballon. Aber erst, wenn das Wasser bis an die Burg reicht …«

Sie lachen.

»Ist euch schon aufgefallen, daß die Stadt immer besser wird?« Ich bleibe dabei. »Warum sollte ich da ausgerechnet jetzt gehen?«

Manche Gäste kommen mit einer bestimmten Absicht her, so der Soziologe oder die Ingenieure. Andere scheinen nur ein wenig plaudern zu wollen, fragen belanglose Dinge und verbergen ihre wahren Absichten. Zu ihnen gehören die Antiquare, die Immobilienmakler, die Grundstücke und Wohnungen in allen Landesteilen anbieten, oder die Gutachter, die die Höhe der Entschädigungen festlegen. Ganz abgesehen von den potentiellen Erben der verlassenen Immobilien, den Pfandleihern, den Edelmetallhändlern …

Die Liste all der Aktivitäten und Interessen, all der Gestalten, die ins Lokal kommen und sich manchmal wie Gäste für ein paar Tage niederlassen, diese Liste ist lang.

Als ich mit dem Soziologen aus der 'Zone' kam, saß die Wirtin am Tisch eines Gastes, den ich nicht kannte. Sie war so in ihr Gespräch versunken, daß sie mich erst bemerkte, als ich ihr die Hand auf die Schulter legte.

»Da bist du ja endlich. Ich habe gerade einen Verwandten getroffen, den ich zuletzt als kleines Mädchen gesehen habe. Wir sind Vetter und Kusine. Wie alle Leute aus unserer Gegend …«

Der Soziologe hatte sich zurückgezogen. Wir saßen nun zu dritt am Tisch.

Der entfernte Verwandte war zufällig in das Lokal gekommen, wie ein x-beliebiger Gast auf der Durchreise.

»Er hat früher direkt nebenan gewohnt. Damals schien er sehr viel älter. Deine Schwester war in meinem Alter … Was ist aus ihr geworden?«

Sie bombardierten sich mit Fragen.

»Seit wie vielen Jahren warst du nicht mehr im Dorf?« fragte er sie.

»Seit ich dort weg bin, wollte ich nie wieder zurück. Das war, als meine Mutter starb. Mein Vater war kurz vorher gestorben. Ich will nichts mehr wissen von dieser Gegend. Nur manchmal werde ich wehmütig. Ich muß an Orte denken, Personen, Augenblicke, die ich dort erlebt habe …«

»Warum gehst du nicht einfach zurück? Du könntest ein Restaurant aufmachen. Sobald du das hier aufgibst …«

Der entfernte Verwandte war als Gutachter für Vermögensfragen in die Stadt gekommen, aber auch um Geschäfte zu machen.

Das Restaurant leerte sich. Wir plauderten noch bis in die Morgenstunden. Erst da wurde mir klar, daß der Söldner keine zufällige Verbindung in ihrem Leben gewesen war.

Als wir allein waren, verfiel sie in einen Rausch der Erinnerungen.

»Er ist wie ein Bruder. Wenn ich mit ihm zusammen bin, kommt es mir wie Inzest vor. Seine Eltern starben beide in der Guerilla. Wie später mein Vater. Sie sind in einen bewaffneten Hinterhalt der Soldaten geraten. Er war da vielleicht drei Jahre alt. Seit dem Tag wuchs er bei uns auf, mit mir und meinen Geschwistern. Bis wir an der Reihe waren …«

»Ach, du hast noch die Guerilla mitgemacht …«

»Gerade noch. Ich habe den unrühmlichen Teil erwischt. Die Niederlage, die sie als Abkommen ausgaben, die Ernennung der Marionettenregierung. Als es so weit kam, beschlossen wir auszuwandern.«

Ich hätte ihr am liebsten unendlich viele Fragen gestellt, verkniff sie mir aber. Zumindest an dem Tag, als sie mir zum erstenmal von ihrer Vergangenheit erzählte.

Ich hätte sie zum Beispiel gerne gefragt, ob sie jemanden getötet hatte. Mit vollem Bewußtsein. Nicht zufällig, durch einen Schuß in der Dunkelheit.

Die Erinnerungen an diesen Abschnitt ihres Lebens waren aufregend. In ihrem Gesicht las ich eine wirre Mischung aus Haß, Schrecken und tiefer Befriedigung, etwas Wollüstiges ge-

radezu. Aber da war dennoch eine Frage, die ich ihr einfach stellen mußte.

»Wieso ist er dann eigentlich Söldner geworden, bei seinen Prinzipien und nach diesen Erfahrungen?«

Sie hielt einen Moment inne, voller Unruhe, wägte alle Aspekte dieser Frage ab. Und entschied sich für die wohl leichteste Antwort:

»Das kann er eben. Seine ganze Kindheit, seine ganze Jugend hatte er eine Waffe in der Hand. Was sollte da anderes aus ihm werden?«

»Als wir das Dorf verließen«, fuhr sie fort, »lebten wir eine Zeitlang zusammen. Es ist nicht einfach, sich etwas im Leben aufzubauen, wenn man das nicht gelernt hat und keinen Status besitzt. Es war eine schwierige Zeit. Wir schlugen uns durch. Wenn es Ärger gab, zogen wir einfach weiter. Ich ging in Bars arbeiten. Oder auf der Straße!« Sie lachte. »Deshalb hat er sich schließlich anwerben lassen. Ein Jahr lang habe ich allein gelebt. Ich hatte die Nase voll von den Bars und ging als Küchenhilfe arbeiten. Das ist zwar schlecht bezahlt, aber immer noch besser, als diese tumben Schmerbäuche zu ertragen … Eines Tages kam er dann zurück, hatte Geld dabei, und wir eröffneten das Gasthaus.«

»Und jetzt, wo ihr das Gasthaus habt, was hat ihn dazu bewogen, sich wieder anwerben zu lassen?«

»Ich bin wirklich müde!«

Sie drehte sich nach der anderen Seite, bettete ihren Kopf auf die Arme, und kurz darauf merkte ich am Rhythmus ihres Atems, daß sie eingeschlafen war.

»Heute ist Ihr Glückstag! Heute ist Ihr Glückstag ...!«

Die Morgensonne hatte sich gerade angeschickt, die Wolken im Tal zu vertreiben.

»Kaufen Sie Ihr Lotterielos! Das allerletzte Los ist für Sie! Mit der Endziffer neun!«

Ich ging die Straße zum Platz hoch. Die Stimme des Losverkäufers verlor sich zwischen den Geräuschen von Wasser und Laub und dem Lärm der Stadt.

Es war zur Zeit des großen Exodus. Ich hatte die Nacht kein Auge zugetan. Als ich tags zuvor nach Hause gekommen war, hatte die Tochter der Hausmeisterin mir mitgeteilt, daß sie fortgehen würde.

»Ich gehe. Ich habe eine Anstellung gefunden. Morgen fahre ich.«

Seit dem Tod ihrer Mutter hatte sie für mich gearbeitet. Sie studierte noch und machte nebenher die ganze Textverarbeitung für mich.

Eine graue Zeit. Aber vielleicht die ruhigste, an die ich mich erinnere.

Als die 'Nachricht' dazu führte, daß die Stadt sich leerte, hatte sie ihr Studium fast beendet. Sie suchte sich Arbeit bei den Firmen, die ihre Anlagen an andere Orte verlegten, und betrachtete es als selbstverständlich, daß wir gemeinsam gingen.

»Für deine Arbeit mußt du nicht hierbleiben. Die kannst du überall machen ...«

Mit der Zeit mußte sie jedoch einsehen, daß ich nicht bereit war zu gehen. Auch wenn sie nicht verstand, wieso. Daher ihr Ultimatum. Sie stellte es mir, als sie sich endgültig entscheiden mußte:

»Ich fahre morgen. Kommst du jetzt mit oder nicht?«

Ich saß im Café beim Frühstück und versuchte mir über die Gründe für meine Unentschlossenheit klarzuwerden.

Es gab überhaupt keinen Grund, der mich zu bleiben zwang.

Auch nicht zu gehen.

Sie fuhr am selben Nachmittag.

Ich brachte sie zum Busbahnhof.

Wir verabschiedeten uns mit Tränen in den Augen.

»Willst du wirklich nicht mitkommen? Was hast du hier noch zu suchen?«

Als ich heute morgen wieder den Losverkäufer hörte mit seiner Verkündung eines möglichen Glückstags, mußte ich an sie denken, an die Briefe, die sie mir schreibt und die mir erlauben, ihre allmähliche Eingewöhnung in der Stadt zu verfolgen, in die sie allein gefahren ist, um ein unabhängiges Leben zu führen. Briefe, die immer seltener werden, die den emotionalen Ton der ersten Zeit verlieren und die ich mit mühsamer Disziplin beantworte.

Wie an jenem Tag nehme ich den Weg am Fluß entlang bis zum Platz, betrete das Café, bestelle mein Frühstück.

Es muß ein Jahr her sein, daß sie gegangen ist.

Das Licht über dem Tal ist genau das gleiche. Die Luft ist genauso lau.

Kurz darauf kommt der Soziologe herein. Ich zeige ihm die Zeitung, in der ich geblättert habe. Eine Meldung über die Gefallenen, über verschiedene Gruppen, die sich im ganzen Land organisieren.

»Das Problem für die Machtstrukturen«, versucht er mir zu erklären, »ist, daß die Gefallenen nicht nur eine unmöglich zu kontrollierende Schattenwirtschaft auf die Beine stellen (sehen Sie sich nur all diese Piratenmärkte hier an!), sie drohen auch, ideologische Tendenzen in der Bevölkerung wiederzubeleben, die die Massenmedien bisher nicht zur Gänze haben neutralisieren können ...«

»Das Ende der Geschichte ist offenbar noch nicht gekommen ...«

»Natürlich nicht! Ganz im Gegenteil. Aber das wirklich Neue an den Gefallenen ist, daß sie keine gesellschaftliche Klasse darstellen. Sie lassen sich in keine theoretischen Schablonen oder Parteiprogramme pressen. Dabei liegt es auf der Hand, daß sie stets nur eine 'Ideologie' hatten: die Utopie der sozialen Gerechtigkeit, gleich in welcher Form ...«

Für den Soziologen geht der Aufenthalt in der Stadt zu Ende. Er hat einen Berg von Daten, Informationen, Kontakten, Erfahrungen gesammelt.

»Ich muß wieder herkommen. Ich werde das ganze Material durcharbeiten und mir dann ansehen, wie sich die Verhältnisse entwickelt

haben, die Leute, die Spannungen, die sich bei einer Verschärfung der Probleme zwischen den Gruppen ergeben ...«

Den ganzen Tag habe ich ihn zur Baustelle und zu den Gruppen begleitet, in denen sich die verschiedensten Leute mit den verschiedensten Projekten organisieren.

Erst am Abend hat er sich verabschiedet. Er hatte eine Verabredung, die er nicht verraten wollte.

»Mit den Gefallenen?«

Er lachte.

»Ihnen kann das jetzt eigentlich egal sein, oder?«

Ich gehe noch in der Hotelbar vorbei. Die Kulisse aus Technokraten und diskreten Nutten ist unverändert. Der Pianist spielt dasselbe Repertoire wie immer.

Ich gehe früher als gewöhnlich zum Gasthaus hinunter.

Mir fällt auf, daß die Wirtin nervös ist.

Sie begrüßt mich bemüht frostig, als wollte sie absichtlich eine Distanz zwischen uns schaffen.

Ich spiele meine Rolle. Helfe hinter der Theke aus, plaudere mit den Gästen.

Als am Ende des Abends der Trubel abflaut, setzt sie sich zu mir an den Tisch, schenkt sich einen Whisky ein und sagt ganz unvermittelt zu mir:

»Ich finde es zum Kotzen! Aber ich werde wohl gehen.«

DIE FLUT

Der Hinterhalt

»Ein Hinterhalt ist ein Überraschungsangriff. Er besteht darin, den Feind in eine Falle zu locken, indem man zum Beispiel einen falschen Hilferuf an ihn richtet. Ziel eines Hinterhaltes ist eine tödliche Strafaktion gegen den Feind oder die Erbeutung seiner Waffen.«

Ich blättere weiter in dem Dossier der Gefallenen.

Das *Manifest des Stadtguerilleros* von Carlos Marighella, das sie mir beim letztenmal, als ich mit der Bewegung Kontakt hatte, ans Herz legten, hinterläßt ein schmerzliches Gefühl tragischer Komik.

»Nichts ist komischer als das Unglück«, zitierte die junge Schauspielerin Beckett, als sie es las.

Zwischen Zetteln mit eigenen Versammlungsnotizen, Flugblättern, die ich in die Hand gedrückt bekam, und Zeitungsausschnitten finde ich das Foto der Unbekannten bei einer der ersten Demonstrationen der Gefallenen.

Ich sehe es mir eine Weile an, doch auch diesmal gelingt es mir nicht, den Platz zu identifizieren, wo die Demonstration stattgefunden haben muß.

Die Jahre, die seit dem Augenblick, den der Fotograf festgehalten hat, vergangen sind, haben den Zeitungsausschnitt vergilben lassen.

Sie dagegen bewahrt die ganze Kraft ihres Ausdrucks und ihres Zaubers, wie eine Ikone, die den Sturz der Mythen, denen sie ihre Existenz verdankt, überlebt hat.

Acht Uhr, das Zeitzeichen unterbricht die Musiksendung.

Während ich die Unterlagen in das Dossier über die Gefallenen einordne und mich fertigmache, um zum Abendessen hinunterzugehen, höre ich die Nachrichten.

In festem, professionellem Ton gesprochen und durch kurze Musikeinschübe voneinander getrennt, konzentrieren sich die Meldungen auf die schlimmsten Krisenherde auf dem Planeten. Allerdings sind nur Formen organisierter und systematischer Gewalt eine Meldung wert, geradezu als Bestätigung von Effizienz und Macht und eben daher vermeintlich beruhigend.

Ich bin gerade erst aus der Welt der Gefallenen aufgetaucht, die ich durch punktuelle Informationen und eher sporadische Nachforschungen zu fassen versucht habe, und so belästigt mich das orchestrierte Spektakel einer Gewalt, die wie Funken zerstiebt über der verborgenen Oberfläche der wahren Gewalt, der geräuschlosen, totgeschwiegenen Gewalt im Schatten unseres täglichen Handelns.

Ich setze mich an meinen Stammplatz am Fenster. Die Dunkelheit draußen reflektiert auf der Oberfläche der Scheibe den Anblick des Speisesaals.

»Heute ganz allein?«

»Meine Frau arbeitet an einem neuen Stück. Sie proben das ganze Wochenende.«

Der Kellner räumt das Gedeck weg.

Zur selben Stunde versinkt die junge Schauspielerin in unvorstellbaren Träumen, allein in ihrem Zimmer in der Klinik.

Automatisch richte ich meine Aufmerksamkeit auf die wenigen hellen Flecken, die durch die Scheibe hindurch die Klippen und die Brandung am Eingang der Bucht verraten.

Der leere Raum füllt sich mit Erinnerungen.

Ich erinnere mich, weiß der Himmel, durch welche zufällige Automatik gesteuert, an den Ausdruck 'Engel von der Müllkippe', den sie benutzte, als sie auf diesem Stuhl saß, mir gegenüber.

Der anschauliche metaphorische Sinn führt mich in die Stadt der Verdammten, zu den Jugendbanden, die im Innenhof des Blauen Pfaus und in allen 'verdammten' Städten dieser Welt Verrenkungen machen, führt mich zu der schönen Aids-Infizierten, die hier auf dem Barhocker sitzen und auf das erste willfährige Opfer lauern mag.

Zur selben Stunde werden auch die beiden irgendwo in dieser Stadt sein, am Ende eines von der Staumauer verschlossenen Tals, jeden Tag isolierter, ergriffen von wer weiß welcher Faszination der Apokalypse.

Die weiße Oberfläche des Tischtuchs wellt sich zu wirren Bahnen.

Selbst die imaginären Gestalten, die noch unreifen und schematischen Personen der Fiktion versinken in diesem begrenzten 'Territorium', wo der Kellner das für die junge Schauspielerin bestimmte Gedeck weggeräumt hat.

Im Grunde hatte mein Freund, der Anarchist und Unternehmer, recht:

»Warum begibst du dich auch auf ein Terrain, das dir fremd ist?«

Von dem Versuch, einen Roman über die Gefallenen zu schreiben, sind Erfahrungen, Begegnungen, Bilder geblieben, deren Bilanz ich im Laufe der Zeit ziehen werde. Ihnen den lebendigen Korpus eines Werks abzutrotzen, ist mir nicht gelungen.

Die weiße Wüste, über der die 'Engel von der Müllkippe' schweben, erstreckt sich bis an die äußersten Ränder des Überdrusses. Ein Reich, das an den Tod grenzt.

»Ihre Frau ist heute nicht gekommen?«

Diesmal stammt die Frage von einem Herbergsgast, einem leidenschaftlichen Angler, für den sich die Räume der Einsamkeit in ihrer ganzen Weite über dem Meer auftun.

Er setzt sich auf den rituellen Platz der jungen Schauspielerin. Das Gedeck kehrt zurück.

Ich rechtfertige ihre Abwesenheit mit den Verpflichtungen einer Künstlerin, wie schon dem Kellner gegenüber, und meine eigene Anwesenheit mit der Dringlichkeit einer Arbeit, die mir große Konzentration abverlangt, womit ich von vornherein deutlich mache, daß die Zeit unseres Beisammenseins beschränkt ist.

»Wie sind die Aussichten für morgen?« frage ich ihn im Hinblick auf die Wetter- und Wasserbedingungen zum Angeln.

»Man kann nie wissen. Manchmal scheint alles sehr günstig, und es passiert nichts. Und wenn wir glauben, der Fisch ist weit vor der Küste, gibt es den wunderbarsten Fang.«

»Entschuldigen Sie die Frage, aber sind es nicht die unzulänglichen Kenntnisse, die uns dergleichen Überraschungen bescheren?«

»Zweifellos! Kein Tag ist wie der andere. Die Faktoren, die das Verhalten der Arten beeinflussen, sind so zahlreich ...«

»Nicht nur bei den Fischen!«

»Sie haben recht. Dabei fällt mir eine Geschichte ein, die mir letzte Woche passiert ist. Ich war auf einem Felsplateau und angelte. Dort am Fuße der Höhle, wissen Sie? In der Nähe waren noch zwei weitere Angler. Wir waren aus bloßer Gewohnheit dort. Das Wetter war schaurig. Aber plötzlich spüre ich einen Ruck, und ich habe eine fünf Kilo schwere Seebrasse an der Angel. Ich konnte es kaum glauben! Ich legte sie in eine Vertiefung im Felsen neben mir und warf die Leine wieder aus. Wo ein Wunder passiert, können auch tausend passieren. Eine Weile später hatte ich wieder den Eindruck, daß irgendwas dran war. Als ich dann die Leine aufrollte, kam jemand näher. Ich merkte, daß er neben dem Felsspalt stehengeblieben war, wo die Brasse zappelte. Ich war so begeistert von der Vorstellung, das Wunder könnte sich wiederholen, daß ich überhaupt nicht mehr klar denken konnte. Und auf einmal bückt sich der Mann, der hinter mir steht, nimmt den Fisch mit beiden Händen und wirft ihn ins Meer! Kennen Sie das, wenn man nicht weiß, wie man reagieren soll? Ich zog weiter an der Leine. Es war eine kleine Barbe. Ganz ordentlich. Aber alles andere als ein Wunder. Erst da wurde mir richtig bewußt, was passiert war. Der Mann war angezogen, als hätte er einen Termin im Fischereiministerium. Ein großer Kerl, so im mittleren Alter. Ich verlor den Kopf, beschimpfte ihn wüst drauflos. Die anderen Angler kamen, um die Wogen zu glätten, aber dann beschimpften sie ihn genauso wie ich. Er reagierte kein bißchen! Er sagte irgendwas von 'das Tier hat gelitten'. Ein Verrückter!«

»Womöglich einer von diesen Umweltschützern ...«

»Wissen Sie, wer das war? Erst heute hat mir der Barkeeper die Geschichte erzählt. Er ist noch am selben Tag festgenommen worden. Er war der stellvertretende Polizeipräsident hier aus dem Bezirk. Tags zuvor hatte er seinen Vater mit drei Kopfschüssen getötet ...«

Auf die Geschichte folgte einen Augenblick lang Stille.

»Die Beziehungen zwischen den Menschen und den Fischen sind nicht immer eindeutig«, bemerkte ich zum Trost. »Aber Sie haben da mehr Erfahrung als ich, ich kenne die Fische nur vom Teller.«

Was das Stichwort war für eine lange Schilderung von Anglerabenteuern, die ich mit gefaßtem Schweigen quittierte.

Während ich mit einem Ohr zuhörte, folgte ich dem grandiosen Schauspiel des Amphibienmenschen: *quand, un soir d'été, comme le soleil semblait s'abaisser à l'horizon, je vis nager, sur la mer, avec de larges pattes de canard à la place des extrémités des jambes et des bras, porteur d'une nageoire dorsale, proportionnellement aussi longue et aussi effilée que celle des dauphins, un être humain, aux muscles vigoureux …*

Doch die Szene aus dem vierten Gesang des Maldoror fand an einer Talsperre statt. An einem weiten, stehenden Gewässer, begrenzt von der dichten Linie der Wälder am anderen Ufer und der trügerischen Transparenz der Berge, die sich zum Landesinneren hin erhoben.

An der Bar verebben die Gespräche. Die schöne Aids-Infizierte ist nicht gekommen. Ich trinke ein Glas mit den Anglern, lasse sie allein mit ihren Obsessionen und gehe wieder hoch auf mein Zimmer. Ich nehme mir die Unterlagen noch einmal vor, die ich vor dem Essen gewissenhaft zusammengeräumt hatte.

Es ist eine unerwartete Konfrontation mit einer ganzen Welt von Fakten, Konzepten, Emotionen, von kleinen Inseln im Arbeitsalltag, unvollendeten Projekten und aufgeschobenen Enttäuschungen.

Ich öffne die Tür zum Balkon und schließe sie hinter mir, damit die Wärme im Zimmer bleibt.

Die Nacht offenbart sich in ihrer von Vorhängen und Doppelverglasungen nur verschleierten Gewalt: Windstöße, die die salzige

Gischt der Brandung die Steilküste entlangtragen, das Kollern des Wassers und der Luft, zusammengedrückt im Innern der Höhlen, ein Phosphoreszieren, das über die schwankende Oberfläche der Wellen tanzt, Meteoritenstürme, die die klare und kühle Atmosphäre ritzen.

Das Bild des Amphibienmenschen kehrt zurück. Er taucht aus der Dunkelheit hervor, durchquert die sichtbare ozeanische Weite mit unvorstellbarer Geschwindigkeit. *... il plongeait, et son corps visqueux reparaissait aussitôt, à deux cents mètres de distance.* Rasch verliere ich ihn wieder in der Nacht. Ich bin es müde, den Bahnen der Meteoriten zu folgen, die fast mit dem Meeresleuchten verschmelzen. Als ich ins Zimmer zurückgehe, sehe ich die junge Schauspielerin vor mir, wie sie, über den Nachttisch gebeugt, auf der Bettkante sitzt und kokst.

Das Bild, das sich mir einprägt hat, als wir zum erstenmal in diesem Zimmer waren, stimmt nicht mit ihrem Bild aus jüngster Zeit überein. Nicht nur, daß ihr Haar, wenngleich erst vereinzelt, weiß geworden ist, die ganze leuchtende Aura, die sie mit ihrer Lebenskraft verstrahlte, hat sich mit der Zeit zu einem ruhelosen Halbschatten verdunkelt.

Ich mache den Koffer auf, nehme die Whiskyflasche heraus. Meine ‘Krücke’. Noch einmal öffne ich das Dossier über die Gefallenen: ein Projekt, das ich nicht ewig mit mir herumtragen kann.

Zwischen den Wellen, die durch die stürmische Nacht jagen, finde ich einen Sender.

‘Puffmusik’, würde die junge Schauspielerin jetzt sagen.

Ich schaffe mir die richtige Atmosphäre für die Arbeit an dem Roman über die Gefallenen, wie bei einem rituellen Akt.

Seit Monaten schleppt sich der Text dahin, ohne daß eine Lösung in Sicht wäre. Fast zweihundert Seiten lang auf der Suche nach einer Struktur, die auseinanderbricht, kaum daß eine neue Tatsache aus dem wirklichen Leben oder eine einfache erzählerische Verwicklung sie auf die Probe stellt.

Und je näher ich mich den Gefallenen fühle, ihrer Wut, die gärt wie Wein, wenn man sie niedermacht, um so schwieriger wird es, die Worte zu finden und dem Unterfangen eine feste Basis zu geben.

Sie selbst streiten nur und schaffen es nicht, sich ein klar strukturiertes Profil zu geben. Sie spalten sich in eine Unzahl von ‘Richtungen’ und Auffassungen vom Schicksal. Sie flüchten sich in Religion und Kriminalität. Nur die allerwenigsten stehen zu dem, was sie sind.

»Man muß auf die Angriffe des Feindes zu antworten wissen. Wenn die Polizei mit Schilden bewaffnet anrückt, muß man sich in zwei Gruppen aufteilen. Eine greift von vorn an, die andere von hinten. Eine zieht sich zurück, während die andere ihre Geschosse abfeuert.«

Es sind nicht die strategischen Ziele Marighellas, die sie spalten, sondern ihre Mutlosigkeit, das Unvermögen, sich einzugestehen, daß sie nur Teile ein und desselben Puzzles sind.

»Es stimmt, daß wir es nicht schaffen, alle zu mobilisieren. Die meisten scheinen gar nicht zu merken, was los ist. Sie identifizieren sich nicht miteinander. Nicht mal mit dem nächsten Nachbarn. Unser größtes Problem aber ist das Schweigen, mit dem man uns erstickt. Am Anfang waren wir noch eine Meldung wert. Die Zeitungen brachten Reportagen von den Demonstrationen, das Radio übertrug Auszüge aus den Reden. Selbst das Fernsehen sendete Nachrichten über die Bewegung. Doch irgendwann war Funkstille. Und wir haben nicht die Mittel, um dagegen anzukämpfen ...«

»Es gibt nur eine Art, das Schweigen zu durchbrechen«, sagte ein anderer Teilnehmer der Versammlung. »Terrorismus.«

»Richtig! Wir können noch so friedlich demonstrieren, sie hetzen uns die Polizei auf den Hals. Sie verfolgen uns, wenn wir uns zerstreuen, und nehmen uns unter jedem beliebigen Vorwand fest: Drogenhandel, versuchter Überfall, illegaler Waffenbesitz, Sittlichkeitsverbrechen ... Wie sollen wir uns da organisieren und Gelder sammeln, um einen Ausweg zu finden? Egal welchen ...«

Als ich das letztemal bei ihnen im Seniorenheim war, wurde mir klar, daß die Bewegung auf unabsehbare Zeit am Ende war, daß in den nächsten Jahren kein Mensch mehr etwas erfahren würde über die Millionen von Menschen, die in einer Unterwelt der Gesellschaft leben.

Als ich mich auf den Rückweg machte, wie gewöhnlich bei Tagesanbruch, wußte ich, daß ich nicht wieder hingehen würde. Der Kontext des Buches war in groben Zügen umrissen. Das Scheitern der Bewegung und die Zersplitterung der Gefallenen bestätigten die Tendenz, die sich im Verlauf der bereits geschriebenen Kapitel offenbart hatte.

Bis tief in die Nacht blättere ich das Manuskript durch.

Immer deutlicher erkenne ich das anfängliche Fehlen eines Plans, die Dürftigkeit der Struktur, denselben Vorgeschmack des Aufgebens, das auch die Bewegung bedroht.

Der Auftritt der Unbekannten vom mittelalterlichen Platz als Schlüsselfigur geht über einen gescheiterten Versuch, einer toten Erzählung neuen Atem einzuhauchen, nicht hinaus.

Ich bin mit der Lektüre am Ende, ohne daß es mir gelänge, auch nur ein Wort, geschweige denn eine neue Idee hinzuzufügen. Aber vielleicht liegt das nur an der Müdigkeit.

Ich wache früh auf, nach kurzem Schlaf. Die Blätter liegen verstreut auf dem Tisch. Das schale Gefühl, das die Lektüre hinterlassen hat, hält unvermindert an.

Ich dusche. Gehe hinunter zum Frühstück.

Von meinem Fensterplatz aus überblicke ich das Meer, die Felsenzungen, die die Bucht abrunden, die Riffe, an denen sich die Wellen brechen.

Das Wetter ist über Nacht umgeschlagen. Dunkle Wolkenmassen jagen über den Himmel, angetrieben von dem Wind, der die Küste entlangfegt.

Ich versuche mich auf mein Buch zu konzentrieren, aber ich kann die Bilder, Erinnerungen, Sorgen nicht beiseiteschieben, die ohne erkennbare Ordnung auf mich einstürmen: die junge Schauspielerin, in einer Klinik eingesperrt für eine Entziehungskur, die Probleme des Berufsalltags, die Stadt der Verdammten, wo sich dunkel die Schicksale zweier Menschen entscheiden, die mir immer viel bedeutet haben.

Ich gehe wieder aufs Zimmer.

Ich fühle mich, als wäre ich in einen Hinterhalt geraten.

Bevor ich mich zum Arbeiten an den Tisch setze, gehe ich auf den Balkon. Kräftige Böen fegen vorüber.

An der Küste ist niemand zu sehen. Nicht ein einziges Schiff auf dem ganzen weiten Ozean.

Die Angler haben sich bestimmt in der Nähe der aufgewühlten Wellen über die Klippen verteilt und warten auf das Wunder von dem seltenen Exemplar, wie in jenen Geschichten, die abends an der Theke erzählt werden.

Ich gehe über die Pfade, die durch die Kriechpflanzen am Rand der Steilküste entlangführen. Vom Hotelfenster aus folge ich meinem Spaziergang.

Unter dem Arm habe ich einen Stapel Papier. Wahrscheinlich ist es der unfertige Roman. Ich drücke ihn fest an mich, damit der Wind die Blätter nicht davonweht.

Als ich an eine Abzweigung komme, steige

ich die in den Fels gehauenen Stufen hinab bis zum Eingang der Höhle. Es ist niemand in der Nähe.

Die Wellen, die durch die Felsspalten hereinschlagen, hallen tief in der Höhle wider.

Ich setze mich in den geschützten Teil, nahe dem Eingang. Draußen pfeift der Wind, doch drinnen ist die Luft ruhig, voller starker Gerüche, die nicht immer leicht zu erkennen sind.

Ich lege den Packen Papier vor mich. Und zerreiße die Seiten ganz langsam. Blatt für Blatt zunächst, dann in kleinen Stößen, bis zum letzten.

Ich häufe die Schnipsel auf. Nur die stärksten Böen, die in die Höhle hereinwehen, fegen manchmal ein paar von ihnen fort, die ich wieder aufsammle.

Ich zünde ein Streichholz an und verteile die Flamme ringsum, so daß der Haufen gleichmäßig zu brennen beginnt. Das Feuer loht auf, eine Rauchwolke darüber, und die dunklen, versengten Papierschnipsel steigen leicht in die Höhe, getragen von der warmen Luft und der Brise von draußen.

Ein Wassertropfen trifft mein Gesicht, ein anderer meine Hand, Regen fällt, vom Wind gepeitscht. Ich gehe wieder ins Zimmer, schließe das Fenster.

Die Papiere liegen auf dem Tisch, wie ich sie gestern abend habe liegenlassen.

Ich ordne sie ein weiteres Mal mit aller Sorgfalt.

Die Belege, Manifeste, Zeitungsausschnitte, meine Notizen.

Und in einem anderen Stapel die losen Seiten des Romans. Ich sortiere sie, stecke sie in einen Umschlag. Ich schließe ihn und schreibe darauf: *Die Stunde der Gefallenen, Aufzeichnungen zu einem Roman*. Datum und Ort.

Der Kessel des Teufels

Tagelang zog die Stadt, die bald auf dem Grund des Stausees versunken sein wird, die Aufmerksamkeit der Öffentlichkeit auf sich.

Die Medien widmeten ihr die Titelseiten und besten Sendezeiten.

Das Land schauderte vor Schrecken.

In einem halb verlassenen Viertel hatte die Polizei einen Eisenkessel voller Blut und Stückchen menschlichen Hirns gefunden.

Der pestartige Gestank und die Meuten hungriger Hunde, die um ein ehemaliges Büro herumschlichen, hatten die wenigen Bewohner des Viertels alarmiert, so daß sie schließlich die Polizei riefen. Die anschließenden Ermittlungen und Vernehmungen hatten auf die Spur einer Sekte von Teufelsanbetern geführt, die dort ihre Versammlungen abhielten.

Erst danach erzählten die Nachbarn die seltsamsten Dinge über dieses Volk, das sich dort traf, und die Festnächte, die bis in den Morgen andauerten. Einige behaupteten, sie hätten des öfteren gellende Schreie gehört, die die Musik nicht habe übertönen können.

»Und warum haben Sie nicht die Polizei verständigt?« fragte ein Journalist.

»Ich dachte, das wären so Geschichten von Drogenabhängigen. Was haben wir damit zu tun!« antwortete einer von ihnen.

»Da mische ich mich bestimmt nicht ein«, kommentierte ein anderer.

Erst als Anzeige erstattet wurde, konnte die Polizei die ersten Mitglieder der Sekte festnehmen. Es waren Leute aus der Unterwelt der umliegenden Städte, auch Drogendealer, die dort einen großen Markt fanden. Doch je weiter die Untersuchungen vorankamen, desto mehr weitete sich die Sache zu einer 'Großwildjagd' aus, wie es einer der Ermittler in einem Fernsehinterview ausdrückte.

»Namen kann ich keine nennen. Die Verfahren werden an das Gericht weitergeleitet. Die Richter werden am Ende entscheiden, wer angeklagt wird und wer nicht«, sagte der Befragte.

Immerhin erlangte die Identität von einigen, die für die Aktivitäten der Gruppe verantwortlich waren, den Rang einer Meldung.

Einer war Löwenbändiger in einem internationalen Zirkus gewesen, seine angeblichen Heilkräfte hatten ihn berühmt gemacht. Es hieß, er sei nicht nur Heiler und Wundertäter, sondern übernehme auch 'Arbeiten' anderer Art, zum Beispiel unerwünschte Leute verschwinden zu lassen.

Ein weiterer, dessen Identifizierung in der Öffentlichkeit größeres Aufsehen erregte, war der bekannte Prediger einer Kirche, die ihre Sendungen regelmäßig über einen privaten Fernsehkanal ausstrahlt.

Doch das Interesse der Medien erschöpfte sich schnell, ohne daß das 'Großwild', von dem der Polizist gesprochen hatte, je namentlich genannt worden wäre.

In diesen Tagen erhielt ich den umfangreichsten ihrer Briefe, die sie mir ab und zu schreibt. »Die Meldung vom Kessel des Teufels war ein großer Schock, aber sie hat mich nicht überrascht ...«, stellt sie gleich zu Beginn fest.

Von den Erklärungen, die sie für ihre fast schon stillschweigende Anerkennung der Praktiken der Teufelsanbeter gibt, habe ich mir eine notiert:

»Die einsamen Leute, die in die Stadt kommen, ohne Herkunft oder Ziel, praktisch ohne Identität, sind der ideale Rohstoff für ihre Menschenopfer ...«

Es ist dieselbe Idee, die mir schon meine Schwiegertochter nähergebracht hatte und die am Anfang des gescheiterten Versuchs von *Die Stunde der Gefallenen* stand.

In diesem letzten Brief zeichnet sich das Leben in der Stadt deutlicher ab, so als hätte der Schock nach den jüngsten Ereignissen sie gezwungen, Stellung zu beziehen.

Die früheren Briefe waren nur kurze Mitteilungen gewesen, manchmal fast telegrammartige Informationen über die Erlebnisse ihrer ersten Berührung mit der Stadt, die Nachforschungen, die zu ihm führten, die Wiederbegegnung ...

Selbst wenn diese Informationen nicht mehr als eine nüchterne Aufzählung von Fakten waren, schimmerte doch ihre jeweilige Stimmung durch, die sie vielleicht zu verdecken suchte.

Das 'wirkliche Leben' in der Stadt, die kleinen Dinge des Alltags in dieser in Auflösung begriffenen Welt gewannen Kontur angesichts der Begeisterung für ihr eigenes 'Unternehmen', ihr so lange geplantes Abenteuer, das sie immer wieder aufgeschoben hatte, bis es fast zur Utopie geworden war.

Von ihrem Entschluß, ihn zu suchen, bis zu dem Tag ihrer Abreise war tatsächlich eine lange Zeit des Zauderns und Zweifelns vergangen. Ständig rief sie mich an, doch am Ende der endlosen Gespräche blieb immer alles beim alten.

Die Häufigkeit dieser Kontakte war vielleicht einer der unmittelbarsten Gründe für die Krise der jungen Schauspielerin, die hierdurch aus dem relativen Gleichgewicht ihrer Drogenabhängigkeit geriet, auch wenn es dabei um nichts anderes ging, als ellenlang über einen etwaigen Aufbruch zu diskutieren, die Vergangenheit bis in alle Tiefen zu durchleuchten, die Texte, die er geschrieben hatte, bis ins letzte Komma auszulegen.

Unterdessen verstrich die Zeit, ohne daß irgendeine neue Botschaft kam.

Die letzten Nachrichten, die wir von ihm erhalten hatten, kündigten uns die baldige Abreise der Wirtin an. Sie war seine letzte Beziehung, die ihn noch in eine Gemeinschaft integrierte und vor dem Sturz in die völlige Isolation bewahrte.

Ich nehme einen Ballon. Aber erst, wenn das Wasser bis an die Burg reicht …

»Meinst du, er will am Ende ertrinken?« fragte sie.

»Hast du nicht auch versucht, dich in einem Meer von Pillen zu ertränken?« hätte ich am liebsten zurückgefragt.

Doch aus eben diesem Grund, weil ich fürchtete, sie könnte es noch einmal tun, drängte ich sie immer wieder zum Aufbruch.

Die Einsamkeit, in die alle beide seit dem Tag, an dem ein unwahrscheinlicher, absurder Vorfall sie getrennt hatte, auf so unterschiedlichen Wegen gelangt waren, schien mir der ideale Raum für eine Wiederbegegnung.

»Und wenn ich hinkomme und ihn nicht finde?« fragte sie mangels Argumenten.

»Du kennst den Weg zurück, oder?«

»Und wenn er wirklich vorhat, bis zum Schluß in der Stadt zu bleiben?«

»Warum hat er deiner Meinung nach wohl nie wieder geschrieben?«

»Keine Ahnung. Das beunruhigt mich ja gerade. Wenn die Wirtin tatsächlich gegangen ist, ist er jetzt allein.«

»Er schreibt nicht, weil er darauf wartet, daß einer von uns, und du ganz besonders, nach ihm sucht. Er hat alle nötigen Angaben geschickt, damit er gefunden wird … Seit dem ersten Anruf hat er nie etwas anderes im Sinn gehabt, als weiß der Himmel welche tatsächlichen oder eingebildeten Schuldgefühle loszuwerden ...«

Eines Tages entschloß sie sich endlich zu fahren.

Ich versprach, mich um alle Wohnungsangelegenheiten zu kümmern und ihnen nach der Rückkehr zu helfen.

Mir schien, als wartete sie bis zum letzten Moment darauf, daß ich sie bat zu bleiben, doch von ihrer einmal getroffenne Entscheidung gab es kein Zurück mehr.

Als sie fuhr, war es längst Frühling.

Am Tag ihrer Abreise kam ich schon früh zu ihr.

Sie hatte so viel Gepäck, daß es kaum in den Kofferraum paßte.

»Willst du gleich dableiben?«

»Ich weiß selber nicht, weshalb ich überhaupt fahre. Vielleicht nehme ich deshalb mit, soviel ich kann.«

»Von einer Weltreise mit ihm war jedenfalls nicht die Rede. Du solltest ihn nur vor dem Untergang retten ...«

Sie hatte ein Zimmer im Hotel bei der Kathedrale reserviert.

Sie rief mich an, als sie da war.

»Die Stadt ist genau, wie ich sie mir vorgestellt hatte. Ich habe das Hotel gefunden, ohne daß ich nach dem Weg fragen mußte. Der Barpianist ist noch da und spielt seine romantischen Lieder. Selbst den Barkeeper habe ich auf der Stelle erkannt. Aber ich konnte ihm nicht klarmachen, wen ich suche ...«

Tage später erhielt ich ein Briefchen, dessen Lakonik mir vollstes Vertrauen einflößte:

»Sind uns endlich begegnet. Schreibe dir bald. Küsse.«

Nie hat sie mir erzählt, wie sie sich getroffen haben, auch nicht, wie er auf sie reagiert hat.

Daß sie zusammenlebten, entnahm ich einem Brief, in dem sie mir von den Veränderungen der Stadt erzählte: »Wenn ich in dem Apartment am Fenster stehe, kann ich mir überhaupt nicht mehr vorstellen, daß sich hinter der Betonwand die Flußaue erstreckt, so weit das Auge reicht. Auch der größte Teil der früheren Ufervegetation wurde während der Zeit der Bauarbeiten von den durchfahrenden Maschinen und den Menschenmengen zerstört.«

Alle Informationen oder auch nur Hinweise in ihren Briefen sind vage und ausweichend, selbst in dem Brief, den sie mir schrieb, als der Skandal um den 'Kessel des Teufels' losbrach.

Ihre Schilderung von Stadt und Menschen hatte etwas Kühles und Überlegtes, wie ein Vertrauensentzug.

»Es ist ein seltsamer Ort. Er erweckt den Eindruck, als ob alle Bewohner schon fortgegangen wären und Herumtreiber und Abenteurer ohne Wohnsitz oder Zukunft ihren Platz eingenommen hätten.

Obwohl ich erst seit kurzem hier bin, habe ich miterlebt, wie die Stadt spürbar leerer wird. Die Massenflucht geht aber auch einher mit einer qualitativen Veränderung der Bevölkerung.

Vielleicht wird das Verhalten der Leute deshalb immer ungeregelter und unvorhersehbarer. Selbst die noch übriggebliebenen normalen Leute mit genau definierten Tätigkeiten flüchten sich, vielleicht als Schutzmechanismus, in eine große Regellosigkeit, was ihre Verhaltenweisen betrifft, angefangen bei den Orten, die sie aufsuchen, bis hin zur Organisation ihres Alltags und den Beziehungen untereinander.

Als neulich die Meldung von diesen makabren Vorfällen die Runde machte, mußte ich an die Geschichten denken, die du mir einmal von der Stadt Oneida erzählt hast, deren Bewohner jeden Tag ihre Lebensgewohnheiten änderten, um den Teufel in die Irre zu führen …«

Daß sie Oneida erwähnte, überraschte mich allerdings. Ich hätte nie gedacht, daß sie sich so lange Zeit, nachdem ich mich mit den kommunistischen Gesellschaften im Amerika des neunzehnten Jahrhunderts beschäftigt hatte, noch an Einzelheiten erinnerte, Anekdoten möglicherweise, die ich ihr damals erzählt haben mußte.

Und genau dieser vermeintliche Beweis von Nähe gab mir, gerade wegen seines zufälligen Charakters, das Gefühl, daß unser ganzes gemeinsames Leben nicht mehr als ein Zwischenspiel in der nunmehr wiederhergestellten Kontinuität ihres Schicksals gewesen war.

Der Staudamm ist praktisch fertig.

Neuesten Nachrichten zufolge ist die Mauerkrone bereits für den Verkehr geöffnet.

Die Montagearbeiten an den Generatoren sind weit fortgeschritten.

Das Industrie- und Energieministerium hat kürzlich das Datum bekanntgegeben, an dem die Anlage in Betrieb genommen werden soll. In sechs Monaten, sobald die Regenfälle einsetzen, wird mit dem Auffüllen des Staubeckens begonnen. Das tiefer gelegene Gelände, wo sich einmal die Gemüsegärten der Stadt befanden und dann die Montagehallen errichtet wurden, wird überschwemmt werden.

Allmählich wird der Wasserpegel steigen.

Sobald die 'Zone' mit dem Grünen Drachen und dem Blauen Pfau unter Wasser ist, wird die Stadt von der Außenwelt abgeschnitten sein.

Millimeter für Millimeter wird der Wasserspiegel die Straße hinaufkriechen. Er wird die Innenräume der leeren Häuser füllen, bis er das Skelett der Kathedrale erreicht, die längst all ihrer verwendbaren Werte beraubt ist, einschließlich der Skulpturen und Fenster.

Wer vom Ufer oder von der Mauerkrone des Damms aus den Anstieg der Wasser beobachtet, wird sehen, wie der Wehrturm der Burg zusammenschrumpft, bis nur noch die Zinnenspitzen die Oberfläche ritzen und der ganze weite Spiegel des Sees sich endlich schließt.

Lange Wochen sind vergangen ohne jede Nachricht von ihr, und in keinem einzigen ihrer Briefe hat sie ihre Rückkehr erwähnt.

Die anonyme Stimme

»Nein! Es wurde nichts überstürzt! Die Stadt wurde bis ins kleinste studiert, minuziös rekonstruiert als riesengroßes Modell. Alle transportablen Wertgegenstände wurden fortgeschafft, noch das kleinste Detail ist fotografisch registriert, die Videos, die gemacht wurden, füllen eine ganze Bibliothek ... In Kürze werden Sie die Stadt in dem nahezu fertiggestellten Museum besuchen und Nachbildungen von Schauplätzen mit Originalelementen bewundern können ...«

»Fehlt nur noch, die Einwohner auszustopfen!«

»Man könnte ja ein paar Schrumpfköpfe herstellen lassen, aus den Köpfen, die es dort schließlich noch gibt, und sie in die Fenster des Modells hängen.«

Ich warte, bis die Welle der dummen Witze abgeflaut ist, der Anekdoten, die über die Stadt und die baldige Auffüllung des Stausees erzählt werden.

Die Gespräche ermatten.

Die meisten Anwesenden sind Techniker, die auf der Baustelle arbeiten, Journalisten, Verwaltungspersonal.

»Die Schlacht ist geschlagen, aber noch ist der

Waffenstillstand nicht unterschrieben«, sagt jemand zum Abschied.

Der große Streit, der das Land geteilt hat, hält bis zum Ende an. Die alten Argumente für und gegen den Staudammbau werden wieder aufgewärmt, in dem Bemühen, aus den unterschiedlichsten Zwischenfällen Kapital zu schlagen und eine Rationalität an den Tag zu legen, die im Laufe des Verfahrens immer mehr in den Hintergrund gerückt war.

Der Hauptverantwortliche für den Bau jedoch, der Mann, von dem die vorschriftsmäßige Ausführung und der Schutz des Kulturerbes abhängt, nimmt die aggressivsten Argumente mit Humor.

Ich registrierte ihn sofort, als wir das Restaurant betraten. Jemand, dem ich schon früher begegnet sein mußte, den ich aber nicht einordnen konnte und der mein höflich angedeutetes Nicken mit einem ebenso zögerlichen Gruß erwiderte.

»Wer ist das?« fragte die junge Schauspielerin.

Und während sie noch fragt, sehe ich ihn den Kasernenhof überqueren, kerzengerade, einer, der meinen tiefen Widerwillen gegen alles militärisch Zackige offenbar nicht teilt.

»Ich weiß nicht, ich glaube, wir kennen uns von der Armee.«

Sie ist müde von der Fahrt und macht einen blassen und traurigen Eindruck. Fast sehne ich mich nach der Zeit, als sie noch kokste.

»Das wird ja immer schöner!« sagt sie, als hätte sie diese Enttäuschung in meinem Gesicht gelesen.

»Immer mit der Ruhe. In ein paar Tagen geht es dir blendend. Die Reise war anstrengend …«

Wir waren frühmorgens aufgebrochen. Das Licht war so hell, daß der Horizont flirrte. Luftspiegelungen tanzten auf dem Asphalt.

Wir fuhren durch die Berge, ohne anzuhalten. Ich wollte noch am Tag in der Stadt ankommen, doch die Dämmerung erwischte uns, als wir die Hänge hinabfuhren.

Zwischen den Kurven tauchte die Stadt auf und verschwand wieder wie ein Trugbild.

Dann bedeuteten uns eine Schranke und eine Tafel, daß hier die 'Zufahrt verboten' war.

Als wir in der Herberge ankamen, war es dunkel.

»Die Reise war lang«, sagte ich noch einmal, »ist doch klar, daß du müde bist.«

Während des größten Teils der Strecke hatte sie geschlafen.

Dank ihrer beruhigenden Gegenwart an meiner Seite fühlte ich mich freier, mehr bei mir selbst, ohne die Einsamkeit als lauerndes Gegenüber. Zeit für eine geradezu heitere Rückschau. Wie immer, wenn etwas durchgestanden ist. Wenn die Erinnerung sich befreit und frei die Vergangenheit wiedererschafft. Und auch Zeit fürs Fabulieren. Für das Konstruieren mehr oder weniger wahrscheinlicher Szenarien.

Ich bin richtig gerührt über ihre Müdigkeit, ihre Abwesenheit, während ich dahinschwebe auf der Hochebene der Zeit, die sich wie eine klare, eisbedeckte Landschaft vor mir auftut.

Doch zugleich folge ich der Gestalt, die mit dieser unangenehmen Steifheit den Kasernenhof überquert.

»Jetzt weiß ich es! Jetzt weiß ich, wer er ist!«

»Wer wer ist?«

»Den ich beim Reinkommen gegrüßt habe. Er hat mir mal aus der Patsche geholfen. Wie du dir denken kannst, bin ich nicht gerade zum Militär geboren, und einmal habe ich eine Dummheit gemacht, die fatal hätte enden können ...

Die vierundzwanzig Stunden Wachdienst in der kleinen Einheit, in der ich diente, waren eine ständige Herausforderung für die Phantasie.

Keine Möglichkeit, zu lesen, zu schreiben, Musik zu hören.

Die abgeschlossene Kasernenwelt versetzte mich in eine unerträgliche Unruhe.

Ich konnte nicht einschlafen, dieser unfreiwillige 'Gehorsam' gegenüber den Dienstvorschriften machte mich rasend und die Schlaflosigkeit nur noch schlimmer. Immer wenn ich nachts aus dem Zimmer ging, fand ich mich in den unwahrscheinlichsten, manchmal nur schwer einzuschätzenden Situationen wieder, konfrontiert mit vermeintlich unbedeutenden Vorfällen, die jedoch ein geheimes Leben voll unterirdischer Gänge offenbarten, die ich lieber gar nicht erst erkundete.

Eines Abends, es war gerade Essenszeit, bemerkte ich eine außergewöhnliche Unruhe in der Nähe der Küche.

Als ich hinkam, war alles totenstill.

Mir war klar, daß sich jemand dort mit Duldung der Soldaten versteckte.

»Was ist hier los?«

»Nichts, Herr Offiziersanwärter.«

»Wer hat sich da versteckt?«

Ein Mann kam aus dem Schatten, trat vor mich und sah mir in die Augen.

Er hatte die Fetzenreste einer Uniform an.

»Was tust du hier?«

»Ich habe Hunger, ich wollte nur um einen Teller Essen bitten.«

Er war eindeutig ein gebildeter Mensch, höflich, doch irgendwie schroff.

»Glaubst du, daß ich ihn mit zum Essen ins Offizierskasino genommen habe?«

»Du bist ja wohl nicht ganz richtig im Kopf!«

»Ich habe mich in einen Schlamassel geritten, das kannst du dir nicht vorstellen. Er war aus einem Militärgefängnis ausgebrochen, ein Professor, politischer Gefangener. Ich bin ihm später wiederbegegnet, nach der Revolution. Er hatte im Untergrund gelebt. Als sich das politische Leben normalisierte, ist er gegangen. Er hat sich der Guerilla angeschlossen, irgendwo in der Dritten Welt ...«

»Ein zweiter Che! Und was ist mit dir passiert?«

»Es hat eine Anzeige gegeben, wahrscheinlich vom Unteroffizier. Er war meist dabei, wenn die Waren gewogen wurden. Die Unteroffiziere haben mir nie verziehen, daß ich den Daumen entdeckt habe.«

»Den was?«

»Den Daumen! Wenn sie das Olivenöl maßen, steckten die Unteroffiziere ihren Daumen in das

Maßgefäß, um es festzuhalten. Der Daumen eines Unteroffiziers mißt mindestens soviel wie fünf Kubikzentimeter. Bei zweihundert Messungen war ein Liter übrig für den Schmuggel …«

Damals war der für den Stausee zuständige Ingenieur Leutnant der Reserve gewesen. Er studierte Ingenieurwissenschaft und war zum Adjutanten ernannt worden. Ihm hatte ich es zu verdanken, daß der Zwischenfall nicht der politischen Polizei gemeldet wurde.

Ich wurde zu einem Schießplatz versetzt, weit weg von allem, wo ich den Rest der Zeit abdiente.

Beim Essen sprach die junge Schauspielerin zum erstenmal von der Klinik und ihrer Erfahrung beim Entzug.

»Es gab wirklich Augenblicke, da habe ich mich selbst nicht wiedererkannt. Als hätte eine fremde Erinnerung von mir Besitz ergriffen. Es gab Situationen, Stimmungen, die sich über die mir vertrauten Bilder schoben, Gestalten ohne bestimmtes Gesicht, die mich in meinem Innersten besuchen kamen. Komisch, daß die einfachsten Bilder oft am niederschmetterndsten waren. 'Jemand' kam manchmal ins Zimmer, selbst wenn ich wach war. Oder wach zu sein glaubte. Die Gestalt kam näher, beugte sich über mich. Nie passierte etwas, aber die Angst vor ihrem Kommen wurde immer schrecklicher …«

»Bekommst du immer noch diese Besuche?«

»Nein, in letzter Zeit nicht. Manchmal sehne ich mich sogar danach … Kannst du das glauben? Sie haben eine Leere hinterlassen. Wie eine Horde von Invasoren, die beim Abzug alles mitgenommen haben.«

Ich hätte das Gespräch am liebsten fortgeführt, doch ich merkte, daß es nicht der Zeitpunkt war. Ich erzählte ihr, was ich am nächsten Tag vorhatte.

»Ich muß eine Genehmigung besorgen, um die Stadt zu besuchen. Gar nicht mal so sehr wegen der beiden ... Ich will mir die Orte selbst ansehen. Eigene Bilder finden, die ich verwenden kann, wenn sie untergegangen ist.«

Ich brachte sie aufs Zimmer.

»Ich bin todmüde«, sagte sie, als wir hineingingen.

Ich wartete, bis sie sich schlafen gelegt hatte.

»Morgen, wenn du wach wirst, erzählst du mir deine Träume ...«

Ich legte ihre Sachen zusammen, löschte das Licht, ging in die Bar hinunter.

Als ich reinkam, wehrte sich mein Retter gegen die Attacken der Journalisten.

»Nein! Es wurde nichts überstürzt ...«

Erst als sich die Bar leerte und nur noch die üblichen Nachteulen übrigblieben, ging ich auf den alten Truppenkameraden zu.

»Ich habe gesehen, daß Sie mich wiedererkannt haben, aber Sie wissen nicht woher ...«

»Stimmt. Ich weiß, daß wir uns schon mal begegnet sind. Aber ich kann mich nicht erinnern ...«

»Ich schulde Ihnen noch Dank ...«

Er lachte, als ich ihm die Geschichte aus der Kaserne in Erinnerung rief.

»Ich weiß es noch genau. Sie waren aber auch

ein Anarcho! Das sind Sie wohl immer noch. Mir war Ihr Name nicht präsent, aber Sie haben sich weiter in dieselbe Richtung geäußert …«

»Allzulange haben Sie sich der Militärdisziplin aber auch nicht hingegeben …«

Als das Ingenieurstudium vorbei war, verließ er die Armee und machte ein Planungsbüro auf. Der Staudamm war seine Feuertaufe.

»Und was machen Sie hier in dieser Wüste voller bürokratischer Techniker, und dann auch noch mit einer so schönen Frau?«

»Ich möchte die Stadt besuchen.«

»Jetzt, wo sie fast ausgeschlachtet ist? Und dann auch noch polizeilich gesperrt?«

Ich mußte ihm eine vereinfachte Version der Gründe erzählen, die mich ausgerechnet jetzt hierherführten.

Es wurde spät. Er erzählte mir von den Menschen, die bis zum Schluß in der Stadt blieben und dort wahrscheinlich auch bleiben würden, um sich überfluten zu lassen.

»Wir wissen nicht, wie viele es sind. Wir können sie nicht ausfindig machen. Aber ich bin sicher, daß es noch Leute in der Stadt gibt, die sich weigern zu gehen. Eine Bitte nur: Behalten Sie das für sich! In der Öffentlichkeit muß ich es abstreiten. Ich muß bestätigen, daß die Stadt komplett geräumt ist. Kommen Sie morgen bei mir im Büro vorbei. Ich gebe Ihnen einen Passierschein. Aber seien Sie vorsichtig! Hier übernimmt keiner die Verantwortung für irgend jemandes Sicherheit …«

Die Polizei kontrolliert alle Eingänge der Stadt.

Trotz des Passierscheins mußten wir uns ausweisen und einen Fragebogen ausfüllen.

'Grund des Besuchs: Besichtigung von Gebäuden aus der Romantik.'

Ich war zwar auf die Frage nicht vorbereitet, erinnerte mich jedoch an die *Ersten Eindrücke der Stadt*: ein romantisches Haus in einem ummauerten Garten, Wassergeräusche, jemand, der in dem einzigen beleuchteten Zimmer Satie spielte.

»Willst du nicht meinen Fragebogen ausfüllen?« fragte die junge Schauspielerin, als wir an die Polizeisperre kamen.

»Sofort!«

»Grund des Besuchs?«

»Deine Fragen sind ja noch verzwickter als die der Polizei ...«

Die Sonne beschien die Burg und die Häusergruppe ringsum. Das Wasser des Flusses glitzerte.

Die letzten Schatten der Nacht schoben sich gegen die bewaldeten Hänge.

Die große kahle Wand des Staudamms verschloß den Horizont. Die stehende Luft pulsierte vor Hitze, Gerüchen, dumpfen Tönen.

Der Besuch zog sich über Stunden hin.

Die Stadt schien wirklich menschenleer.

Und trotzdem hatten wir mehr als einmal das Gefühl, beobachtet zu werden.

Oder daß Augenblicke vor uns jemand an derselben Stelle gewesen war.

Ich hatte auf dem Stadtplan die Orte markiert, die ich anhand der Erzählungen ausgewählt hatte.

Wir parkten in der Nähe derjenigen, die mir am interessantesten schienen. Danach gingen wir zu Fuß durch die umliegenden Straßen.

Nicht alle Wege waren leicht passierbar. Die Straßen waren versperrt mit Abfällen, ausgeweidetem Mobiliar, Schutt, gefällten Bäumen.

Fast überall, besonders aber in den Außenvierteln, waren ganze Häuserblocks niedergebrannt. In den alten Fabriken und Lagerhallen waren die Eisengerüste ineinander verhakt, vom Feuer verbogen, dazwischen Stücke eingefallener Ziegelmauern.

Selbst an den ruhigsten Orten, wo eine Straße noch so aussah, als könnte sie Neuankömmlinge beherbergen, fanden sich zertrümmerte Interieurs, kaum daß man durch eine Tür trat.

Als wäre der Auszug der Bewohner eine gewaltsame Aktion gewesen, ein Kampf Haus um Haus.

Das Gefühl, daß irgend etwas um uns herum passierte, hatten wir zum erstenmal ausgerechnet, als wir das romantische Haus betraten.

Wir gingen gerade zu Fuß über die Uferstraße, als ich die Mauer und das Haus erkannte, nachdem wir zuvor in dem Apartment gewesen waren, wo sie gewohnt hatten.

Diese etwas abseits der Hauptwege gelegene Zone gehörte zu den am wenigsten zerstörten.

Trotzdem waren die Fensterscheiben zerbrochen, mit den Türen und Möbeln hatte man am

Ufer Feuer gemacht. Ich parkte den Wagen vor dem Gebäude, und wir gingen hoch, dritter Stock rechts.

Das Apartment war unaufgeräumt, aber so gut wie unbeschädigt.

Die auf dem Boden verstreut liegenden Bücher legten zwar nahe, daß sich jemand rasch ein paar Bände herausgesucht hatte, machten einen organisierten Aufbruch aber unwahrscheinlich.

Unter den Bänden waren Kafkas gesammelten Werke, eine alte Rimbaud-Ausgabe und die definitive Ausgabe vom *Manuscrit trouvé à Saragosse*. Soweit ich es anhand dessen, was von der Erinnerung an unsere alten Geschmäcker geblieben ist, einschätzen kann, aber auch aufgrund der Qualität der Ausgaben, müssen diese genauso wie viele andere Bücher, die ich auf dem Boden verstreut oder in den Regalen gefunden habe, nur zu einer ersten Auswahl gehört haben, der nämlich, die ihn auf seiner Reise begleiten sollte, vorausgesetzt, auf dieser Reise gab es Platz für ein wenn auch noch so vages Fortbestehen seiner Art zu leben. Ich steckte das spanische Original von *Der Traum der Helden* ein, das er einmal »eins der wahnsinnigsten Bücher« nannte, die er je gelesen hatte.

An der Wand des Wohnzimmers erkannte ich das Gemälde, das ihm die Frau des Vorstandsvorsitzenden geschenkt hatte. Ein ödes Bild, dem Zeitgeist verhaftet, ohne den geringsten Reiz.

Die Fenster der Wohung gingen auf den Fluß und die zerstörten Ufer hinaus, an denen nur noch ein paar vereinzelte Bäume stehengeblieben waren. Die Aussicht auf die von Bergen eingerahmte Ebene in der Ferne war jedoch versperrt von der großen grauen Wand des Damms.

Während ich in den Büchern stöberte und noch einmal Bilder vor Augen hatte, die in seinen Texten an mich beschrieben waren, kehrte die junge Schauspielerin das Unterste zuoberst.

»Die sind verrückt, deine Freunde! Die haben die Wohnung zurückgelassen, als wären sie nur mal schnell verreist und wollten nächste Woche wiederkommen. Ihre Zahnbürsten haben sie eingesteckt, aber den Ring hier hat sie im Bad liegenlassen.«

Ich erkannte den Ring. Vor Jahren hatte ich ihn ihr mal zum Geburtstag geschenkt.

Es war ein wüstes Durcheinander. Der Staub schien sich schon seit Wochen auf den Möbeln anzusammeln, selbst wenn man berücksichtigte, daß der Wind durch die zersplitterten Scheiben blies. Dennoch war nicht auszuschließen, daß sie erst gegangen waren, als die letzten Bewohner die Aufforderung erhielten, die Stadt zu verlassen.

»Sie werden mitgenommen haben, was sie konnten. Sie hat nur einen Kleinwagen. Und das mit dem Ring war sicher ein Versehen ...«

Ich hatte keine Lust, auch nur eine Sekunde länger dortzubleiben.

Während wir die Treppe hinuntergingen, warf ich einen Blick in die anderen Wohnungen. Durch die offenstehenden oder herausgerissenen

Türen konnte man in leere Wohnzimmer sehen, in denen kaum noch etwas stand.

Als wir schließlich die Straße hochgingen, ganz langsam in Richtung Zentrum, erkannte ich die Mauer und das romantische Haus.

In der Stille war das ferne Rauschen eines Brunnens zu hören.

Das Tor stand auf.

Der ganze Garten war von Unkraut überwuchert, als wäre er schon vor langer Zeit aufgegeben worden.

Das Wasser fiel aus einer Röhre in ein von Unrat verstopftes Steinbecken und schwappte über den abgerundeten Rand.

Durch den überschwemmten Boden ringsum hatte das Wasser eine Rinne gezogen, wo das Unkraut noch üppiger wuchs, und versickerte nahe der Hauswand.

Auch die Eingangstür war zerstört, als hätte sie jemand mit der Axt eingeschlagen.

Wir kamen in einen Flur. Eine hölzerne Wendeltreppe führte in den oberen Stock. Der Salon lag gleich rechter Hand im Parterre. An den Fenstern hingen noch alte staubige Vorhänge, die das helle Licht dämpften.

Man sah deutlich, daß der Salon behutsam auseinandergenommen worden war, nur ein paar alte Möbelstücke lagen noch auf dem Boden herum.

Nahe bei einem der Fenster zur Straße waren noch die Abdrücke zu sehen, die das Klavier im Laufe der Zeit in den Dielenboden gegraben hatte.

Ich sah sie mir an und hörte dabei die langsamen, von melancholischem Humor erfüllten Akkorde der *Gymnopédies.*

»Hörst du?« fragte mich die junge Schauspielerin.

»Was?« antwortete ich überrascht, als würden die Klaviertöne noch im Raum schwingen.

»Psst!«

Sekundenlang blieben wir beide reglos stehen. Die Stille war vollkommen.

»Ich habe Schritte da oben gehört. Und eine Stimme. Ich bin sicher …«

»Ob das Ratten sind?«

»Nein! Siehst du nicht, daß die Möbel keine Staubschicht haben wie bei deinem Freund zu Hause? Sie sind schmutzig, aber benutzt worden …«

Wir kehrten in den Flur zurück. Alles war ruhig. Nur das Wasserrauschen war zu hören, das aus dem Keller zu kommen schien. Ich stieg langsam die Treppe hoch. Ein Windstoß blies durch die zerbrochenen Scheiben, ein Vogel flog durch das Fenster am oberen Treppenabsatz hinaus.

»Gehen wir! Ich habe eine Heidenangst. Ich bin sicher, da ist jemand.«

Wir gingen dieselbe Straße zurück in Richtung Wagen.

»Sieh mal!« sagte sie plötzlich und klammerte sich an meinen Arm. »Da, in dem Fenster! Ich habe mich umgedreht, und da war jemand und hat zu uns rübergeschaut …«

Ich bin mir alles andere als sicher, daß sie jemanden gesehen hatte. Aber ich merkte, wie sie immer gereizter wurde. Wir setzten uns ins Auto und fuhren zu dem Hügel, wo Kathedrale und Burg lagen.

Als wir in die Nähe des Kirchplatzes kamen, mußten wir den Wagen abstellen. In der ganzen Gegend war das Pflaster aufgerissen.

Auf Flächen, die mit gespannten Schnüren abgesteckt waren, hatte man die Erde in Schichten ausgehoben. Am Grund der offenen Gräben kamen die Fundamente alter Häuser zum Vorschein.

»Die Archäologen waren da«, bemerkte sie, während wir zur Kathedrale gingen, »und haben ihre Strippen vergessen.«

Doch wo einmal die Kathedrale gewesen war, stand nur eine unförmige Ruine: Mauerreste und Schutt bedeckten den Boden, und die eine oder andere Wand, aus der man die stabilisierenden Elemente aus Stein herausgenommen hatte, erhob sich noch, als wollte sie die Gesetze der Statik herausfordern.

Wir mußten über einen Schutthaufen steigen, als wir durch die enge Passage zu dem kleinen Platz beim Hotel gingen.

Der Brunnen mit den alchimistischen Symbolen und der Schandpfahl waren verschwunden.

Das Hotel dagegen hatte keinen größeren Schaden erlitten. Wie bei fast allen Häusern standen die Türen sperrangelweit auf, in vielen Fenstern waren die Scheiben zerbrochen, doch insgesamt machte es einen ruhigen und soliden Eindruck, als wäre es erst vor kurzem von Wandalen heimgesucht worden, ohne daß dies sein Funktionieren wesentlich beeinträchtigt hätte.

Inmitten der verwahrlosten Stadt wirkte diese scheinbare Ordnung geradezu bedrohlich.

»Trinken wir einen Schluck?«

»Wunder dich nicht, wenn das Gespenst des Barkeepers uns erwartet ...«

Als wir in die Vorhalle traten, kam ein Hund aus der Rezeption geschossen, direkt auf uns zu. Ich versetzte ihm einen Fußtritt, und er verzog sich winselnd ins Innere des Hotels.

»Weißt du, daß der Teufel gewöhnlich in Gestalt eines Hundes erscheint?«

»Das hatte ich noch gar nicht bedacht. Aber ist dir eigentlich aufgefallen, daß das der erste Hund ist, den wir treffen? In einer verlassenen Stadt müßten sich ganze Meuten tummeln ...«

»Bist du immer noch daran interessiert, das Gespenst des Barkeepers zu suchen?«

»Nach dieser Erscheinung glaube ich, daß er es ist, der uns suchen wird ...«

Wir lachten, und unser Lachen hallte in den leeren Zimmern wider.

Ich schaute sie an und sah, daß sie erschrokken war. Daß sie versuchte, die Angst mit Humor zu überspielen. Ich selbst wurde ganz unruhig.

Keiner von uns wollte dieses Spiel unterbrechen.

In der Bar war alles mehr oder weniger an seinem Platz. Nur in den Aschenbechern lagen Zigarettenstummel, auf den Tischen verstreut standen Gläser. Die Regale waren gefüllt mit

Flaschen. Es war, als hätte man am Abend zuvor ein Fest gefeiert und das Putzpersonal wäre nicht gekommen.

»Seltsam, nicht?«

Ihre Hand, auf meinen Arm gestützt, zitterte leicht.

»Hast du nicht eine Tür schlagen gehört?«

Von draußen kam ein Geräusch, wie von einem Motor.

Ein Auto näherte sich und hielt vor dem Hotel. Wir hörten Stimmen, eine zuschlagende Wagentür.

Und jemand kam herein.

»Ist da wer?«

Es war der Streifenwagen. Ich zeigte den Passierschein. Sie rieten uns zu fahren.

»Sie haben die Genehmigung, sich in der Stadt frei zu bewegen. Tun Sie, was Sie für richtig halten. Aber beherzigen Sie unseren Rat. Gehen Sie nicht mit der Dame allein umher ...«

Ich mußte an die Geschichten denken, die der Ingenieur mir am Abend zuvor erzählt hatte.

»Sie haben recht. Vielen Dank für den Hinweis. Ich wollte mir eigentlich nur die Burg ansehen.«

Der Chef der Patrouille zog mich beiseite, führte mich an eine Stelle auf dem Platz, von wo aus die Burg zu sehen war.

»Da ist die Burg. Wie Sie sehen, ist es nicht weit. Aber wirklich, da gibt es nichts Interessantes.«

In dem Nachmittagslicht kam es mir vor, als sähe ich eine leichte Rauchwolke, die hinter den Zinnen aufstieg. Die Streife blieb am Hotelplatz, bis wir beim Wagen waren.

»So, das hätten wir! Sollen wir fahren?«

Sie war einverstanden, ohne allzu deutlich zuzustimmen. Sie wollte mich nicht drängen.

»Von mir aus ...«

Auf dem Rückweg machte ich noch einen Abstecher in die 'Zone': eine Ansammlung von in Brand gesteckten oder niedergerissenen Hütten und Baracken, aus denen ein paar größere Gebäude herausragen. Darunter erkannte ich den Blauen Pfau.

Ich stellte den Wagen ab und trat in den Vorraum. Als ich durch die Tür am Ende ging, erkannte ich den 'Platz'. Es war ein einziges Durcheinander. Die Betten und Möbel waren durch die Fenster im oberen Stock geworfen worden, Flaschenscherben und zersplitterte Scheiben bedeckten den Boden. Doch kaum war ich drinnen, stieß ich zwischen den Müllbergen auf die Leiche einer jungen Frau, völlig unbekleidet, nur leicht aufgedunsen, als wäre der Tod erst vor kurzem eingetreten.

Die Ratten, die um die Leiche herumliefen, stoben bei dem Geräusch meiner Schritte davon und versteckten sich unter den aufgeschlitzten Matratzen.

Ich machte kehrt.

»Genau wie der Rest. Alles kaputt.«

Wir hatten Hunger und hielten bei einer Kneipe an der Straße.

Als wir hereinkamen, stand der Wirt an die Theke gelehnt und starrte auf den Fernseher, wo eine Kindersendung lief.

Wir baten ihn, uns auf der Terrasse auf der anderen, der Straße abgewandten Seite zu bedienen.

Als er Brot, Käse und Wein brachte, sagte ich:

»Sie werden es hier aber luxuriös haben, mit Blick auf den Stausee.«

»Wenn ich es mal bis dahin schaffe!«

»Wo liegt denn das Problem?«

»Sie haben ja keine Ahnung, was unsereins hier alles mitgemacht hat … Zuerst dieses Gaunerpack, das sich da in der Stadt breitgemacht hat. Und dann das Gesocks von den Ämtern, das ist noch schlimmer … Die Gauner ertrage ich ja noch …«

Er knöpft sein Hemd auf und zeigt mir eine Narbe.

»Einmal wollte ich gerade die Tür abschließen, da kam so eine Gruppe herein. Sie suchten Geld für Drogen … Hier hat man immer die Flinte hinter der Theke und die Pistole in der Tasche. Als einer das Messer zog, habe ich ihn angeschossen. In dem Durcheinander konnte ich mir sogar noch die Flinte schnappen, und die Kerle sind auf und davon. Sie haben den Verletzten mitgenommen, von dem habe ich nie wieder etwas gehört. Ob er gestorben ist, ob er noch lebt. Der Kerl hat auf meine Kehle gezielt, aber er hat mich nur hier an der Brust und an der Schulter erwischt …«

»Und sie sind nicht wiedergekommen?«

»Eine Zeitlang haben ein paar Freunde von mir hier übernachtet. Da haben sie gemerkt, daß mit mir nicht zu spaßen ist, und haben sich woanders bedient ... Jetzt lassen sich ab und zu mal welche von ihnen blicken. Sie kaufen was zu essen. Und bezahlen. Es hat nie wieder Ärger gegeben.«

»Aber sind denn noch Leute in der Stadt?«

»Keine Ahnung, woher die kommen ...«

Der Mann sprach lieber von den Ingenieuren, den Architekten.

»Denen komme ich nicht mit der Flinte bei. Da brauche ich einen Anwalt. Bei diesem Gesetz, das verbietet, etwas am Ufer des Stausees zu bauen, da ist der Laden hier Gold wert. Aber die Kerle wollen mich zwingen, billig zu verkaufen. Sie drohen mir mit Enteignung, verweigern jede Baugenehmigung und hetzen mir die Schläger auf den Hals, die dann Angebote machen ...«

Als wir zur Herberge kamen, nahmen wir ein Bad und ruhten uns aus.

»Einfach widerlich! So was nennt man Schocktherapie ... Die reinste Hölle!«

Vom Zimmerfenster aus sah man den höhergelegenen Teil der Stadt. Der Schatten kroch den Hügel hinauf.

Nur die Burg wurde noch vom Sonnenlicht beschienen.

Durch die warme Luft, aus der Richtung der Montagehallen, drang ein dumpfes Lärmen von Maschinen.

Ich legte mich neben sie aufs Bett.

Und spürte, daß sie entspannt und gelassen war.

»Weißt du, daß ich wieder anfangen werde zu arbeiten? Sie haben mir eine interessante Rolle angeboten, in einem Film. Ich habe die Nase voll vom Theater. Ich kann nicht monatelang jeden Abend dieselbe Rolle spielen. Entweder ich verliere das Interesse, und das ist einfach Scheiße, oder ich bleibe daran kleben. So ist es mir mit dem *Balkon* gegangen. Die Rolle der Carmen war nicht einfach. Das hat an mir gezehrt. Wie du dir vorstellen kannst ...«

Als wir zum Essen runtergingen, schien die junge Schauspielerin in die Zeit zurückgekehrt, als ich sie kennenlernte, schien dieselbe Lebhaftigkeit und dieselbe Freude von damals wiedererlangt zu haben.

Wir aßen beim Ingenieur am Tisch und verbrachten den Abend gemeinsam an der Bar.

Erst als sich alle verabschiedet hatten und nur noch wir drei übrigblieben, fragte er mich, wie der Besuch in der Stadt verlaufen sei.

Ich erzählte ihm von unseren Eindrücken. Von dem Verdacht, daß uns jemand beobachtete. Ohne ihm jedoch zu eröffnen, daß ich die Leiche einer Frau gefunden hatte.

»Habe ich es dir nicht gestern gesagt? Die reinste Hölle. Aber was will man machen. Wir müssen den Stausee rasch füllen. Sobald das Wasser über die Zinnen des Wehrturms steigt, ist die Sache erledigt.«

Am nächsten Morgen brachen wir auf. Wir fuhren ohne Eile durch die Berge, nahmen uns Zeit zum Anhalten. Wir gingen unter den Bäumen spazieren, tranken Wasser aus den Bächen am Hang. Es war, als würden wir uns wiederfinden. Oder gar eine neue Beziehung anfangen, bereichert durch eine Vergangenheit, die sich als Erinnerung auflöste, uns durch die immer neuen Spiegelbilder jedoch einander näherbrachte.

Bevor wir das Bergland hinter uns ließen, aßen wir in einem Restaurant an einem Fluß zu Mittag.

Am Ufer gegenüber steigt eine Felswand senkrecht vom Wasser bis in schwindelnde Höhen auf, die dunkle Masse des Waldes kippt über den Rand.

»Wie wohl diese Frau umgekommen ist?« fragte sie ganz unvermittelt, als wir aufgegessen hatten.

»Welche Frau?«

»Ich war hinter dir. Ich habe die Leiche der Frau gesehen, im Blauen Pfau.«

»Weiß der Himmel. Bei all dem, was in dieser Stadt passiert ...«

»*Und die Schlange stieß aus ihrem Rachen Wasser aus wie einen Strom hinter der Frau her, um sie zu ersäufen ...*«

»Kannst du die Apokalypse auswendig?«

»Im Nachttisch in unserem Zimmer lag eine Bibel. Ich habe gestern darin geblättert, als du im Bad warst.«

Ich erzählte ihr von meiner Unterhaltung mit dem Ingenieur am Tag unserer Ankunft in der Bar.

»Ist doch klar, daß noch Leute in der Stadt sind. Ich weiß, daß sie uns gesehen haben. Daß sie uns die ganze Zeit beobachtet haben. Deshalb hatte ich irgendwann solche Angst ...«

»Es kostet mich trotzdem Überwindung zu glauben, daß die beiden zu einer Gruppe von Fanatikern gehören, die sich zum kollektiven Selbstmord durch Ertrinken entschlossen haben wie andere durch Verbrennen oder im Kugelhagel eines Maschinengewehrs. Viel wahrscheinlicher ist, daß man sie als Geiseln genommen oder bei diesen Ritualen geopfert hat ...«

»Vielleicht weder noch. Eines Tages, wenn du am wenigsten damit rechnest, wird mitten in der Nacht das Telefon klingeln. Und eine anonyme Stimme wird dir die Sendung einer Botschaft ankündigen ...«

INHALT

METAMORPHOSEN

DIE FLUT